est le neuf cent quatre-vingt-quatorzième ouvrage
publié chez
VLB ÉDITEUR.

VLB ÉDITEUR
Groupe Ville-Marie Littérature inc.
Une société de Québecor Média
1010, rue de La Gauchetière Est
Montréal (Québec) H2L 2N5
Tél. : 514 523-1182
Téléc. : 514 282-7530
Courriel : vml@groupevml.com

Vice-président à l'édition : Martin Balthazar

Direction littéraire : Annie Goulet
Design de la couverture : Jason Cantoro

Catalogage avant publication de Bibliothèque et Archives
nationales du Québec et Bibliothèque et Archives Canada
Bourassa, Marie-Ève, 1981-
Par le feu
ISBN 978-2-89649-464-4
I. Titre.
PS8603.O961P37 2013 C843'.6 C2013-940048-6
PS9603.O961P37 2013

DISTRIBUTEUR :
LES MESSAGERIES ADP*
2315, rue de la Province
Longueuil (Québec) J4G 1G4
Tél. : 514 523-1182
Téléc. : 450 674-6237
*filiale du Groupe Sogides inc.,
filiale de Québecor Média inc.

Pour en savoir davantage sur nos publications,
visitez notre site : editionsvlb.com
Autres sites à visiter : editionshexagone.com • editionstypo.com

Dépôt légal : 1er trimestre 2013
Bibliothèque et Archives nationales du Québec, 2013
Bibliothèque et Archives Canada

ISBN 978-2-89649-464-4

VLB éditeur bénéficie du soutien de la Société de développement des entreprises culturelles
du Québec (SODEC) pour son programme d'édition.
Gouvernement du Québec — Programme de crédit d'impôt pour
l'édition de livres — Gestion SODEC.
Nous reconnaissons l'aide financière du gouvernement du Canada
par l'entremise du Fonds du livre du Canada pour nos activités d'édition.
Nous remercions le Conseil des Arts du Canada de l'aide accordée
à notre programme de publication.

Par le feu

Pour Thomas,

Quelle belle rencontre! J'espère que mon univers te plaira.

Au plaisir de se revoir bientôt

xxxx 14/04/13

Marie-Eve Bourassa

PAR LE FEU

vlb éditeur
Une société de Québecor Média

Je suis extrêmement mal. Et j'espère que cela se voit.
Et plus je serai mal, moins vous entendrez ma plainte.

ANDRÉ GIDE,
Les faux-monnayeurs

1

Dimitri

— Pad thaï. Mmmm, ça, c'est bon ! Poulet ou crevettes ? Les deux ?... Habituellement, oui, c'est un extra, mais pour vous : gratis !

Hélène me regarde d'un drôle d'air. Il n'y a pourtant pas si longtemps, elle aurait ri.

— Ben oui, vous me semblez sympathique et moi, je suis de bonne humeur. Une entrée avec ça ? Un Coke, un thé glacé ?... Allez, c'est la maison qui offre !... OK... Parfait ! Ça fait qu'on résume : un bon Général Tao, un pad thaï poulet et crevettes, une entrée de dumplings. Right ? Génial ! Ça devrait vous être livré d'ici, bah, une demi-heure ? Une demi-heure ça vous va ? All right ! Hey ! Bon souper là !

Je raccroche. Hélène sourit un peu en secouant la tête. Moi, je hausse les épaules en rallumant mon joint.

— Il s'est trompé de numéro, que j'explique, les poumons bien remplis de fumée.

— J'ai cru comprendre, oui. Tu trouves ça drôle, hein ?

— Sincèrement ? Oui. C'est vraiment drôle, Hélène. Je te jure.

Penser au pauvre con qui va attendre son pad thaï en s'autodévorant me fait mourir de rire. Je me demande combien de temps il mettra avant de réaliser que je ne lui ai jamais demandé son adresse.

— Tu sais qu'il va rappeler.

— C'est clair.

— T'as l'intention de lui dire quoi au juste ?

— Je sais pas. Je vais improviser.

— C'est pas correct…

— Si tu le dis.

Hélène est étendue sur le divan, son cahier à dessin sur les genoux. À sa manière de me regarder sans me voir, je devine mes traits sous son crayon. Je gage qu'on pourrait tapisser tous les murs de l'appartement de mon beau visage si on juxtaposait chacun des portraits qu'elle en a faits. Je m'explique mal ce qu'elle arrive à voir en moi. En plus d'être un mauvais modèle, je ne suis pas un très bon amoureux. Elle pourrait trouver tellement mieux qu'un Dimitri Cross.

À peine dix heures trente. Mais ça, c'est ce que croit à tort l'horloge du salon, qui n'a pas suivi le reste du monde, il y a quelques semaines. Partout ailleurs dans l'appartement, il est passé onze heures depuis au moins quarante minutes. Christian est sorti depuis neuf heures. Marcher. Une marche qui s'éternisera jusqu'aux petites heures dans un bar ou un baisodrome de son Village. Alex, lui, en a jusqu'à cinq heures du matin à gagner «notre» vie. Alors on est tout seul ensemble, Hélène et moi, et, à voir comme elle me trouve drôle ce soir, je suis prêt à parier qu'on n'en profitera même pas.

Mes histoires de pad thaï me donnent faim, mais même pas la peine de vérifier: le frigo est vide et mes finances sont à sec. Se prétendre romancier sans jamais avoir écrit autre chose que des pages blanches, c'est tout sauf lucratif. Dire que j'ai pourtant tout pour être un bon écrivain: une propension à l'alcool, une dépendance à la marijuana, un cœur d'artichaut, une histoire triste, un spleen assez fidèle, un cahier et un crayon. Pas d'ordinateur. Ou plutôt, plus d'ordi: avec la somme que le gars du pawnshop m'a donnée en échange de mon vieux portable, j'ai refait le plein de cannabis. Je ne suis pas particulièrement fier de moi et c'est sans doute pour ça que j'ai prétendu que le gars d'Apple n'avait rien pu faire pour mon pauvre Mac.

Hélène a laissé glisser son carnet et ses fusains par terre. Elle étire son corps longiligne, seulement vêtu de sous-vêtements malgré la fraîcheur. Avec quelques pouces en plus et une certaine conscience de sa beauté singulière, Hélène pourrait être mannequin. Je me l'imagine cependant assez mal en modèle, à cause de cette habitude qu'elle a de toujours tirer les traits des autres, jamais les siens.

La sonnerie du téléphone retentit. Hélène se retourne vers moi. Je ne m'attendais pas à ce qu'il rappelle si rapidement. Je n'ai élaboré aucune stratégie et, vu la réaction plate d'Hélène, plus tellement envie de jouer la comédie, ce qui ne m'empêche pas de répondre:

— Royaume de l'Orient, en arrivant à garder mon sérieux.

Sérieux: c'est le ton de la voix à l'autre bout du fil. Et ce n'est pas celle du gars de la livraison.

•

C'est au coin Sherbrooke et Saint-Denis, au volant de la Corolla 89 trois couleurs d'Alex, que je réalise que Christian a raison: j'ignore totalement à quand remonte ma dernière sortie de l'appartement. Je suis bel et bien allé m'approvisionner au dépanneur lundi dernier, oui, mais avant ça? Pfff… Un bail! La nouvelle secouerait sans doute la majorité des gens dits sains: non seulement je n'ai à peu près pas mis le pied à l'extérieur depuis quelques semaines, mais, pire encore, je ne m'en suis même pas aperçu. À vrai dire, ça me laisse totalement indifférent. Je suis là, présentement, à sortir de mon chez-moi, Sherbrooke–Saint-Denis vers Ontario-Sanguinet et, bientôt, direction Saint-François-Xavier-de-Courtval, à quelque chose comme cinq-six heures de Montréal, et la culpabilité est de loin le dernier des sentiments qui m'habitent.

Je coupe le moteur devant le bar. Montréal endormie, en plein cœur du Quartier latin: même les ivrognes ont fini par s'assoupir. Trop tôt pour être tard, trop tard pour être tôt. Un moment de la journée qui n'existe pour ainsi dire pas ou alors que pour un club très sélect: la chanteuse de Nuance, les insomniaques, les jeunes amoureux, les bartenders. Alors que Christian s'éloigne vers le Café Dépôt, je suis pris d'une dévorante envie de recommencer à fumer, mais le simple fait d'imaginer sa mine de bon garçon déçu en me voyant cigarette aux lèvres me fait abandonner l'idée. Bientôt deux ans que je suis membre du club des ex-fumeurs. De quoi être fier! Bah, au début, oui, tout de même, pas mal fier. Je n'ai jamais été pourvu de la volonté nécessaire pour accomplir ce genre de démarches vides, alors quand j'ai vu le nombre de mois sans tabac se multiplier, mon amour-propre, lui, s'est gonflé ostensiblement. Je me souviens, un soir, avoir poussé l'arrogance jusqu'à m'enorgueillir de mon nouveau mode de vie sain devant Alex, fumeur invétéré, qui m'a fait remarquer du tac au tac que depuis, ma consommation de marijuana avait atteint des sommets. On change rarement, jamais vraiment. Pour une raison qui reste totalement obscure, je n'ai pas recommencé à fumer.

La pluie a cessé tard dans la nuit, laissant le fond de l'air désagréablement froid. Le soleil dort toujours, et c'est au tour de la lumière des lampadaires de briller sur les routes mouillées et désertes de ma métropole, ma Montréal qui, comme Hélène, redevient un peu plus charmante maintenant que je la quitte.

— Mon amour!

Je me retourne: Kasey a ouvert la porte du bar et se tient dans l'embrasure.

— Tu viens plus me voir, sans-cœur, renchérit-elle comme je m'avance vers elle et entre.

J'embrasse lentement Kasey sur la joue droite – un seul baiser, toujours, aux gens que j'aime –, puis prends bien le temps de plonger dans ses grands yeux bruns.

— Ouin… Je me tiens loin des débits d'alcool en ce moment.

— Et moi qui croyais que votre appartement était un débit d'alcool.

Touché. L'espace d'une seconde, je détourne le regard en faisant la moue. Kasey sourit.

— Ça avance, le chef-d'œuvre ?

— Bah… Ça… cogite, je lui mens en pensant à ses seins libres sous son chandail.

Elle sourit à nouveau en passant derrière le bar, plus amusée que convaincue, m'offre un verre que je refuse par orgueil et s'allume une cigarette. Le bar est vide et l'éclairage, tamisé. On a mis les chaises sur les tables. Ça sent l'alcool, le bois humide, la chaleur moite. J'ai aimé travailler ici. Ça me donnait une excuse pour ne pas faire ce que je prétendais vouloir faire : écrire. Mais je bois trop pour travailler dans un bar et c'était de plus en plus malsain pour mon couple. Surtout qu'à vingt-neuf ans, il serait peut-être temps que je me prenne en main.

— Il est où ?

Le regard de Kasey se voile. Elle écrase sa cigarette et pointe du menton en direction des chiottes. Je dis « chiottes » parce que c'est ce qui est écrit à la craie, au-dessus de la porte close. Je l'interroge du regard, mais elle hausse les épaules.

— Plus de mes affaires, Dim. J'ai donné…

Visiblement, elle a de la difficulté à digérer le départ soudain d'Alex. Je me demande ce qui l'attriste le plus : perdre l'employé ou l'amant.

La porte n'est pas verrouillée. Alex, penché sur le lavabo, s'asperge le visage d'eau.

— Deux secondes pis on y va.

J'acquiesce en bâillant.

— T'as apporté mon sac ?

Alex se redresse pour mieux voir son visage dans la glace. Le contour de son œil gauche est enflé, déjà bleuté. Il a la lèvre du haut fendue.

— Wooow ! T'as manqué une marche, c'est ça ?

Alex ne se donne pas la peine de me répondre. Je souris.

— T'as mon sac, Frank ?

— On est prêts à partir. Christian est allé nous chercher des cafés.

— Bon garçon !

Il soupire exagérément tout en regardant ma réaction dans le miroir.

— C'est pourquoi qu'on l'emmène, déjà ?

Je fais mine de ne pas comprendre.

— C'est jamais pareil quand il est là. On est mieux juste toi pis moi, that's it. Va nous faire chier tout le long…, pleurniche-t-il, mi-sérieux, mi-déconnant.

— On s'en va se perdre au fin fond de nulle part, Fred. J'aime autant qu'on ait une boussole avec nous autres.

— All right !

Sans conviction, Alex fouille ses poches de sa main libre. Il avale les deux cachets d'aspirine qu'il a finalement sortis de son veston défraîchi, une veste en tweed que j'avais volée dans un grand magasin. L'époque des Tremblay : la première famille d'accueil qu'on a partagée.

Un veston hors de prix, une écharpe affreuse – mais tout aussi coûteuse – et un portefeuille en cuir brun : l'inventaire exact des items qui s'étaient retrouvés « par inadvertance » dans mon sac à dos. Loin d'être un vrai bum, je faisais surtout ça pour impressionner Alex Duchamp, de deux ans mon aîné et bien plus bum que moi. Je crois que c'est le portefeuille qui m'a vendu : une fraction de seconde après qu'il est allé rejoindre ses deux amis dans mon sac, la caissière s'est mise à crier. Comme elle se dirigeait vers moi, comme j'étais figé, comme il était maintenant trop tard et comme je croyais mourir sous peu, Alex m'a attrapé par le bras. «Tu cours!» C'est tout ce qu'il a dit. Et j'ai couru. Ça, pour courir : à toute allure, et un sacré bon moment. Jusqu'à ce qu'on sorte de la boutique, du centre d'achats, puis jusqu'à ce que celui-ci soit hors de vue. Enfin, jusqu'à ce que mon souffle coupe et que je n'y arrive plus. Comme je m'effondrais sur le sol, Alex s'est arrêté à son tour. Il m'a traité de con au moins mille fois. Le visage vers le ciel, je riais tellement que j'ai cru un instant ne plus jamais arriver à parler. J'ai alors éprouvé quelque chose que je n'avais pas ressenti depuis la mort de ma mère : l'appartenance.

En rentrant le soir, bien après l'heure de notre couvre-feu, j'avais mis sur mon dos la veste trop grande. Ainsi portée, elle tenait davantage de la cape que du veston prétentieux et c'était parfait comme ça : je n'étais pas trop loin de me sentir comme un superhéros. Alex avait, pour sa part, enroulé l'écharpe autour de son cou.

Lorsqu'il nous a vus pareillement accoutrés, Tremblay a vite conclu que quelque chose clochait. Il s'est mis à nous questionner : le foulard pis le manteau, à qui ça appartenait ? à qui on les avait piqués ? Alex ne disait rien. Moi, j'ai essayé de faire pareil, mais bon, je n'étais pas dans le système depuis très longtemps, pas encore un vrai délinquant… J'allais tout avouer à Tremblay quand Alex m'a à nouveau sauvé la peau.

Il a tout pris: le blâme, les claques, l'aller simple pour le centre d'accueil. Avant qu'il ne quitte définitivement la maison, le lendemain, je lui ai donné la veste parce que, de toute façon, elle était trop grande pour moi. Il a éclaté de rire et m'a à nouveau traité de con: elle était trop grande pour lui aussi, ce qui ne l'a pourtant pas empêché de la prendre et de la porter depuis.

J'ai passé le mois qui a suivi son départ à faire les quatre cents coups, mais être un délinquant juvénile n'est pas aussi aisé dans la vraie vie qu'à la télé et, étonnamment, ma famille d'accueil s'entêtait à garder sous silence mes écarts de conduite. Pas tellement que les Tremblay m'aimaient. C'était surtout de la pitié. On me grondait, certes, mais le vieux arrangeait toujours ça à l'amiable, en douce, sans faire de bruit…

J'ai toujours su exciter la pitié des bonnes gens.

Je me suis fait trimbaler d'une place à l'autre, le temps de me forger le caractère, avant de finalement retrouver Alex. «Ah ben, tabarnac!» a-t-il dit en m'apercevant, ce qui lui a valu un bruyant soupir de sa bienfaitrice. «Fred! Ton langage, s'il te plaît!» C'était une femme excentrique et généreuse, un peu timbrée, et maniaque de comédies musicales: sous son toit, je suis devenu Frank, pour Sinatra. J'y ai vécu cinq belles années, aux côtés de Ginger Rogers, Gene Kelly et Debbie Reynolds. Je partageais ma chambre avec Fred Astaire.

Kasey ne nous a pas attendus et est sortie. L'intérieur du bar est toujours sombre alors que la rue s'éveille en douceur, sous la lumière du jour naissant. Par la fenêtre sale, j'aperçois Christian. Il patiente, accoudé contre la voiture bleu-blanc-rouille qui menace de s'écrouler à tout moment, café à la main, journal sur le capot. Alex noue une écharpe de laine autour de son cou et se dirige vers moi, puis s'arrête. Fait demi-tour et passe derrière le bar, s'accroche les pieds devant la caisse. D'où je suis, je n'arrive pas très bien à voir ce qu'il fabrique, mais je n'en ai pas besoin. En se retournant, il se heurte à mon air désapprobateur.

— Ce qui m'est dû, Frank, rien que ça, dit-il en empochant une liasse de vingt dollars.

— T'est dû ?

— Ma paye, mon quatre pour cent. Ce que le bar me doit pour mes cinq années de loyaux services. On sait pas quand on revient, si on revient…

— On s'en va dans le fin fond de nulle part, je veux bien, mais on a quand même une adresse, Fred.

Alex se contente de plisser le front et de sortir, comme si j'avais dit quelque chose de vraiment stupide. Il n'a pas tort : à quoi bon partir si c'est pour laisser une adresse ?

Avant de rejoindre mes deux amis et mon destin déjà installés dans la Corolla, je mets l'alarme et verrouille la porte avec mes clés, celles du bar, celles que je n'ai pas remises en même temps que ma démission, quelques mois plus tôt.

Hélène

J'ai tout de suite dit non. J'ai refusé l'offre avant qu'il pense la formuler. Je l'ai convaincu que je n'avais rien à faire là-bas, sans savoir exactement ce que lui allait y faire. C'était mieux comme ça. Un peu triste. Mais mieux. Je lui évitais de se sentir obligé. Et moi, je me protégeais d'un cœur brisé à attendre vainement qu'il me propose de l'accompagner. J'avais ainsi désamorcé le piège : je ne saurais pas, du moins pas avec certitude, s'il voulait ou non m'inviter.

— Moi, je reste.

— Ouin. C'est ce que je me disais.

J'avais une tonne de raisons de rester. Ma session à l'université, qu'il était maintenant trop tard pour abandonner sans avoir de sanctions, et puis c'était la dernière ligne droite avant la fin du bac. Ç'aurait été complètement fou de tout laisser tomber à ce moment précis, si près du but. Il y avait aussi ma famille. Mon père qui n'en menait pas large depuis son divorce. Et j'imaginais bien qu'et Alex et Christian allaient suivre Dimitri : quelqu'un devait s'occuper de ce qui restait derrière. Ne serait-ce que d'arroser les plantes.

Aussi parce que Dimitri et moi, c'était de plus en plus n'importe quoi. Christian avait raison quand il disait que ç'avait toujours été ainsi, mais j'étais fatiguée, j'y croyais de moins en moins.

J'avais une tonne et demie de raisons de rester, pourtant, s'il me l'avait demandé, j'aurais fait mes bagages illico.

Je l'ai regardé préparer son sac, nue sur son lit, en silence. Et après, on a refait l'amour. Pas passionnément. Pas comme si c'était la dernière fois. Juste comme ça, parce qu'il s'en allait et que ça allait de soi. Je n'ai même pas eu d'orgasme. Après, il s'est levé pour attendre Christian. Et moi j'ai fait semblant de dormir pour ne pas lui montrer que je pleurais. Je ne voulais surtout pas qu'il croie que je tentais de le manipuler.

Au matin, je me suis levée pour leur dire au revoir. J'ai longtemps serré Christian dans mes bras.

Dimitri

Je n'ai été académiquement actif que très peu de temps dans ma vie. J'ai pourtant passé la grande majorité de ma jeune existence sur les bancs d'école. Du moins, sur papier. C'est que j'avais un grand frère qui prenait les études au sérieux. Alex était à peu près tout ce qu'on disait de lui : un bum, un délinquant, un va-nu-pieds, un vrai p'tit crisse, une mauvaise influence, un gars qui va mal finir. Mais jamais il n'accorderait à quiconque la chance de le traiter d'idiot. Dans toute sa vie d'embûches et de vacheries, l'école a toujours été le plus facile pour lui. Presque des vacances. Alors que je devais étudier comme un forcené pour m'en tirer avec des résultats potables, lui réussissait haut la main, sans produire le moindre effort. Ses professeurs le mésestimaient et pourtant, il finissait toujours premier de classe.

Mon histoire était à peu près la même. Simplement inversée. Je n'avais pas à forcer la sympathie des gens. Elle venait à moi d'elle-même, sans autre effort particulier qu'un battement de cils sur mes grands yeux tristes. Orphelin de mère depuis l'âge de neuf ans, de père inconnu, j'étais accueilli partout par des bras trop grands ouverts, comme un coup de chance inouïe : une bonne action facile. Je n'ai jamais rien eu du charme et de la répartie déstabilisante d'Alex : je n'étais rien d'autre qu'un enfant brisé. Juste ça. Je ne réussissais pas trop mal. Je répondais correctement en classe, si interrogé. Mais je ne levais pas la main. Et je ne parlais pas aux autres élèves. Je restais de glace devant à peu près tout, ce qui déstabilisait à peu près tout le monde. J'intimidais les autres enfants et finissais toujours, tôt ou tard, par incommoder les adultes. Je m'en foutais royalement : j'avais Alex, et c'était beaucoup mieux qu'une vraie famille.

Au secondaire, la perception que les autres – les filles surtout – avaient de moi s'est métamorphosée. L'enfant étrange que j'avais toujours été est soudainement devenu un gars *mystérieux*. Il ne resta bientôt plus rien de cette pitié indécrottable dans le regard de mes pairs. On me portait une attention toute nouvelle qui n'était pas sans me plaire.

J'ai rencontré Christian lors de ma première année d'université. Deux secondes, j'ai pensé qu'étudier en littérature me pousserait vers l'écriture, la création, voire la réussite ou la notoriété : Dimitri Cross, auteur. Connerie de merde. J'ai enduré presque trois ans de tourments avant de prendre une sabbatique qui n'est pas encore terminée. Christian, lui, a achevé sa maîtrise l'an dernier. Il travaille depuis chez Renaud-Bray, rembourse une dette d'études dans les cinq chiffres en gagnant à peine plus de dix dollars de l'heure.

On roule depuis déjà longtemps. Christian endormi à l'arrière. Alex et moi à l'avant. Lui qui conduit. Moi qui m'occuperais bien de la musique, mais notre dernière cassette, une copie d'une copie d'un album de Béru que je n'ai pas réécouté depuis le secondaire, vient de se faire bouffer par le lecteur. Pas vraiment grave : avec la trentaine qui me fait de l'œil, je dois me rendre à l'évidence que la musique de mon adolescence est loin de me faire sentir jeune à nouveau. Plutôt le contraire. La nostalgie, c'est bon pour les vieux, les adultes ou les ratés. Je combats avec véhémence mon adhésion à l'un ou l'autre de ces groupes pitoyables. Déjà que je suis non-fumeur.

— À qui tu le dois ?

Alex fait mine de ne pas comprendre.

— Ton nouveau facelift.

Il sourit, se souvenant tout à coup de la gueule qu'il a, qu'il admire un temps dans le rétroviseur. Et finalement :

— Très tendance à New York.

— *And you wanna be a part of it, right ?*

Il ne dira rien. Ça peut continuer comme ça longtemps. On peut discuter jusqu'à ce qu'il n'y ait plus d'essence dans le réservoir : de sa tronche de balafré, du fait qu'il fait tout ça pour me laisser une chance de plaire aux femmes. Même qu'on ferait le plein et qu'on repartirait et qu'on parlerait encore d'absolument rien, de n'importe quoi, de tout ce qui est à même de faire dévier la conversation. Il ne me dira ni le nom de son bourreau ni la raison du châtiment. Connaissant Alex, je sais que chacun des coups était mérité.

Depuis qu'il a abandonné ses études, Alex s'est investi corps et âme dans un nouveau passe-temps, dans lequel, bien naturellement, il excelle : faire chier les gens. Il possède aujourd'hui une collection impressionnante d'ennemis.

Je n'ai pas eu à lui demander de m'accompagner à Courtval : je l'ai prévenu de notre départ. Un contrat invisible nous lie l'un à l'autre depuis cette journée où il m'a gueulé : « Tu cours ! » C'est pour ça qu'aujourd'hui Alex me suit sans poser de question. Je serais d'ailleurs prêt à gager qu'il ne le fait même pas à contrecœur : l'annonce de ce départ précipité arrive juste à point. Les derniers mois ont été particulièrement tumultueux et, si le sourire sur son visage voudrait bien faire taire mes soupçons, les contusions qu'on lui peint régulièrement à grands coups de poing parlent d'elles-mêmes : le temps est venu pour Alex de disparaître.

La route est interminable, et la température semble nous en vouloir. Avant de traverser le Parc, un ravitaillement est de mise. On s'arrête, pas trop regardants, dans le premier resto venu : comme ça peut très bien être le dernier, pas de risque à prendre. Alex propose qu'on laisse Christian là, endormi dans la voiture. Il se réveille de lui-même avant que j'aie le temps de protester.

•

Chantal – c'est ce que dit la broderie sur sa blouse bleu sale – est une blonde peroxydée maquillée comme une poupée de film d'horreur. En la voyant, j'ai tout de suite décidé que tout ce qu'elle toucherait aurait un goût de mort. C'est une des raisons qui me poussent à bouder mon déjeuner, qui refroidit et semble lentement se solidifier sous mes yeux. Je bois tout de même un peu du café dégueulasse qu'elle a déposé sur la table en faisant de l'attitude. Il est onze heures, pas dormi depuis la veille : mon corps a ses faiblesses et je bois par nécessité, mû par mon instinct de survie.

Regarder Alex bouffer son bacon pas assez cuit me rend malade. Christian, qui a commandé une salade de fruits périmés, l'observe aussi avec dégoût.

— Je sais pas comment tu fais.

La remarque fouette Alex qui, soudainement, recouvre ses esprits et repousse son assiette, fort d'une conviction nouvelle.

— Moi non plus.

J'ai l'humeur de la pluie qui s'annonce dans le ciel. J'ai envie de silence, d'un grand lit, du corps nu d'Hélène réchauffant mon dos. Hélène…

Alex fait peur à voir. Le contour de son œil est plus noir que bleu et sa lèvre est de plus en plus enflée. Christian non plus n'a pas dormi la nuit passée. Pourtant, il est plus frais qu'une rose. La courte sieste qu'il a faite dans l'auto n'explique pas cette arrogante vivacité. Il a sans doute trouvé à baiser hier soir.

— C'est quoi le plan de match ?

Alex s'empare de la facture que notre charmante waitress a laissé tomber sur la table. J'en profite pour ne pas répondre à Christian :

— Combien ?

Alex étudie le bout de papier, l'air agacé.

— Ostie de conne... Elle a tout mis ensemble.

Christian, exaspéré, s'empare de l'addition. Il dépose un billet de vingt dollars sur la table et fait signe à Chantal qui, de l'autre bout du restaurant vide, nous dévisage en replaçant son soutien-gorge. Christian se retourne vers moi :

— Et puis ?

— Quoi ?

— Le plan ? C'est quoi, le plan, Dim ?

Je soupire. Christian attend patiemment une réponse, Alex n'écoute même pas. Je prends une gorgée de café froid, grimace et recrache dans la tasse.

— Le plan ? je marmonne. C'est... C'est pas mal ça, Christian. Ce que je t'ai déjà dit, là.

— Justement : t'es pas très bavard.

— Il nous reste un bon deux heures de route, je dirais, avant d'arriver...

Il m'adresse un regard étrange. C'est que Christian veut savoir, à juste titre, ce qu'on va faire, une fois rendus ; une fois à Saint-François-Xavier-de-Courtval. Une fois qu'on aura retrouvé le notaire, celui qui m'a appris la nouvelle au téléphone, hier soir.

— OK..., souffle-t-il. Laisse-moi reformuler, d'abord : qu'est-ce qu'on fait, dans deux heures de route, Dimitri ?

— Je sais pas. On s'occupe des arrangements funéraires, on fait incinérer le corps. J'imagine que c'est ça qu'on fait, dans deux heures de route, Christian.

— Incinérer ? Tu veux pas le faire enterrer ?

Alex, à qui j'ai tout raconté et qui vient de comprendre qu'il en sait beaucoup plus que l'autre, glousse. Ce n'est pas de ma faute : je n'ai pas encore trouvé les mots. Ça viendra. On a deux heures de route devant nous.

Christian

Dans la voiture, à l'arrière, comme toujours. À me demander ce que j'étais venu faire ici. Comment j'en étais arrivé là au juste ? Pourquoi j'avais accepté ? Pourquoi je lui avais dit « oui » quand il m'avait demandé de les accompagner ?

Dans la voiture, à me poser toutes ces questions, en sachant pourtant très bien que, s'il ne me l'avait pas offert, c'est moi qui aurais supplié Dimitri de me laisser prendre part au voyage. C'est moi qui l'aurais supplié... Zéro amour-propre.

Le paysage défilait à une vitesse affolante. D'abord la ville, puis des villages, et puis des arbres et, depuis un bon deux heures maintenant, rien d'autre que des arbres et des montagnes. J'avais les oreilles bouchées, comme en avion. Malheureusement, je ne me réveillerais pas au Mexique, sous le soleil : je m'en allais encore plus loin que ça. Le printemps frileux que nous avions quitté à Montréal le matin même n'était plus qu'un vague souvenir. Peu à peu, la pluie qui fouettait les fenêtres de la voiture s'était transformée en neige grasse et lourde, comme si la nature voulait nous faire faire demi-tour. À part m'indiquer l'heure, mon téléphone cellulaire avait perdu toute utilité depuis le restaurant. Je l'ai éteint, un nœud dans la gorge.

Tout ça me donnait l'impression d'un voyage dans le temps. Retour dans un passé qui n'existait pas avant la veille. Avant que je rentre et découvre Dimitri attablé, seul, deux verres devant lui. Un pour moi. On a trinqué en silence. Il avait l'air grave. Moi, l'impression de sentir le cul à plein nez. Mais ça, ça ne le regardait pas, même si j'agissais toujours comme si… Comme si ça pouvait l'intéresser.

Ça lui a pris le temps d'un verre, puis d'un refill, et il me l'a demandé : de les accompagner là-bas. À Saint-François-Xavier-de-quelque-chose-comme-ça. Les accompagner chez lui. « Chez moi », il a dit.

C'était du grand n'importe quoi. Sa valise était déjà faite. Celle d'Alex aussi.

— C'est complètement insensé. On peut pas partir comme ça. Je peux pas partir comme ça, sur un coup de tête. Sans laisser d'adresse…

— On va avoir une adresse là-bas aussi.

Ça n'avait ni queue ni tête.

Je me suis emparé du téléphone et ai laissé un message sur la boîte vocale de mon employeur. Ne pas m'attendre demain matin. Ni le restant de la semaine. Connaissant mon patron, je savais très bien que ça voulait dire qu'il ne m'attendrait plus jamais. J'ai raccroché et me suis senti étrangement bien, soulagé. Libre. J'ai levé les yeux vers Dimitri, et ai été pris d'une envie terrible de l'embrasser.

On a trinqué une dernière fois, en silence. J'ai regardé les murs de mon appartement comme on regarde un amant endormi avant de disparaître en douce.

Je n'ai eu qu'une demi-heure pour faire mes valises.

La neige avait cessé. Mais le soleil était toujours des abonnés absents. La Toyota a ralenti. À en croire le panneau d'indication à droite de la chaussée, nous étions arrivés à destination. Shit…

Dimitri

Saint-François-Xavier-de-Courtval vous souhaite la bienvenue !

Vague sentiment de déjà-vu. L'impression d'un voyage dans le temps à la con et l'envie de gerber sur le rétroviseur.

La forêt se fait moins dense, laissant place ici et là à de petites maisons un peu trop accueillantes, comme celle de la sorcière dans *Hansel et Gretel*. La route droite qu'on suit depuis des heures nous mène donc ici. Directement là. Aucune chance de se perdre et de filer dans la mauvaise direction : aucune issue. Y a-t-il autre chose, plus loin, passé Courtval ? J'ai soudain le sentiment désagréable que la terre est plate et je commence à penser qu'on a roulé un peu trop loin.

Au moment où le petit village de Saint-François-Xavier-de-Courtval me souhaite candidement la bienvenue, je m'ennuie d'Hélène à en crever. J'essaie vainement de me rappeler pourquoi je ne lui ai pas demandé de m'accompagner. J'aurais envie qu'elle me tienne la main.

Le moins qu'on puisse dire, c'est que notre entrée est remarquée. Le village est minuscule. À peine y a-t-on mis les pieds qu'on se retrouve plongés en plein cœur, avec la sensation d'être avalés. La Corolla s'avance lentement, incertaine. Sur les trottoirs, les villageois se retournent et nous dévisagent. Tous. Ils nous observent, perplexes, mi-intrigués, mi-amusés. J'avale difficilement un trop-plein de salive. Je donnerais tout ce que j'ai pour retrouver mon état confortable de non-être pitoyable de la veille. Mais tout ce que j'ai, à en croire l'inconnu d'hier soir au bout du fil, se trouve précisément ici.

Lentement, une première main se lève et s'agite, interrompant le cours de mes pensées. Puis une deuxième, suivie de plusieurs autres. Le citadin en moi met un certain temps à réaliser ce qui est en train de se passer : les Courtvalois, tour à tour, saluent énergiquement notre passage. La Toyota est devenue un char allégorique. Je lève une main timide à mon tour, répondant aux bonjours de nos fans, comme un ancien combattant ou un président. Dallas 1963 : je ne serais vraiment pas étonné d'être dans la mire de quelque illuminé. Le ciel est sombre, crépusculaire, mais il doit être deux heures tout au plus. Je ne comprends pas ce que tous ces gens font à l'extérieur par un temps pareil. Être complètement paranoïaque, je dirais qu'ils sont sortis expressément pour m'accueillir. *Welcome home, dear boy ! We missed you !*

Je souris, mais j'ai envie de gueuler.

— J'ai peur, dit Christian.

Alex éclate de rire. J'ai un peu peur, moi aussi.

— C'est vrai ! se défend-il. C'est pas normal… ça !

— Lobotomie, Christian. C'est comme ça qu'on appelle « ça », dit Alex en saluant hypocritement les villageois.

J'éclate de rire en tentant de me convaincre que tout ira bien. *Tout ira bien.* Par la fenêtre entrouverte, le murmure dérangeant de mon prénom se faufile jusqu'à mes oreilles. *Tout ira bien.*

Nous roulons comme ça jusqu'à l'église, où la route principale prend fin. De là, deux directions s'offrent à nous. Je sors de ma poche le papier sur lequel j'ai griffonné l'adresse. Ici, à Courtval, les rues ne portent pas de nom. Et sur mon papier, rien de vraiment utile : Schreiber, une série de trois chiffres, et le nom interminable du village que je n'ai pas pris le temps d'écrire au complet. De la direction à prendre, aucun indice. Je jette un coup d'œil dans le rétroviseur. Bien qu'ils se trouvent maintenant derrière, les villageois semblent toujours aussi fascinés par nous. Je sens le regard insistant d'Alex : lui aussi préférerait éviter tout contact avec ces étranges créatures des bois. Impatiemment, sans demander, il s'empare des « indications », retourne le papier dans tous les sens, recherche vainement des renseignements supplémentaires, regarde à sa droite, à sa gauche, lève les yeux vers l'église.

— Tabarnac, soupire-t-il en froissant le papier.

J'ose à peine me retourner : j'ai deviné la déplaisante présence de deux garçons à proximité. Deux adolescents, rien de bien apeurant. N'empêche. Alex les a lui aussi repérés et démarre en trombe, fonçant vers la gauche. Je lui souris, soulagé.

— Et où on va comme ça ? demande Christian, amer.

— Un village grand comme un p'tit crisse de mouchoir de poche coupé en deux, répond Alex, agacé. On devrait arriver à trouver quelque chose.

— On sera pas plus avancés si on se perd.

— Si on arrive à se perdre ici, Christiane, c'est qu'on est pas mal plus talentueux que j'imaginais.

Christian

Hélène m'a serré un brin trop fort. Un peu trop longtemps. Et même si ses yeux étaient secs, je devinais les sanglots partout à l'intérieur d'elle. C'est moi qui avais brisé l'étreinte en riant : ce n'était pas des adieux, après tout. Évidemment, Dimitri ne m'avait pas encore tout raconté... Je me suis aussi retenu de lui demander de monter en voiture et de venir avec nous. Le connaissant, je me doutais que Dim ne l'avait pas invitée ; ça ne lui aurait fait que de la peine.

Seul sur la banquette arrière, comme les deux ados s'approchaient de nous, comme Alex et Dimitri commençaient à s'énerver à l'avant, je regrettais la belle Hélène. Je regrettais sa présence légère. Je regrettais de ne pas pouvoir lui faire signe, attirer son attention sur le plus jeune des deux garçons, le blond, celui qui ressemblait à Kurt Cobain. Je regrettais son regard mi-exaspéré, mi-amusé, sa façon de me juger sans se prendre trop au sérieux. Son haussement de sourcil, son coude dans mes côtes et son rire incertain.

Je regrettais de ne pas l'entendre me dire: « Il doit être au secondaire, Christian! Tu me niaises... »

Et quand la voiture s'est éloignée avec nous dedans, j'ai surtout regretté de ne pas avoir eu la chance de faire connaissance avec le garçon, de ne pas avoir eu la chance de m'assurer que mon gaydar était toujours bien réglé. À ce moment-là, je regrettais encore plus Hélène et son ton désapprobateur: «Arrête, Christian. Tu vaux mieux que ça.»

Je regrettais carrément Hélène, qui a toujours su mieux que moi ce que je valais, ce que je faisais, surtout ce que je ne faisais pas.

Dimitri

Pas plus doués qu'il faut, on a trouvé ce qu'on cherchait sans avoir eu à le faire: le salon funéraire était juste là, exactement là où la route qu'Alex avait empruntée nous menait. Difficile à manquer. D'abord, parce que devant se trouve un immense panneau sur lequel est inscrit *Schreiber & fils*. Le *& fils* y a été grossièrement biffé et l'enseigne en piteux état tient précairement en place, menaçant de tomber à chaque coup de vent.

Ensuite, parce que des dizaines de corbillards sont garés autour du bâtiment. Des carcasses immenses, toutes noires, toutes au repos.

Arrivés à destination, on sort de la voiture en silence, comme le veut, je crois, le décorum. Je suis venu enterrer mon père, après tout. Alex s'allume une cigarette et je l'envie. En guise d'encouragement, Christian me sourit discrètement. Je me retourne vers la maison et avance, seul.

La résidence est vieille, mais bien entretenue. La porte est grande ouverte, malgré le froid, et j'entre sans frapper, en la refermant derrière moi.

À ma grande surprise, la pièce dans laquelle je mets le pied n'est pas une salle d'exposition ni un bureau : rien de ce à quoi je m'attendais. Genre un hall avec un vestiaire, des indications pour le fumoir et les toilettes, une odeur désagréable d'encens accompagnée d'une musique de fond assommante, quelque chose comme les Beatles en version instrumentale, une atrocité qui te fait tout de suite envier celui qui est étendu dans le cercueil. Non : je suis entré dans un séjour platement ordinaire. Deux canapés, un fauteuil et, partout où mon regard se pose, des photographies : sur les murs, les buffets, celui au fond, l'autre en coin, là, et sur la table centrale aussi. Une lumière diffuse et un fumet sucré provenant de la pièce d'à côté me laissent deviner une cuisine alors que, venant de ma droite, des murmures sourds se glissent jusqu'à mes oreilles.

J'imagine qu'il est là, mon père, mon mort : derrière ce mur. J'imagine que c'est donc là que je devrais être, moi aussi. Fidèle à moi-même, j'ai la volonté traînarde et donne volontiers la permission à mon esprit de s'accrocher les pieds un moment encore dans ce salon où je me suis moi-même invité. Rester là, peinard, un instant seulement, à regarder quelques photographies et à faire comme si elles m'intéressaient. La pièce est littéralement surchargée, et mon regard refuse de s'arrêter sur un visage en particulier. Jusqu'à ce qu'il rencontre le sien.

Sur le mur du fond.

Le plus éloigné.

Photo mal cadrée. Grain grossier, couleurs jaunies et robe affreuse : ça pue les années quatre-vingt à plein nez. Peu importe : ce n'est pas le goût douteux du modèle sur la photo qui réussit à retenir mon attention, mais le modèle, point.

La femme sur le cliché doit avoir environ vingt-cinq ans. Une chevelure de jais encadre son visage simple et parfait. Elle ressemblerait à la *Madone* de Munch si ses deux grands yeux verts étaient fermés. Comme je l'admire, j'en viens à me demander qui était le veinard derrière l'objectif. La belle devait être amoureuse du photographe, car je reconnais dans son regard triste ce qu'abrite celui d'Hélène quand elle pose les yeux sur moi : la déception.

C'est en scrutant le mur à la recherche de ma nouvelle flamme que je tombe sur lui, le salaud : moi.

Moi, quelques années en plus dans un passé que je n'ai pas connu. Et là, juste en dessous : lui-moi, la vingtaine, moustache sous le nez, t-shirt saumon. Et sur celle-ci : lui-moi, entourant la taille de ma mère de mon bras gauche et tenant du droit un beau bébé grassouillet. Moi. Je connais cette photographie : ma mère en avait un double. Tout ce qu'on pouvait y lire, derrière, c'était une date : 16 juin 1983. La nôtre ne différait de celle-ci que sur un seul point : on y avait fait disparaître le visage de l'homme en la déchirant.

J'avance un doigt hésitant vers l'image, la gorge nouée. Un peu l'envie de vomir qui me reprend, mais comme tout ce qui me tient debout depuis hier soir, c'est du café, je ne m'en fais pas trop : aussi longtemps que les faiblesses de mon corps arrivent à se trouver une défaite terre à terre et que mes vertiges n'ont rien à voir avec les émotions, je vais bien.

— Albert !?

Une voix cassée me fait sursauter. Absorbé par l'étude des photographies, j'ai baissé la garde et n'ai pas su flairer la venue de l'inconnue. Je réalise soudain le ridicule de ma situation. Non seulement je n'ai pas frappé à la porte, mais je n'ai même pas pris la peine de manifester ma présence. Je suis là, dans le séjour de j'ai aucune fuckin' idée qui, à dévisager les traits figés et poussiéreux d'un homme que j'ai peut-être déjà appelé « papa ». Je me fais surprendre comme ça, comme un apprenti voleur : pas trop crédible.

J'ai dû voir des centaines de fictions et de documentaires sur le sujet, mais, pour la première fois, j'arrive à comprendre l'état de détresse et d'impuissance dans lequel se réveille un amnésique. Je retrouve des morceaux de ma propre histoire sur ces murs, envahi par le sentiment inconfortable d'être un étranger dans un endroit qui me connaît pourtant bien. Un moi, dont j'ignore à peu près tout, existe déjà ici.

— Albert...

Je me retourne enfin, le regard lâche, pris en flagrant délit. De quoi ? Je n'en suis pas certain.

Une vieille femme se tient devant moi. Son visage est tellement plissé qu'il m'est difficile de reconnaître l'émotion se cachant sous ses rides, mais son accolade soudaine et trop généreuse ne suggère que de bons sentiments. Quelque chose comme de la joie.

— Ah… Albert!…

Sa voix grelotte et la vieille sanglote bientôt sur mon épaule. Son corps menu s'agrippe solidement au mien et je suis pris d'une envie brûlante de me défaire de cette étreinte trop intense. Elle est si frêle que je l'imagine s'effondrer sur le sol si par malheur je cédais à l'impulsion de la repousser. Doucement, je m'éloigne de l'épave. Ses mains tentaculaires s'en prennent maintenant à mon visage. J'essaie de camoufler mon impatience sous un rire poli, aussi faux que les perles disproportionnées qui encerclent le cou de la vieille. Je ne tolère pas qu'on me touche sans y avoir été préalablement invité et supporte mal la compagnie des personnes âgées. Comme je n'ai jamais eu à en côtoyer, elles représentent pour moi un mystère que je ne désire pas élucider et sont la preuve que le temps passe, toujours en faisant des ravages.

Je réussis finalement à me mettre à l'abri dans un coin de la pièce où je me crois hors d'atteinte. Je prends une profonde inspiration en souhaitant que mon faciès de gars fatigué masque mon dégoût.

— Mon beau garçon, elle me dit en s'approchant à nouveau.

Je passe derrière le fauteuil pour qu'il y ait le plus de matière possible entre nous.

— J'aurais dû sonner, désolé…

— Ben voyons, mais qu'est-ce que tu dis là? On sonne pas pour rentrer chez soi, hin? Qu'est-ce que t'aurais d'affaire à sonner? Est bonne, hin? T'es plus ben ben habitué.

Le trémolo dans la voix de la vieille est criant de vérité. Certes, on pourrait a priori associer ce tremblement à son âge impossible, mais les deux sillons humides, creusés sous ses yeux fatigués, ne laissent pas place au doute : la vieille est ravie de me retrouver.

Bouche bée, immobile, je l'écoute. Elle tient à me faire savoir à quel point mon retour est « le plus beau des cadeaux ». Jamais auparavant je n'ai provoqué chez qui que ce soit ce genre d'emballement. Triste, mais il m'apparaît évident que cette femme n'a pas la moindre idée de l'identité véritable de l'intrus qui se tient devant elle. Il ne reste plus rien du nourrisson souriant de la photo accrochée au mur et, pour tout dire, je ne suis même pas convaincu qu'il ait réellement existé. Mais je ne suis pas venu jusqu'ici pour détruire à grands coups de mauvaise foi le monde imaginaire d'une vieillarde sénile : malgré mon humeur assassine, je la laisse m'appeler Albert en souriant.

•

La voix intarissable de la vieille est sur le point de m'achever. Assis sur le fauteuil devant elle, un café à la main et un immense morceau de gâteau sur les genoux, j'ai le cœur au bord des lèvres. Mon estomac vide me trahit. Je ne peux pas lui en vouloir : je le traite moins bien qu'un animal qu'on affame. Je dépose l'assiette et la tasse sur la table devant moi et force un sourire.

— Peut-être un peu plus tard…

J'ai vraiment l'impression que je vais dégueuler.

— Je l'ai fait pour toi, hin.

J'imagine que là, c'est le moment où je devrais me sentir mal de ne pas avoir goûté le dessert préparé spécialement pour moi.

— Le préféré de ton père, hin. Ah ! J'en avais pas fait depuis des années. Mais je me souvenais de la recette. L'avais pas oubliée, hin…

Et la voilà qui se lance dans une autre tirade sans fin ! Je n'entends que partiellement les mots qui s'échappent de sa bouche édentée. J'ose à peine cligner des yeux, de peur de ne pas arriver à les rouvrir et de m'endormir en territoire ennemi.

C'est une question de survie, fuck la politesse : je l'interromps. Et puis mon malaise passe à moitié lorsqu'elle me sourit.

— Il est à côté, hin. Junior t'attend, juste là.

Junior : j'en déduis qu'il s'agit de Jean-Paul Schreiber, l'homme qui a pris le téléphone la veille pour m'appeler et m'annoncer la *triste* nouvelle.

Sans arrêter de parler, elle se lève. Son ton a chuté de plusieurs décibels ; ses mots ne s'adressent plus à moi. Je suis de trop dans la pièce. La situation me rappelle un certain matin, au terminus, lorsque je m'étais mis à écouter les monologues d'un homme qui parlait au vent. Le gars n'avait pas la gueule des schizos réguliers. Il était propre, correctement vêtu. En fait, j'avais l'air beaucoup plus douteux que lui, avec ma tête dans le cul, mon haleine de taverne et mon t-shirt troué.

Terminus Longueuil, huit heures du matin, avec la classe ouvrière qui s'active, moi qui rentre me coucher après une nuit de dérape qui s'est terminée, va savoir pourquoi, sur la Rive-Sud : soûl, j'ai toujours été d'une stupidité exemplaire. J'étais là, dans un coin, à espérer arriver à l'appartement avant que ma tendre moitié ne se réveille, à me trouver des excuses, lorsque sa voix a attiré mon attention. Il portait un veston-cravate et parlait télécommunications, médias. Une seconde, j'ai eu l'impression d'être de retour sur les bancs de l'UQAM à me faire bourrer la tête de McLuhan. Lorsqu'il m'a aperçu, attentif comme un élève modèle, une lueur de folie a traversé son regard et il s'est mis à chuchoter, mécontent. J'étais indésirable. Je me suis donc levé pour attendre le métro plus loin. Bien sûr, ça sautait aux yeux: l'homme était complètement cinglé. Mais comme je n'ai jamais été certain de l'état de ma propre santé mentale, je n'ai pas osé courir de risque.

C'est exactement dans le même état d'esprit que je quitte le séjour et la vieille. Peut-être bien qu'elle entend des voix. Ou peut-être que c'est tout simplement moi qui ne les entends pas.

Christian

Je n'ai jamais compris ce qu'elles pouvaient bien lui trouver. Pourtant, encore une fois, même s'il avait la gueule amochée comme un boxeur fini, ça a mordu. Une jolie prise. Superbe en fait. Deux secondes, j'ai eu envie de lui faire une fleur: lui crier de monter dans sa voiture et de s'enfuir, de s'éloigner le plus rapidement possible. Lui faire comprendre que ça ne menait jamais nulle part, ses histoires, jamais nulle part, mais toujours un peu trop loin.

Mais il y avait quelque chose dans sa façon de se mouvoir, lentement, comme une femme en noir et blanc, comme une héroïne de Raymond Chandler.

Quelque chose dans cette manie qu'elle avait de répondre par un rire à ses questions qui m'a fait croire que cette fois-ci Alex s'en prenait à quelqu'un de sa taille. Alors, je me la suis fermée et j'ai écouté.

Alex a pris son ton charmeur, celui qui avait déjà fait ses preuves. Elle, je crois bien qu'elle avait décidé de se laisser séduire avant même qu'il ait commencé à parler. Peut-être dès qu'elle était sortie de la maison. Peut-être en l'apercevant. Ou en marchant vers sa propre voiture, à côté de laquelle nous étions garés.

— Bonsoir.

Alex, bien entendu. Pendant que moi je le trouvais con comme la lune, elle, elle a souri.

— Bonjour.

— Aussi.

Crétin…

— N'importe quoi, a-t-elle fait en ouvrant la portière de sa voiture pour y déposer son sac.

Alex a écrasé sa cigarette et s'est approché de sa proie en tendant la main.

— Alex.

Sans bouger la sienne, elle a pris une mine faussement désappointée.

— Dommage.

Alex n'a pas compris. J'étais moi-même un peu perplexe. Elle a expliqué d'une voix mielleuse :

— Dommage que ce ne soit pas toi, Demi.

Demi ?

— Dimitri, je veux dire. Dommage que tu ne sois pas lui.

Alex a éclaté de rire, un rire franc, vrai, un rire *à la Alex* : le genre d'éclat qui donnait immanquablement le goût de pouffer aussi, et ce, même quand on avait paradoxalement envie de lui casser la gueule. Elle avait décidément le dessus sur lui et, à voir l'air affamé du chasseur, l'idée d'être dessous semblait l'allumer.

— Je suis pas le bon, c'est ça ?

— On dirait bien.

— Dommage.

— C'est ce que je disais.

Je suis intervenu :

— Tu connais Dimitri ?

La conversation prenait un tour inattendu. J'avais ma curiosité à satisfaire. Ses yeux surpris se sont posés sur moi, comme si elle venait tout juste de constater ma présence. Lorsqu'elle s'est adressée à moi, sa voix n'avait pas la même couleur.

— Toi ? Tu le connais ?

Ce n'était pas tellement une question. C'était quelque chose d'autre. Je ne saurais dire quoi au juste. Le vent avait tourné et le fond de l'air s'était du coup réchauffé. Le printemps qu'on avait semé derrière courait pour nous rattraper, malgré le regard glacial de...

— Lorraine.

Elle m'a tendu la main.

— Christian.

On s'est dévisagés un court moment. J'étais mal à l'aise et n'ai trouvé rien de mieux à faire que de lui sourire bêtement. Lorraine a interrompu mon silence en se retournant vers Alex. Il avait l'air d'un chien trop content, la langue qui pend, la queue qui branle.

— À ce que je vois, on s'est déjà fait des amis ? a remarqué Lorraine en frôlant du bout des doigts les ecchymoses sur le visage d'Alex.

Il s'est mordu la lèvre en grimaçant:

— Na! a-t-il fait en secouant la tête. Anciennes amours.

La belle a rigolé. Elle se tenait très près d'Alex, qui s'est allumé une autre cigarette. Je n'existais pas.

Alex était l'abruti le plus brillant que j'aie jamais rencontré. Nous ne partagions aucun point commun, seulement un appartement. Et Dimitri. Je respectais l'amour fraternel qui les unissait, mais, contrairement à Dim, je n'avais pas connu l'Alex des bonnes années et doutais même qu'il ait véritablement existé. Je n'ai jamais rencontré le mec digne de confiance, franc, attachant qu'on avait juré de me présenter, quelque chose comme six ou sept ans plus tôt.

Lorraine s'est emparée de la cigarette d'Alex. Elle était plus petite que lui, un cinq pieds six en talons hauts, mais puisqu'il s'était assis sur le capot de la voiture, c'est elle qui regardait vers le bas. Passionnée par les paroles de Casanova, elle n'a pas vu venir l'enfant qui sortait de la maison, filant à toute allure vers elle. Il s'est accroché à ses jambes fines. Elle a passé une main dans ses cheveux, un baiser au bout de chaque doigt. Alex a froncé les sourcils et repris sa cigarette.

— T'es tanné? a-t-elle demandé au garçon.

L'enfant a acquiescé.

— Ton fils?

— Pourquoi? On se ressemble? m'a-t-elle répondu sèchement, sans lever les yeux sur moi, acide-amère.

Elle se foutait carrément de ma gueule et ça m'affectait comme si j'étais un gosse. Merde.

— Je sais pas, je disais ça comme ça.

Ma voix a tremblé. Merde. J'ai toujours détesté ces gens qui, sans raison apparente, me font sentir comme un crétin dès que j'ouvre la bouche. Détesté les gens comme Alex. Comme elle. J'ai détourné mon attention vers le garçon. Je me suis penché afin de créer une bulle autour de lui et moi : c'est ce qu'on fait pour amadouer un animal sauvage.

Son nom, son âge, son humeur : rien. Le garçon m'a regardé sans sourciller, sans répondre à mes questions. Il me fixait ni amusé ni intimidé, mais, pire encore, totalement indifférent. Elle :

— Tu perds ton temps. Il te répondra pas.

— Pourquoi ?

— Parce que c'est comme ça. Il te parlera pas.

L'enfant est monté dans la voiture. Lorraine a adressé un dernier sourire aguicheur à Alex et s'y est installée à son tour. Mais avant :

— Ce fut bref...

— Mais oh ! combien intense ! de répondre Alex.

— C'est vrai ? Je suis habituée à plus.

Chaussure à son pied : j'avais vu juste.

— Au fait, il y a un show ce soir, au bar. Si ça vous intéresse.

Avant qu'elle ne nous quitte, je lui ai demandé de quel bar elle parlait. Ça l'a fait rire.

Lui, il a terminé sa cigarette lentement, la faisant tourner entre ses doigts. Le filtre était tatoué du rouge de Lorraine.

— Ouin, l'impression que je vais aimer ça ici, finalement.

J'ai regardé Alex se lever de la voiture et réalisé que j'étais toujours accroupi. C'est à ce moment-là que Dimitri est enfin sorti de la maison, accompagné d'un étrange homme, la soixantaine…

Dimitri

… ou une cinquantaine pas très flatteuse. Comme la vieille m'a dit, Junior m'attend là, juste à côté. Juste à côté du cercueil encore ouvert. D'où je me trouve, je n'arrive pas à voir à l'intérieur, et puisque c'est parfait comme ça, j'arrête d'avancer.

Schreiber me tourne le dos. Il incline très légèrement la tête, rien de plus, mais j'en déduis qu'il a deviné ma présence. Je n'ai pas encore parlé, pas émis le moindre son : à croire qu'il a flairé mon odeur.

La salle est vide. N'y a que nous deux et le mort. Tout porte à croire que mon père n'était pas l'homme le plus populaire des environs. On m'a fait comprendre au téléphone qu'il n'y aurait pas de messe, « pas la peine », et ça fait vraiment mon affaire. Une comédie de moins ; toujours ça de gagné.

Il incline donc la tête, rien de plus, mais c'est vers le cadavre qu'il le fait, juste avant de lui adresser la parole. Ce qu'il dit ? Va savoir. Il pourrait très bien être en train de prier ou quelque connerie du genre. Se recueillir, par exemple : ce qu'on est censé faire quand quelqu'un meurt. Dans ma tête de gars qui n'a pas dormi de la nuit et a trop bu de café, ça sonne davantage comme un complot entre le mort et son gardien. Faut dire que je suis seul dans la pièce, avec eux deux, et que j'ai une toute petite *petite* propension à la paranoïa (merci Marie-Jeanne)...

Un moment, rien ne bouge. Je n'ai envie que d'une chose : tourner les talons et sortir. De ça, et d'une cigarette.

— Viens pas dire bonjour à ton père ?

Ses mots brisent le confortable silence dans lequel la salle et moi-même baignons. « Viens pas dire bonjour à ton père ? » Ce n'est pas une question ; c'est un ordre, et comme un automate je me mets à avancer. Je préférerais de loin passer à la scène suivante, celle où le cercueil est fermé pour de bon et les papiers, signés. Celle où je retrouve Alex et Christian à la voiture. Ils me demandent « Et puis ? » à demi inquiets, et je réponds « Rien là ! » à demi convaincu. Mais comme on n'en est pas encore là, moi, j'avance, pas convaincu du tout.

— Ben t'avais raison, te ressemble, ton Demi. Un vrai toi, mais encore beau. Content ?

De sa voix de rogomme, Schreiber interroge le corps. C'est morbide. Surtout qu'à entendre les gloussements étouffés du vieux, on croirait qu'il réagit à quelques commentaires du mort, et il devient trop facile de supposer que lui et le macchabée sont réellement en plein entretien. Réellement en train de parler de moi.

La voix de Schreiber est puissante et imposante ; de ces voix à même de faire brailler le diable. Elle est rauque et grave, usée, comme un violon sur lequel on aurait pissé et auquel on aurait foutu le feu. Une voix qu'on a étouffée de tabac, noyée dans un baril de moonshine, puis laissée pour morte dans la ruelle d'un bar miteux.

Il est vieux, ou du moins il en a l'air. Le temps ne l'a pas épargné, et chacune des années de sa longue vie a laissé sa marque sur son corps : le dos courbé, la lenteur des mouvements, la toux récalcitrante, une promesse de mort lente dans le fond de la gorge, et les cheveux grisonnants, qu'on devine épars sous un chapeau directement sorti d'une époque oubliée. Il existe une telle dichotomie entre le corps et la voix de Schreiber qu'il est impossible de ne pas frissonner à la pensée de l'homme qu'il a dû être. Je n'ai aucune difficulté à croire que les morts lui répondent.

— La vieille t'a pas fait trop chier ?

— Hum ?

Je me suis à nouveau arrêté. Un grand frisson me traverse le corps. Schreiber s'est finalement tourné et jette sur moi un regard austère. Mon mal-être transparaît, même si j'arbore un sourire faussement décontracté, en faisant mine de fouiller les poches vides de mon manteau. J'ai vraiment l'air d'un con. Schreiber me fixe, impénétrable.

J'évite délibérément le cercueil du regard. D'où je suis maintenant, en forçant un peu, à peine, j'arriverais à voir à l'intérieur. Comme il n'y a pas grand-chose à contempler ici, pas même de crucifix sur les murs, je me résigne à affronter Schreiber. Il me guette, mi-amusé, mi-sévère.

— La vieille ? Euh… Non. Non, non, non. On a mangé du gâteau…

— Pas à être poli avec moi, Demi. P't'être vieux, mais pas cave.

La meilleure chose que je trouve à faire, c'est de sourire, encore, comme un retardé, en hochant la tête. Ça me tue. Même quand je fume trop de pot, j'arrive à avoir plus de répartie que ça. Me ressaisir…

— N'a un qui est pas mal content, grogne Schreiber en accompagnant sa phrase de deux petits coups secs sur le cercueil.

Fuck… Bien entendu, moi, le génie, je ne trouve rien à ajouter. Il ne me reste qu'une seule chose à faire : avancer vers le cercueil et en finir avec ces présentations. Avec ces adieux. Dire que je croyais sincèrement que ce serait facile. J'entends Christian :

— Pas trop nerveux ?

— Pourquoi je serais nerveux ?

— Je sais pas, moi : parce que tu vas enfin voir ton père. La première fois…

— Pfff…

La voix caverneuse de Schreiber interrompt une fois de plus le cours de mes pensées.

— Ton con de père a pu ben ben la parole gênante, fais-toi-z'en pas, garçon.

Il se fout complètement de ma gueule. Je le comprends : je ferais pareil. Il n'y a plus une once de sévérité dans son regard, mais beaucoup d'arrogance. J'avance encore.

C'est étrange, le corps humain : les émotions, la peur. Je me retrouve finalement perché au-dessus de mon père et… plus rien. Ni crainte, ni dégoût, ni joie ou peine.

Rien. Ou presque.

C'est que, même après tous ces kilomètres, le doute m'habite toujours. La probabilité d'un incident aussi invraisemblable est quasi nulle. Qu'un mec meure dans le fin fond de nulle part en léguant la totalité de ses avoirs à ce fils unique qu'il n'a jamais connu, ça tient de la fiction.

En voyant finalement le visage de mon père, je ressens fuck all. Sauf un peu de surprise, parce que, du coup, il n'y a plus de doute : l'histoire est vraie. Le gars étendu devant moi, immobile et raide et blanc et crevé, lui, il ressemble comme deux gouttes d'eau à l'autre, celui qui me fixe dans la glace quand je me brosse les dents ou me rase le matin.

J'ai une pensée pour l'inconnu dont le portrait dort dans mon portefeuille depuis la mort de ma mère. Ce jour-là, quand je me suis retrouvé seul au monde – *pauvre garçon…* –, j'ai pris avec moi, à ma sortie du salon funéraire, l'exemplaire du journal qui traînait sur la table de l'entrée, entre une boîte de Kleenex et le livre de condoléances lamentablement pauvre en autographes. De toute cette paperasse inutile, je n'ai gardé que la rubrique nécrologique. Des femmes qui avaient travaillé avec ma mère, les seules présentes aux obsèques d'ailleurs, m'observaient d'un regard triste, croyant que je cédais à une envie morbide et malsaine : celle de conserver un souvenir matériel de cette journée sinistre. Ça n'avait rien à voir. J'ai d'ailleurs jeté avec le reste des retailles le court hommage – soyons honnêtes, une publicité pour la maison funéraire – qu'on avait accordé à ma mère dans le quotidien.

Ce jour-là, j'ai épluché la rubrique nécrologique à la recherche de mon père. J'ai choisi le premier qui me semblait probable, côté âge, physique, et n'ai gardé que sa photo : tout ce dont j'avais besoin. Ce qu'on avait écrit sur lui, les gens qu'il laissait dans le deuil, sa vie, son histoire : rien à foutre. C'était seulement moi, à présent, qu'il laissait dans le deuil. Et sa vie, je me suis fait un plaisir de la lui reconstruire : passionnante.

Mon père était un genre d'Indiana Jones, un aventurier téméraire. Comme il courait le monde, il n'avait jamais eu vent de ma naissance : une excuse béton pour avoir joué les hommes invisibles toutes ces années. Destin tragique, il s'était fait avoir quelque part, bouffé par une tribu cannibale ou achevé par une horde d'Amazones en furie. Peu importe : l'essentiel, c'est qu'il était mort. Qu'il ne reviendrait pas me chercher. Jamais.

Et, comme ça, j'ai tué l'espoir vain : avec la photo d'un étranger dans mon portefeuille.

Une des premières choses que je me dis, en voyant le visage raide de mon vrai père dans son cercueil, c'est qu'il ne ressemble en rien à l'homme du journal. Je doute fort qu'il ait quoi que ce soit en commun avec Indiana Jones. Mais je tiens ça mort : le garçon de neuf ans que j'ai été n'a pas besoin d'une nouvelle déception.

Je fixe mon père intensément, comme s'il allait rouvrir les yeux, alors qu'une phrase, toujours la même, s'étourdit dans ma tête : le salaud a attendu de crever avant de donner signe de vie. Tout ce temps, il savait. Il savait moi, moi à Montréal, moi Dimitri Cross, moi son fils, moi vivant.

Le salaud a attendu d'être bien mort avant de donner signe de vie…

Je regarde le cadavre, sans broncher. Des deux, c'est moi le plus froid.

— Ouais. Le vrai fils de son père.

— Ça, je peux pas le savoir.

Mon ton sec et glacial m'étonne.

— On a des choses à régler on dirait.

— Ouin… Il est un peu tard.

— Bah. Z'avez encore du temps.

Et il est sérieux. Je scrute les plis de son visage à la recherche d'une pointe d'ironie, mais non : il est grave comme un curé. Un long frisson me parcourt le dos.

— Justement. Je voudrais pas donner l'impression d'être ingrat ou quoi que ce soit, mais j'aimerais ça qu'on en finisse. Pour les papiers, la succession, ce qu'on a discuté… Je veux pas précipiter les choses, c'est juste que…

— Grosse journée, 'tite nuite. Comprends ça.

Schreiber referme brusquement le cercueil. J'ignore si je l'ai offensé et, honnêtement, je m'en contrebalance.

— Génial. J'ai pas trop compris au téléphone. Vous êtes notaire ? C'est ça ?

— Non, fait-il en s'éloignant.

— Non ?

— L'associé.

— … du notaire ?…

Je suis crevé. Envie d'une douche, d'une bière avec un bon souper, d'un joint et d'un lit. Surtout pas le goût de jouer aux devinettes. Les nausées me reprennent, fortes au point de m'obliger à prendre appui sur le cercueil. Schreiber s'arrête.

— Écoute, garçon. Rien de ben ben compliqué. Mais là, t'es plus blême que l'aut' dans sa boîte. Ça fait que tu vas rentrer chez vous, prendre un peu de temps pour dormir, manger, n'importe quoi : tu peux même te maquiller si tu veux, mais moi, m'aller te rejoindre en fin d'après-midi pis j'apprécierais que t'aies l'air en vie.

— Chez nous?

Impatient, Schreiber me fait signe de le suivre.

L'air frais me revigore un peu. J'aperçois Christian et Alex, qui m'attendent toujours, près de la voiture. Ça aussi, ça me ragaillardit.

Le temps est plus doux qu'à notre arrivée, même si le ciel s'est obscurci et que le vent s'est levé. Si ça se décide à tomber, ce ne sera pas de la neige, mais de la pluie. Et, à voir la profondeur du gris au-dessus de nos têtes, on a tout intérêt à se mettre à l'abri.

Schreiber a passé un bras autour de mes épaules et approche son visage du mien. Son haleine empeste, un mélange d'ail et d'alcool.

— Là. C'est là. Chez vous, mon Demi!

Comme pour tout aujourd'hui, je mets un moment avant de comprendre. Mon regard suit la direction indiquée par son index. Devant, au loin, elle s'érige, entre les arbres de la forêt qui, elle, s'étend partout autour, à perte de vue. La maison est blanche et tranquille. Je crois bien que je souris. «Chez nous.»

— J'aime mieux t'avertir de suite: pas un château.

— Ça va. Je m'attendais à pas grand-chose.

— Pas grand-chose, hein? Tu vas voir: c'est vraiment n'importe quoi, ça, aucun doute. Mais «pas grand-chose»? Non, je serais pas prêt à dire ça.

Schreiber nous laisse partir en promettant qu'il sera là en fin d'après-midi, «le temps de changer ton con de père de cercueil». Lorsque je lui demande l'itinéraire pour me rendre à la maison, il soupire. Les indications exactes qu'il nous donne sont: «Par là.»

•

Alex coupe le moteur. «Par là» n'a pas été très difficile à trouver.

La maison blanche est en piteux état. «Pas un château...» Tu parles. La charpente est littéralement en train de s'écrouler. Rien ne semble droit et, bien au chaud dans la voiture, j'entends déjà le grincement du plancher sous mes pas. La porte d'entrée bat au vent et les fenêtres crasseuses sont fermées, invitation à la fuite.

Alex sort le premier, un étrange sourire sur les lèvres. Évidemment, la condition de la maison, c'est le dernier de ses soucis. Lui et moi avons partagé plusieurs années un minuscule trois et demie sans baignoire, avec seulement une douche et une bassine dégueulasse dans laquelle je ne me serais pas aventuré à laver un chien galeux. On y serait encore si je n'avais pas fait la rencontre de Christian et si celui-ci n'avait pas eu un grand sept et demie à partager, sur le Plateau, une aubaine... Christian.

Christian soupire exagérément, être bien certain que je l'entende. Je devine qu'il s'est demandé tout le long du trajet ce qu'on, ce qu'*il* venait foutre ici. Avec raison. L'état plus que lamentable de la demeure justifie à présent ses craintes, mais je refuse d'être tenu responsable des dégâts que le temps a faits tout seul, comme un grand.

Dire que j'ai étudié la photo de cette maison toute mon enfance sans avoir la moindre idée qu'on me la léguerait un jour. Elle n'est plus à l'image de ce qu'elle a été, en 1983. Je reconnais le portique, la balançoire, la fenêtre du coin, là. C'est là qu'on s'était tenus. Toute la petite famille. De son vivant, ma mère prétendait ne pas se souvenir de l'endroit où nous avions été immortalisés. Pour ce qui est de l'homme déchiré, selon elle ça devait être une vieille connaissance, personne qui méritait qu'on s'en souvienne : la preuve, c'est qu'elle l'avait oublié. Tu devais avoir une bonne raison de mentir comme ça à ton fils, hein, maman ?

La demeure est comme sur la photographie, mais décrépite. L'histoire a fait un bon bout de chemin ici, sans attendre mon retour. Des forces contradictoires m'attirent vers elle et me repoussent à la fois.

Je descends enfin de la voiture. Alex a pris les devants et sorti les bagages. Il lance rudement sa valise à Christian en lui adressant un sourire narquois avant de s'approcher de moi et de me tendre la vieillerie en lambeaux qui me sert de sac de voyage :

— Très cool, Frank, dit-il en parlant de la maison.

Il est sérieux. Il est content. Ça me rassure. Je le suis vers la maison, Christian sur les talons, comprenant de plus en plus pourquoi Alex se lamentait à l'idée qu'il nous accompagne. Je suis ridicule. J'ai beau savoir pourquoi, moi, j'y tenais, en ce moment je regrette amèrement qu'il ait accepté mon invitation. Ça passera, ça finit toujours par passer. Mais comme je n'ai pas encore le courage d'affronter Christian, je me hâte de disparaître sous mon nouveau toit.

Aussitôt que je me retrouve à l'intérieur, une forte et désagréable odeur de parfum me prend à la gorge. Je cherche Alex des yeux. La seule trace de son passage est le sac qu'il a laissé tomber là où je dépose aussi le mien. Les lattes du plancher grincent sous mon poids.

Le rez-de-chaussée fait peine à voir. Les murs du séjour sont couverts de cernes jaunes et on devine aisément l'emplacement des cadres qui, jadis, devaient les ornementer. À ma gauche : le salon et les murs sales d'une maison qui a trop fumé de cigarettes. Un divan recouvert d'un drap bourgogne meuble humblement le centre de la pièce. Pas de télé ; seulement un buffet où on a laissé pourrir une pile impressionnante de quotidiens, dont la couleur s'harmonise à merveille avec celle de la pièce.

Cuisine et salle à manger à ma droite. Je fais rapidement le tour des armoires où ne traînent que quelques morceaux de vaisselle dépareillée. Au frigo : deux bières, une demi-livre de beurre, ce qui devait être du fromage et, par conséquent, une odeur atroce. Je débouche une des deux bières, espérant arriver à acheter un moment la paix avec mon estomac. J'entends Hélène me sermonner et souris. « Je sais bien que ce n'est pas brillant de boire de l'alcool le ventre vide, Hélène. Mais c'est ça ou une demi-livre de beurre. Ça fait que… »

La table de la salle à manger est identique à celle de notre appartement, tout droit sortie du Québec de Duplessis. Ça me fait plaisir : j'ai toujours adoré cette table hideuse. Il faut dire que, de notre mobilier, c'est le seul article que j'ai acheté moi-même.

Au fond, un escalier mène à l'étage et un autre, au sous-sol. Il y a aussi Alex, Alex qui sort de nulle part. Il ouvre le frigo et, sans hésitation, s'empare de la deuxième et dernière bière.

— Vraiment nice, Frank, fait-il en proposant un toast.

Puis, entre deux gorgées:

— Je vais m'installer dans la chambre d'en bas, juste là. Si c'est correct avec toi.

J'acquiesce silencieusement en comprenant enfin d'où il sort.

— T'arriveras jamais à vendre ça, Dim.

La voix de Christian résonne derrière moi. Alex me jette un coup d'œil amusé et cogne sa bière contre la mienne encore une fois avant de ramasser son sac pour disparaître vers sa nouvelle chambre en fredonnant. Salaud.

— Mais je dis pas ça pour te décourager. C'est juste que… Merde, je veux dire, c'est *Amityville. La maison du diable.* On en a pour des mois à retaper la piaule, au bas mot. Je veux dire, on parle plus juste d'une couple de semaines… Je suis vraiment pas certain que ça en vaille la peine.

Christian continue comme ça un petit moment avant de réaliser que non seulement je ne dis rien, mais je ne l'écoute même pas. Je suis ailleurs, dans un recoin de mes pensées, en train de me dire que c'est comique: mon père avait la même table que moi. Je n'écoute pas Christian qui me parle rénovations, investissements, qui raconte que personne ne viendra acheter un tel taudis dans un trou pareil. Quand il se rend compte enfin qu'il parle aux murs, il s'arrête.

— Je m'excuse, Dim. Je suis de mauvaise foi. T'en as assez sur les épaules, t'as clairement pas besoin de mon attitude de cul en plus.

Il a raison : je n'arriverai jamais à me débarrasser de cette maison. Ce qu'il ignore cependant, c'est que je n'en ai jamais eu l'intention. J'aime Christian, même s'il me fait souvent chier. On est un peu comme un vieux couple. Un peu comme Hélène et moi, à la différence près que Christian ne se contente pas de m'en vouloir en silence : il me dit toujours ce qu'il a sur le cœur.

Il ne m'aurait pas suivi jusqu'à Saint-François-Xavier-du-bout-du-monde s'il avait su que ni moi ni Alex n'avions l'intention de rentrer à Montréal. Il ne serait pas venu s'il avait su que vendre la maison ne faisait pas partie de mes plans. Que les « quelques semaines de rénos », c'est de la foutaise.

Il ne serait surtout pas venu jusqu'ici s'il avait su ce qu'il y a dans le sous-sol. S'il avait connu la profession de mon père et, par le fait même, la façon dont nous comptons gagner nos vies. Alors j'imagine que lui non plus ne peut pas vraiment m'en vouloir : il m'a en quelque sorte obligé à mentir.

Christian

J'avais hérité de la pièce la plus petite, vrai, mais surtout la moins chargée. Sur les murs, aucun des stigmates temporels aperçus au rez-de-chaussée. Et rien ne recouvrait les meubles, rien d'autre qu'une honnête et presque réconfortante couche de poussière. Un lit, une commode, un placard vide et une fenêtre, que je m'étais empressé d'ouvrir une fois que j'avais compris que c'était ici que j'allais passer la nuit. La plus petite pièce, soit, mais aussi la seule qui n'était pas chargée d'histoire. Une chambre sans personnalité, comme si elle n'appartenait pas à la maison : ça faisait vraiment plus que mon affaire. Ici au moins, je n'avais pas l'impression d'être de trop.

Et le lit, ni trop moelleux ni trop dur, était juste à ma taille...

Dimitri avait tenu à s'installer dans la chambre du défunt, la première à l'étage. Je n'ai pas trop compris pourquoi. Elle était tellement encombrée de boîtes et de cadres qu'on peinait à deviner les contours du lit placé au milieu. Son père ne devait plus y dormir depuis un sacré bout de temps. Je me suis retenu d'inviter Dimitri à dormir avec moi. Il aurait cru que j'avais des arrière-pensées, puis à force d'essayer de lui prouver le contraire j'aurais fini par en avoir.

De ma chambre presque nue, au bout du corridor, j'entendais mon ami se démener à empiler les boîtes près des marches, se préparer à les sortir. Il avait décidé de tout jeter ; je n'ai pas posé de questions. De toute façon, je n'aurais pas su comprendre ce qu'il ne pouvait expliquer. Déjà que je ne saisissais pas pourquoi on devait rester ici, pourquoi il s'entêtait à s'installer dans cette chambre, pourquoi il n'y aurait pas de funérailles, pourquoi il s'était fermé comme une huître depuis notre arrivée... J'avais beau essayer de ne pas y penser, tout ça ne sentait pas bon.

J'ai eu une pensée pour Alex, qui devait être sur le point de rentrer avec les vivres. Il avait tenu à y aller tout de suite, tout seul, avant que la pluie ne nous tombe dessus. Le « tout seul » m'était destiné. Je ne m'en formalisais pas, loin de là, mais j'aurais payé cher pour m'éloigner un peu d'ici.

Entre la chambre de Dimitri et la mienne, il y avait la chambre de Dimitri. On pouvait présumer que c'était la sienne, car les lettres de son prénom étaient clouées sur la porte verrouillée. Dimitri ignorait où se trouvait la clé. Là non plus, je n'avais pas insisté. Son corps entier me criait en silence de ne rien dire. Je l'ai laissé avec ses boîtes et ses cadres et ses souvenirs en dormance et me suis assis sur mon lit sans draps, à fixer mon mur sans couleur.

Tout ici me repoussait. Pas seulement Alex. Pas seulement Dimitri. Cette maison. Ce village. Ses habitants.

Il fallait que je pense à autre chose.

Il était une fois trois ours qui vivaient tous ensemble dans une maison bien à eux au milieu des bois…

Alex

Diazépam et Xanax. Je vis un de ces rares moments où je suis content d'avoir fait médecine. Du coup, je deviens crédible. Pour les gens qui ne me connaissent pas, s'entend.

Je me doutais bien que ce serait facile ici. J'arrive avec mes gros sabots sales de Montréal, mon attitude d'étranger confiant, ma gueule… Bon, ma gueule d'écorché aurait pu poser problème. Mais le physique de la pharmacienne n'était pas trop désagréable. Une mauvaise peau, un peu d'acné. Ç'aurait pu être pire… Aurait pu être grosse. Je lui ai fait mon numéro de charme et j'y ai presque pris plaisir.

Il faut dire que Dimitri est une fierté nationale ici. Je suis un vrai rastaquouère dans ce village perdu, avec mes quatre cents piasses en poche. Lui, c'est l'enfant prodigue, de retour en Terre sainte après un long pèlerinage chez les infidèles, ou quelque niaiserie du genre. On ne connaît pas mon nom, mais on sait que je conduisais la voiture, celle qui est entrée un peu plus tôt par la route principale. « La route principale », laissez-moi rire : la seule fuckin' route de Courtval. On devine la surprise, et de surcroît la précipitation dans laquelle notre voyage a dû s'organiser. La pharmacienne semblait sceptique, mais intimidée. Et lorsque je lui ai expliqué, mes vieux flacons vides entre les mains, que, partis à la hâte, on avait oublié l'essentiel, elle a commencé à flancher. Et quand j'ai renchéri que j'étais moi-même médecin, en terminale, elle m'a souri. Bah : pas exactement un mensonge.

— C'est au nom de ?

— Christian Saint-Pierre. J'ai sa carte ici.

— Je vais devoir lui ouvrir un dossier.

— Mmm… Mais je connais pas l'adresse.

— Ça va. Je la connais.

— Ooooh… Est-ce que je peux espérer une visite-surprise ?

J'ai posé la carte d'assurance maladie de Christian devant elle. Ma main tremblait. J'ai adressé à la pharmacienne un regard intense, affamé. Elle a rougi et s'est réfugiée derrière son comptoir, hors de ma vue. Timide. J'ai glissé ma main vache dans ma poche, pour cacher le tremblement.

J'entends ma petite pharmacienne préparer ma «prescription», compter les comprimés, qui font un bruit sec en tombant dans le gobelet de plastique. Les battements de mon cœur s'accélèrent et pourtant, je me sens déjà plus calme.

Elle revient enfin après ce qui m'a semblé une éternité. Me pose des questions sur les assurances. Je lui dis de ne pas s'en faire avec ça, que je vais payer cash. Mais elle continue, me dit qu'«il», Christian, devrait passer régler ça avec elle, en personne. Moi, j'ai déjà sorti les billets de ma veste, prêt à foutre le camp, la came dans mon autre main. La mission charme s'éternise et je suis à deux doigts de perdre mon sang-froid. Heureusement, j'ai l'habitude de ce genre de situation et réussis à reprendre le contrôle avant de dire une connerie qui pourrait me coûter cher.

— Je lui fais le message, sûr.

J'arrive finalement à la payer. Je crois que je lui plais. Elle m'adresse un assez joli sourire, désolée de m'apprendre que la prochaine fois, j'aurai besoin d'une prescription. Je lui promets que le dossier sera à jour d'ici là, lui assure que je n'oserais pas la replacer dans une situation pareille: un beau paquet de mensonges.

Ouais, je lui plais. Avec un peu de chance et de doigté, je pourrai venir m'approvisionner ici une autre fois sans trop de problèmes.

Derrière le volant, ça va déjà mieux. Ma main a cessé de trembler. J'aperçois la voiture de la belle Lorraine et hésite à continuer. Mais il est près de quatre heures trente et j'ai promis de ramener de quoi bouffer et boire. Dans ce genre de bled, je ne serais pas surpris que tout soit fermé à cinq heures.

Dimitri

Alex m'accompagne au sous-sol : il sait ce qui nous y attend et je n'ai pas encore eu le cœur d'en glisser un mot à Christian. C'est précisément le genre de truc qui l'angoisse. Superstitieux, il va sans doute sauter un plomb en apprenant nos plans de carrière. Mes cachotteries prennent des allures ridicules. Plus ça va, moins j'ai le courage de confier quoi que ce soit à Christian.

Déjà, l'escalier conduisant au sous-sol m'inquiète. Petit et bancal, il nous mène, moi et Alex, au centre d'une pièce poussiéreuse où de petites fenêtres crasseuses ne laissent aucune chance à la lumière du jour. Suspendue au plafond, une ampoule nue éclaire l'endroit. L'odeur de parfum est indéniablement plus prononcée ici. Elle en camoufle une autre que je ne réussis pas à identifier. Au fond, un garde-robe a été transformé en bécosse, rien de bien invitant, et, pas tellement loin de lui, on a installé un poste de travail sur lequel est posé l'abécédaire home-made de la crémation que Schreiber a préparé pour nous. Plus loin, une porte s'ouvre sur la cour arrière.

Le monstre est à ma droite, en dormance. Comme ça, à le voir dans sa poussière et son odeur louche, on croirait volontiers qu'il hiberne depuis une éternité.

Sans hésitation, Alex s'en approche. Moi, je demeure un peu en retrait, faisant semblant de jeter un coup d'œil au manuel d'instructions de trois pages alors qu'Alex s'empresse d'ouvrir la porte du four, une étincelle malicieuse au fond du regard. Il s'amuse comme un gamin, trop fier d'avoir trouvé un bout d'os calciné. Alex se le fait passer d'une main à l'autre, fasciné, avant de faire disparaître sa propre tête dans l'antre.

— *You know that it will be untrue, you know that I would be a liar…*

Mais c'est une autre voix que la sienne que lui renvoie l'écho :

— Tu veux faire un tour, garçon ?

Je sursaute, mais pas autant qu'Alex.

— Tabarnac !

Tabarnac : c'est ce qui accompagne le son de gong que sa tête et la paroi de l'incinérateur font au moment de l'impact.

— Tu veux faire un tour ?

Schreiber est entré sans qu'on s'en aperçoive. Va savoir : peut-être même qu'il était là avant nous. Alex a des poignards dans les yeux.

— Nerveux ?

— Hein ? fait Alex, impatient, tout en s'assurant qu'il ne saigne pas.

— Pas bon pour le cœur.

Alex secoue la tête, mais ne dit rien.

Un râlement inquiétant, se voulant un rire, sort de la gorge du vieux. Schreiber pose sa main sur mon dos, geste qu'il veut sans doute complice. Je fige, le corps parcouru de ce même frisson glacial qui m'avait engourdi quand je sortais de sa maison.

Des pas résonnent soudain au-dessus de nos têtes. Et une voix aussi. La tension est à son paroxysme et, avant qu'Alex ne jette le gant, je m'empresse d'inviter Christian à nous rejoindre, sans vraiment penser à la découverte déconcertante qui l'attend ici-bas. Alex se dirige lentement vers le cabinet de toilette en crachant par terre avant d'avaler le cachet qu'il a sorti de sa poche. Il s'installe ensuite dans un coin, accoudé au mur. En retrait, spectateur, il attend le début de l'acte en s'allumant une cigarette. Mal à l'aise, je me retourne vers le vieux. Le Grand Nord que sa main m'a fait ressentir dans le dos s'est mué en une brûlure intense : ses doigts sont marqués sur ma peau, comme au fer rouge.

Je ne l'aurais pas cru, mais je suis terriblement content de voir Christian. Ses questions, ses reproches, ses commentaires : tout ça me paraît tellement plus léger que l'atmosphère étouffante qui règne actuellement dans la pièce.

Il m'adresse un regard perplexe avant de balayer la pièce des yeux. Timide, il a un léger mouvement de recul à la vue de Schreiber, mais il se ressaisit et lui tend la main.

— On s'est croisés tout à l'heu…

Il s'arrête net en apercevant le four. Qu'est-ce que… Mais avant que les mots ne s'échappent de la bouche de Christian, Schreiber réoriente la discussion. Il s'approche de l'incinérateur tout en s'informant de moi : comment je trouve la maison, mon nouveau chez-moi, si je me suis déjà familiarisé avec le matériel, le métier…

— Disons qu'on… qu'on arrive à peine. Ça fait que… non, pas vraiment, je lui réponds, gêné, jetant de brefs regards vers Christian, qui saute sur l'occasion :

— Le métier ? fait-il. Mais c'est quoi au juste, le métier ? C'est quoi, ça ? en pointant le menton en direction du monstre endormi.

Je voudrais lui répondre, mais ne trouve rien à dire et Schreiber est plus rapide que moi. En un sens, c'est peut-être préférable.

— Avec quoi tu pensais les brûler, les morts de Courtval, garçon ?

— C'est ça… C'est ce que je me disais.

Mais, s'adressant à moi :

— Quand est-ce qu'on a décidé de devenir croque-morts ?

Alex glousse dans son coin et je ferais pareil si je n'étais pas si occupé à me sentir mal à l'aise.

— Fait pas ton affaire ? lui demande Schreiber.

— Vu qu'on en parle justement…, répond Christian en me fixant toujours.

— Tu peux ben t'ouvrir une pizzeria, mais je suis pas sûr de l'ambiance…

Schreiber s'étouffe en riant.

Je suis tout près du four. Christian m'a rejoint et jette un coup d'œil dégoûté sur l'engin. Il m'en veut. Pas la première fois, pas la dernière. Demain, je serai déjà tout pardonné.

— Ça peut plus fonctionner, cette vieillerie-là…, souffle Christian comme pour se convaincre lui-même.

— Fonctionne, fonctionne…, répond Schreiber, encore à court de souffle. Besoin d'une nouvelle couche de peinture, si tu vois ce que je veux dire. Mais pour être fiable…

Il ne finit pas sa phrase, secoué par une nouvelle vague de toux.

— Pis la « peinture », je lui demande, c'est cher ?

— Toujours moyen de s'arranger, mon Demi, râle-t-il en montant à l'étage.

— S'il y a moyen de s'arranger, dit Christian, j'imagine que c'est une bonne nouvelle ? Qu'est-ce que t'en dis, Dimitri ?

Plein le cul, de ces questions qui n'en sont pas.

•

— Affaires de famille. Était à mon père, tout ça, le salon, le four… Quand il a passé l'arme à gauche, j'ai gardé le salon. Ton con de père vivait déjà ici, s'occupait du fumoir.

Ses paroles le font rire et, comme s'il lisait dans mes pensées :

— Nah ! Pas parents, toi pis moi. Ses parents sont morts, ton père était pas mal jeune, venu vivre à' maison. Ça allait de soi, qu'on sépare cinquante cinquante : toujours travaillé ensemble. Comme ça va de soi que t'aies sa part aujourd'hui. Ton père est ben content. Moi aussi. On va faire du bon travail ensemble, mon Demi. Ça se sent.

Sur ces belles paroles, j'appose ma signature au bas de la dernière feuille. Elle non plus, je ne l'ai pas lue. Qu'on en finisse. Au plus vite. Qu'on me laisse seul dans mes nouvelles ruines.

— Vous étiez bons amis ? je demande, question de meubler le silence.

— Des frères : on se détestait avec respect.

Je suis fatigué et n'écoute qu'à moitié ce que me raconte mon nouvel associé. J'ai poussé les papiers de succession vers lui, espérant qu'il comprendra le message. Mais l'homme, bien calé dans sa chaise, ne bronche pas ; un rictus désagréable déforme son visage. J'aimerais me lever, le remercier et le foutre à la porte pas si poliment que ça, mais je n'en ai pas le courage. Je mets ça sur le dos de la fatigue. J'essaie de me convaincre : *grosse journée, Dimitri, normal que tu sois pas tout à fait toi-même. De toute façon, t'es jamais tout à fait toi-même quand t'es trop à jeun.* J'espère ne pas avoir oublié ma boîte magique, ma réserve de weed. J'espère… J'espère et, pour tout dire, tout le reste me paraît vraiment accessoire en ce moment.

— Ton père, qui t'appelait Demi.

Je m'en fous éperdument.

— Ben oui, ben oui. J'avais, heu, présumé, je lui réponds d'une voix monotone. Mais je me souviens pas. Me souviens de rien en fait. Ici, mon père, vous. Rien. Pas décevoir personne, mais je pense pas qu'on va passer ben des soirées ensemble devant un feu de foyer à se parler du bon vieux temps.

Je ne lève pas les yeux, de peur de rencontrer une fois de plus son redoutable regard. Si je lève les yeux, je meurs.

— Vous m'avez retrouvé comment en fait ?

— Nous autres, on t'a jamais perdu, Demi. Tous bien contents de te revoir.

— Bon, ben je pense que c'est pas mal ça ! je dis en déposant le crayon sur la pile de documents fraîchement signés.

Alors que je m'élance pour me lever en soupirant :

— Chanceux que j'aie passé… Un homme solitaire, ton père. Aurait pu rester comme ça, je sais pas, au moins une semaine avant qu'on le retrouve, crevé dans son assiette.

Schreiber raconte et le temps se fige, tout comme moi.

— Était juste là, assis à ta place, encore en train de souper à l'heure du déjeuner. Se sera étouffé en avalant son acte de naissance. Crétin.

Je n'ai pas bougé, arrêté dans mon mouvement, les fesses toujours sur la chaise, mais le reste du corps prêt à se lever. Je l'imagine là, à peu près dans la même position que moi présentement, mais mort. Et force m'est d'avouer que je suis loin d'être en meilleure forme.

La pluie s'est finalement, brutalement décidée. Un torrent fouette les fenêtres. La saleté coule en formant des sillons. L'air satisfait, Schreiber ramasse sa paperasse et se lève.

— Une bonne affaire de faite, dit-il.

Demain, il apportera le tout chez le notaire. Je lui demande à quelle heure nous devons partir et il sourit mesquinement : il n'aura pas besoin de moi. À quoi bon m'obstiner.

— Mais m'a avoir besoin de toi pour une dernière chose aujourd'hui.

Je ferme les yeux une fraction de seconde avant de me lever de la chaise, *cette même chaise*… Je ferme les yeux, une fraction de seconde à peine, en écoutant la pluie qui rage à l'extérieur.

Christian

— Beauté, c'est moi. Juste pour te dire qu'on est arrivés sains et saufs. Bon, la place est un vrai taudis, je te jure. À peine si j'ose respirer.

Respire.

— Écoute, je sais pas ce que ton chum t'avait dit. Heu… J'aurais aimé te parler. Mais comme je ne sais pas trop ce que tu sais… En gros, c'est parce que moi, je savais pas grand-chose finalement. Shit. Anyway, c'est pas à moi de te dire ça. Je vais attendre que tu me rappelles. Mais là, mon cell capote ben raide, pis j'ai pas le numéro d'ici. J'imagine qu'en faisant étoile patente tu devrais le trouver. Ah, tu sais quoi, oublie ça, attends que je te rappelle, OK ? Ouin… C'est un peu tendu ici, je vais te rappeler. Ou Dimitri. En tout cas, moi, moi je te rappelle. OK ?

Silence.

— Mais faut pas que tu t'en fasses. Tout le monde va bien. Personne de mort. On peut presque dire ça… Shit. Je raccroche. Excuse-moi, c'est n'importe quoi, j'aurais dû attendre avant de te téléphoner. Je devais avoir besoin de ventiler. Aaaah ! Excuse-moi. J'embrasse ton chum de ta part, pas avec la langue, juré. Ciao, bella. Je t'aime.

Mais je n'ai pas raccroché.

— Hey, juste au cas où… Faudrait pas que tu regrettes de pas être venue.

J'ai déposé le combiné comme Dimitri et Alex entraient par la porte du sous-sol, sous la pluie torrentielle, portant à eux deux le cadavre de l'ancien propriétaire des lieux, à l'abri des intempéries dans sa belle boîte de carton.

Dimitri

Étrangement, le village s'avère moins angoissant une fois la nuit venue ; sans doute parce qu'on ne voit plus tout ce vide, partout autour. Même que, avec un verre ou deux ou dix, j'arriverai probablement à complètement l'oublier. Je suis épuisé, pas le goût de sortir, mais me voilà tout de même ici et puisque j'y suis, je compte bien oublier pour la peine… Déjà, à elle seule, l'ambiance glauque qui règne dans le bar réussit à faire taire les voix dans ma tête. Ça promet.

Comparée à la petitesse de l'enseigne à l'extérieur, la grandeur de la salle est surprenante. Au fond, la chance se joue d'une dizaine d'hommes soudés aux machines. Comme s'il était possible de se mettre riche dans ce trou. Assis au bar, les quelques clients se sont tous retournés, question de nous dévisager un peu, de nous mettre à l'aise. Je ne reconnais aucun de ces taverniers poussiéreux et en déduis qu'ils n'étaient pas de la foule trop courtoise du matin. Contrairement aux villageois du jour, ceux du soir ne lèvent pas la main en signe de bienvenue. Cet accueil glacial ne dure qu'un moment : les ivrognes ont vite fait de retourner à leurs verres.

La taille du barman en service se situe sous la barre des cinq pieds. L'air méchant, il laisse traîner son regard sur nous, sur moi un peu plus longtemps, jusqu'à ce qu'un de ses fidèles s'effondre littéralement devant son autel. Le petit homme éclate de rire alors que l'ivrogne est secouru par un autre apôtre, si instable sur ses jambes que c'est un miracle qu'il arrive à lui porter assistance. Lentement, se soutenant mutuellement, ils se dirigent vers la sortie en riant.

— … Heu… Zozo…, fait un des deux, incapable de composer une phrase à voix haute : il doit l'oublier au fur et à mesure dans sa tête.

— C'est ça, à demain, répond le nabot en ramassant leurs verres encore pleins.

La salle est pour ainsi dire vide. Nous nous installons autour d'une petite table pour quatre, un peu en retrait. Alex se propose d'aller chercher la première tournée au bar et ça m'arrange : pas la moindre envie de me coller à ces énergumènes pour le moment. Je sais bien que mon tour viendra, mais d'ici là j'aurai une bonne dose de courage liquide dans les veines et un peu moins de conscience.

Une scène ridiculement petite avoisine les vidéopokers. Un piano, un micro. J'appréhende le spectacle, mais Alex semble emballé et, comme je n'aperçois pas de guitare, je me console en me disant que personne ne nous fera chier avec les meilleurs succès de Paul Piché. Devant, un enfant, neuf-dix ans, fait valser une poupée cul-de-jatte. Il doit être onze heures sonnées et je n'arrive pas à concevoir que quiconque ici soit responsable du garçon. Je le plains.

Christian ne m'a rien dit depuis cet après-midi. Rien qui ait rapport avec sa découverte ; il attend que je prenne les devants. Je suis soulagé de voir Alex revenir avec trois bières et trois shooters.

— C'est quoi, le poison ? je demande en humant le verre.

— Tèque.

Je grimace. Alex hausse les épaules.

— Pas de citron, rien?

— Tu vas voir: ça soûle autant sans.

— La question est pas là…

Christian lève son verre. Je suis surpris: semblerait qu'il soit lui aussi déterminé à prendre une cuite ce soir. C'est que Christian, contrairement à Alex ou à moi, ne vire pas de brosse gratuitement, comme ça, pour le simple plaisir de se soûler. Il doit avoir une raison: soit il a quelque chose à fêter, soit il a quelque chose à noyer.

La tequila descend directement dans mon estomac rancunier. Je n'en suis qu'à mon premier verre, mais je prédis qu'il y aura représailles.

Mais avant que j'aie le temps de rincer le goût infect avec une gorgée de bière en pensant à un certain party d'ados qui s'était terminé, pour moi, tout nu dans le fond d'un bain, les cheveux pleins de mon souper, la lumière change. C'est, du moins, l'impression que j'ai. La lumière change et je serais prêt à jurer que le temps s'est arrêté. Elle est debout. Ses lèvres bougent et, derrière, un homme l'accompagne au piano, mais moi, tout ce que j'entends, c'est Lou Reed qui chante *This Magic Moment*, fuckin' chef-d'œuvre.

Ses lèvres qui bougent, mais aussi ses mains, graciles et délicates: la droite est sur le microphone, la gauche en caresse lascivement le pied. Et ses yeux fermés que je devine verts. Et le regard qu'elle ne pose pas sur moi, qui me brûle et efface toute trace du malaise causé par la tequila.

Le temps s'arrête et j'imagine effleurer du bout des doigts ses cheveux noirs gitans, la pointe de ses seins à peine dissimulés sous sa robe, sa taille fine et la courbe de ses hanches. Le temps s'arrête et je ne veux plus bouger. Qu'on me laisse tranquille, dans ce moment qui n'existe pas. Qu'on me laisse crever ici, comme ça.

— Elle m'a parlé de toi, me souffle alors Alex à l'oreille.

Le retour sur terre est douloureux-doux. Je me retourne vers un Alex amusé du désarroi qui s'est peint sur mes traits. *Elle a parlé de moi.* Je me sens comme une collégienne moche à qui le capitaine de l'équipe de football a daigné sourire. Comme Drew Barrymore dans ses films médiocres pour nunuches attardées – trop d'après-midi stone à écouter TVA.

Elle a parlé de moi.

— Dommage que t'aies une blonde, hein !

Alex éclate de rire. Ostie de sale. Mais il a raison : la situation est complètement ridicule. Je me retourne vers Christian. Pas pour trouver un allié, un complice, non. Simplement pour m'assurer qu'il n'écoute pas, qu'il ne remarque pas qu'Hélène disparaît rapidement de mon esprit. Mais Christian n'est plus là. Il s'est volatilisé pendant mon épiphanie et je suis soulagé. Je n'aurai pas à rendre de comptes. Même si je n'ai rien fait. Pour l'instant.

Christian et Hélène entretiennent une profonde amitié fondée sur leur principal point commun : moi. Si Christian était d'abord réticent à rencontrer Hélène, une fois les présentations faites il n'en a plus eu que pour elle. Étrangement, je suis convaincu que si Christian ne partageait pas nos vies, Hélène et moi ne serions plus un couple. Plus d'une fois, il m'a empêché de faire une connerie qui m'aurait coûté ma relation. C'est une situation inconfortable. Avec le temps, j'en suis venu à les fusionner, elle et lui. Aussi, lorsque Christian est témoin de mes écarts de conduite, ai-je toujours l'impression de tromper Hélène ouvertement, devant elle.

Alors oui, je suis soulagé de ne pas le trouver assis à sa place, à me voir fantasmer sur une autre femme qu'Hélène. D'un autre côté, j'ai peur : je sais maintenant que rien ne me retient de demander à Alex de me dire tout ce qu'il sait d'elle.

Je me retourne vers mon frère, qui rigole toujours. Comme je ne trouve rien à dire, je lui fais un doigt d'honneur. Il a l'air satisfait.

— Si je te ramène un shooter, vas-tu le boire sans brailler ?

Il ramène la bouteille. Je ferme ma gueule et bois, plus que jamais décidé à perdre la carte. Ce soir, c'est mardi gras.

•

Le niveau de la bouteille descend rapidement, et le temps se met à courir, shooté aux stéroïdes. Elle, elle chante du jazz, long, lent, langoureux. Dans ma tête de gars de plus en plus soûl, elle a la voix triste de Nina Simone, ce qui me donne à penser que je suis amoureux. Lorraine. Lorraine est belle. Lorraine est chaude. Lorraine est dangereuse. Mais plus important encore : Lorraine a parlé de moi.

Personne ne s'intéresse au spectacle. Les hommes aux machines demeurent toujours pleins d'espoirs ridicules. Ceux au bar s'occupent à vider leurs verres déjà vides. N'y a que le hobbit derrière son comptoir qui surveille la scène d'un œil mauvais, passant d'elle à nous. Une pauvrette complètement ivre ou folle, probablement les deux, danse seule entre les tables vides. Alex lui a bien proposé d'être son cavalier, mais elle n'a même pas pris la peine de le regarder.

Ça doit faire une bonne demi-heure que Christian, assis par terre, parle au gamin. Conversation à sens unique. «William lui parlera pas.» C'est un homme au bar qui m'en a informé. «Quelque chose qui cloche avec le garçon.» Quoi au juste? Il a haussé les épaules et détourné la tête. Puisque ça ne m'intéressait pas plus que ça, je l'ai laissé se taire. J'ai déjà réussi à apprendre qu'il s'appelle William, qu'il traîne toujours un peu partout, qu'il ne parle pas et, si j'ai bien interprété le silence de l'ivrogne, qu'on ne sait pas trop qui est responsable de l'enfant. Ou qu'on ne veut pas le dire. Pas à moi du moins.

La bouteille est presque vide lorsque Christian se décide à nous honorer de sa présence et moi, je suis officiellement soûl. Le pauvre n'a pas réussi à briser le silence de l'enfant. Il semble sincèrement bouleversé et je me paye sincèrement sa tête, lui rappelant qu'il a trois bières à boire devant lui et que c'est maintenant son tour de payer. On trinque à la santé de Christian et à son âme de bon samaritain. Je fais comme si de rien n'était, mais la présence de Lorraine derrière moi m'obsède. Alex la déshabille des yeux.

Je suis jaloux de lui, à en crever. Je lui envie sa liberté, sa désinvolture, mais surtout le fait que si un de nous deux met la main sur Lorraine ce soir, ce sera lui. J'ai quitté Montréal en balançant presque tout derrière moi. Mais il y a encore Hélène, Hélène qui me tient enchaîné là-bas, comme une laisse que je me suis moi-même mise autour du cou et que j'ai serrée d'un cran en invitant Christian. J'ai grand besoin de me changer les idées : question de ne plus en avoir du tout, je prends un autre verre de tèque. Ça semble presque fonctionner, jusqu'à ce qu'Alex se lève et hurle en applaudissant. Le spectacle est terminé. Ma gorge se noue.

Quelque chose est sur le point de se produire, j'ignore quoi, mais je le sens venir, comme un orage un soir de canicule. Je joins mes applaudissements à ceux d'Alex tout en me retournant vers la scène. Lorraine en est déjà descendue et s'avance vers nous. Alex va la cueillir avant qu'elle n'arrive à notre table, mais n'est gratifié que d'un sourire désintéressé : les yeux de Lorraine sont fixés sur moi. *Sur moi.* Je me lève. Je suis complètement ivre, mais d'ordinaire, j'arrive à le cacher comme un pro – des années de pratique avec Hélène. Je plonge dans ses yeux brillants. Ils sont verts.

À jeun, j'aurais baissé le regard, intimidé par sa beauté, son assurance. Elle est magnifique et elle le sait. Cette arrogance, qui en flétrirait plusieurs, lui va à merveille. Si j'étais à jeun, son accolade soudaine, son corps contre mon corps et sa voix dans mon oreille – « Demi ! » – m'auraient laissé K.O. Mais je suis tout, tout sauf sobre, et quand elle se jette dans mes bras, je souris. Je souris, surpris, mais surtout satisfait devant l'expression hébétée et envieuse d'Alex. Même que je serre Lorraine un brin plus fort, rien que pour le faire chier.

Du classique Frank et Fred. Toujours la même histoire. Fred repère la proie. Frank flirte avec elle une bonne partie de la soirée. Mais c'est dans le lit de

Fred qu'elle s'endort. Toujours. J'aimerais tellement que ce soit différent ce soir.

— Demi, murmure-t-elle dans le creux de mon cou. C'est tellement bon de te revoir!

Me revoir? À jeun, je lui aurais dit ce que j'ai déjà confié à Schreiber: que je n'ai conservé aucun souvenir de mon père ou du village et de ses habitants. Mais j'abonde. *Me revoir? Of course!* Elle s'éloigne un peu de moi, juste assez pour me laisser l'admirer à nouveau.

Je l'embrasserais. Et je suis persuadé qu'elle se laisserait faire. Ses lèvres remuent et, avant que je ne plonge bouche première vers elles, j'entends à nouveau sa voix. Cette fois-ci, ses mots ne s'adressent plus à moi, mais à Christian et à Alex, qui nous observent, l'un perplexe, l'autre ébloui.

— On jouait ensemble, quand on était petits, Demi et moi. Mais le sans-cœur est parti avant qu'on ait l'âge de jouer au docteur...

Je suis secoué d'un rire sincère, comme je n'en ai pas eu depuis un sacré bout de temps.

J'ai envie d'ajouter que je m'en veux. Qu'avoir su... Qu'on peut toujours tenter de rattraper le temps perdu... Mais je ne dis rien. Un peu gêné par la présence de Christian. Aussi parce que ça, c'est le genre d'Alex, pas le mien. Surtout figé à la pensée que, de ma vie, jamais je n'ai désiré une femme comme elle, je la désire.

•

La deuxième bouteille se volatilise encore plus rapidement que la première et le liquide doré m'attaque les tripes. Le compte à rebours est commencé : d'ici la fin de la soirée, je serai malade. C'est aussi bien ; comme ça je ne risque pas trop de me retrouver au lit avec Lorraine.

Elle boit son alcool comme un homme. Ça me la rend encore plus excitante. À peine le temps de retrouver mon souffle qu'elle est déjà debout, proposant d'aller chercher une autre bouteille.

— Continue comme ça, tu vas me soûler.

— C'est peut-être mon intention.

Alex soupire comme elle s'éloigne, faisant valser son regard d'elle à moi.

— Ben, 'est mieux de faire attention avec l'alcool, parce que, te connaissant, Frank, t'es déjà pas mal trop soûl pour être capable de baiser.

— Fuck you.

Les mots sont sortis machinalement, sans conviction. Je lance au salaud une poignée d'arachides.

— Veux-tu un verre d'eau ?

Je fais mine de ne pas l'entendre.

— Une ligne ?...

Une mauvaise blague ? Vrai : Alex est le roi du sarcasme. N'empêche, j'ai toujours de la difficulté à avaler ses allusions à la coke comme s'il s'agissait réellement de plaisanteries. L'image d'Alex pigeant dans le tiroir-caisse du bar me revient en tête et, comme s'il avait suivi mon raisonnement :

— Arrête, souffle-t-il en secouant la tête, une pointe d'accablement dans la voix. Tu devrais te voir la face.

— Quoi ? Je pensais que c'était toi qui voulais en parler ?

— C'mon, Dimitri.

Pour être franc, je n'ai pas envie d'en parler non plus. Pas ce soir. Déjà des années qu'Alex ne consomme plus. Pas depuis médecine. Pas depuis qu'il est tombé. Pas depuis que nous nous sommes relevés ensemble. Je me penche vers lui, résolu à changer de sujet :

— T'es tellement jaloux.

— Mets-en !

On éclate de rire. C'est une de nos bonnes soirées, une de celles qui me rappellent La Nouvelle-Orléans. Un sentiment d'invincibilité, conséquence directe de mon état d'ivresse, s'est emparé de moi. Je cherche Lorraine du regard. Le nabot – Lorraine nous a appris qu'il s'appelait en réalité Jojo, ça ne s'invente pas ! –, notre future bouteille en main, semble rendre la vie dure à ma belle, qui est passée derrière le bar et s'obstine. Une seconde, l'envie de jouer au preux chevalier, dont je n'ai pourtant rien, me prend. Une seconde seulement : tout puissant que me rende l'alcool, je suis juste un gars un peu trop ivre et loin de chez lui. *Reste bien assis, Frank, ça vaut mieux.*

À ma droite, Christian s'est enfermé dans un mutisme qui en a long à dire. Ça fait déjà un moment que j'ignore son silence et, à brûle-pourpoint, je me décide :

— Quoi ?

— Hum ? fait-il en relevant la tête.

— Qu'est-ce qui va pas, Christian ? Conte-moi ça, je t'écoute !

Il secoue la tête, jouant grossièrement l'innocence.

— Rien ? Donc tu passes une bonne soirée ?

— C'est juste que…, soupire-t-il. C'est juste que… Tsé, Dim, Hélène… Hélène, c'est mon amie. C'est juste ça. Je veux dire… Avec tes histoires, tu me places dans une situation, disons, inconfortable. Ouin. Inconfortable.

Je lui réponds par un sourire, en plissant les yeux. Alex avait raison : j'ai besoin d'un verre d'eau. Mon orgueil n'étant malheureusement pas aussi ivre que le reste de mon corps, je n'arrive pas à me résoudre à en demander un devant lui.

— Je vois pas où tu veux en venir.

Je le traite en imbécile fini et mérite chacun des coups de poignard que me lance son regard.

— Sans joke, Christian : qu'est-ce que j'ai fait ?

— Ou qu'est-ce que tu te prépares à faire…

Je me reprends.

— Il se passera rien entre nous deux. Pour de vrai.

— Right, fait Alex en gloussant.

Christian se contente de boire, découragé. Je devrais me taire, mais non. Je creuse ma tombe à grands coups de conneries.

— Je la connais même pas.

— En tout cas, moi, ajoute Alex, ça m'en prendrait pas mal plus que ça pour m'arrêter.

Je dois à tout prix convaincre Christian. Si j'y arrive, j'arriverai peut-être bien à me convaincre moi-même. Je prends une profonde inspiration et annonce, le plus sincèrement possible :

— Je tromperai pas Hélène.

— Ça me regarde pas, dit Christian en secouant la tête.

— Pourquoi tu t'en mêles d'abord ? ajoute Alex.

Christian ne répond pas et moi, je me retourne une fois de plus vers le bar. Jojo est plus calme et Lorraine a repris possession de la bouteille. Elle se penche et l'embrasse rapidement sur les lèvres. Vu mon état, je me permets de douter de mes sens. N'empêche, lorsque Lorraine se redresse, je détourne rapidement la tête.

— Donc, si je comprends bien, la voie est libre ? me demande Alex, un brin arrogant.

— Go. Elle est toute à toi, je lui réponds en tentant maladroitement de garder le sourire.

Alex ne se fait pas prier et bondit dès qu'il voit Lorraine s'approcher, les bras chargés de renforts. Je ne lui en veux pas ; j'ai les mains liées. Fidèle à la tradition, Alex profitera pour moi. C'est mieux ainsi. Lorraine me fait beaucoup trop d'effet pour que quoi que ce soit de sain ressorte de notre union.

Je sens le regard de Christian traverser ma veste, mes vêtements, ma peau, et s'accrocher directement à mon cœur. Quand je me décide finalement à l'affronter, je suis surpris de n'y découvrir rien d'autre que de la pitié.

— Est-ce que ça t'arrive des fois de faire vraiment ce que t'as envie de faire ? me demande-t-il en finissant sa bière.

— Quand même… Tu vois, là, je m'en vais fumer un joint dehors.

Je me lève et m'éloigne comme Lorraine et Alex arrivent à la table.

Christian

Parce que je les ai vus l'enligner et le suivre en bas, aux toilettes, et que l'ombre dans le regard de la fille, quand elle a compris ce qu'ils faisaient, ne me disait rien qui vaille. Parce que Dimitri n'était toujours pas rentré et que j'avais un pressentiment : un goût mauvais dans le fond de la gorge. Un goût de métal. Aussi parce qu'on m'avait laissé seul avec Elle, avec la fille, et que je n'avais pas envie de lui faire la conversation. Plus envie d'essayer.

— Tu chantes vraiment très bien.

— Hum.

— C'est vrai. Même que c'est étonnant, dans un trou comme ici, on s'attendrait pas à ça. Je veux dire, avec ton talent, c'est un peu du temps de perdu.

Parce qu'environ trente secondes après le dernier silence ou avant le prochain, j'avais réalisé que personne ne remontait des toilettes. Parce que je n'avais rien à dire, rien à faire, plus envie de boire et que la fille se tournait elle aussi vers l'escalier, l'air inquiet, tuant le temps avec des soupirs. Surtout parce que je connaissais assez Alex pour savoir, et qu'eux, ils n'avaient pas l'air de grand-chose, mais surtout pas d'enfants de chœur. C'est pour toutes ces raisons qu'avant même d'en être conscient, je me suis retrouvé en bas.

Avant de voir, j'ai entendu :

— Il… est pas mal moins c-cool là… le gars de la ville. Y… s'est-tu-tu pissé dessus, le gars de la ville ?

— Va chier.

J'ai reconnu la voix d'Alex, suivie d'un bruit sourd, puis d'un gémissement. Moi, j'ai ralenti le pas.

— Ouch!... Ça-ça d... doit faire mal! a fait la première voix, celle du bègue, celle que je devinais appartenir à Jojo.

— Ouch! ricanait en écho une autre voix, grave, sans doute celle du grand baraqué qui avait suivi la petite brute comme un garde du corps.

J'ai reconnu le rire d'Alex. Pauvre crétin. J'ai reconnu le rire d'Alex et j'ai fermé les yeux, découragé, appréhendant le coup qui ne saurait tarder. Je connaissais déjà la suite par cœur.

— Y trouve ça dr-drôle? P-pense qu'il sait pas à... qui y'a affaire...

— J'en ai vu d'autres, Bilbo, crois-moi.

— Y-y se pense ben ben fin, le p'tit bum de Mourial. Mais j'ai... des p'tites nou-velles pour l-lui. Ici, c'est mon territoire. Cé... é moi qui... fais les règles... i-ici. Moi-oi aussi j'en... ai vu d'autres.

— Ben oui, c'est ça: du haut de tes trois pieds et demi, la tête pognée dans le cul des autres... Hey: méchante vue!

On a donné des coups. J'ai descendu les quelques marches me séparant de la porte. La pièce exiguë et insalubre était faiblement éclairée par un néon bruyant. La lumière vacillante illuminait un Alex agenouillé sur le plancher sale, entre deux urinoirs odorants et tachés. Devant lui, le colosse à l'air niais massait lentement son poing, se préparant à frapper de nouveau, attendant comme une bête bien dressée l'ordre de son maître. Jojo se tenait si près d'Alex que je peinais à entendre ce qu'il murmurait à son oreille.

— J'ai un conseil à te... donner. Tu devrais apprendre à fermer ta grande crisse de gueule. Ça t'éviterait de te... faire défigurer encore.

— Ta crisse de gueule, a répondu en écho l'homme de main.

— Si tu veux survivre ici, tu te la farmes. T'as intérêt à être de not' bord. Sinon il restera plus grand-chose de toi quand on va avoir fini.

— Wow ! a murmuré Alex.

Le barman s'est retourné vers son acolyte, que l'arrogance de sa victime laissait interdit.

— Ça doit faire au moins quoi ? trois phrases d'affilée que tu fais sans bégayer, a ajouté Alex. Impressionnant. Je suis fier de toi.

Et, sur ces belles paroles, il a souri.

J'avais déjà imaginé, vu, entendu ce qui était sur le point de se produire pour une énième fois et j'en ai eu assez, de cette routine ingrate.

— Hé ! Il y a un problème, messieurs ?

Le barman s'est tourné vers moi. Son regard fauve m'a littéralement glacé le sang. Un sourire frondeur a déformé ses traits vils. L'homme n'était pas plus grand qu'un enfant de dix ans. Les tatouages sur ses bras étaient visiblement l'œuvre d'un amateur ou d'un taulard sans moyens. J'ai réussi à démasquer un Marvin the Martian sur son épaule droite, juste au-dessus du barbelé qui lui entourait le biceps. À la lumière de ces signaux contradictoires, il m'apparaissait impossible de deviner l'âge du bartender.

D'un claquement de doigts, sans même se retourner, il a fait signe au géant, qui s'apprêtait à s'en prendre de nouveau à Alex. La brute s'est immobilisée.

Bien que plus grand, plus costaud, et tout aussi vilain, l'homme tout moins peur que son patron.

Dans son coin, Alex riait toujours de sa blague en crachant du sang par terre.

Tout s'est passé au ralenti. *Pourquoi je suis descendu ici ?* Répondant à un ordre invisible, le titan s'est rangé derrière son maître. Jojo m'a toisé, une seconde aux allures d'éternité. Derrière, il y avait Alex qui se relevait avec peine, prenant appui sur un des urinoirs infects.

— Non… Pas-as de… problème. Hein ? a finalement grincé Jojo.

— On faisait les présentations, a surenchéri Alex, debout et reprenant son souffle.

— C'est… ça. Les pré-présentations, a répété le barman avant de s'éloigner vers la sortie, son garde du corps sur les talons, gloussant :

— Les présentations, les présentations.

Puis, s'adressant à moi :

— Tu… u diras à ton ami de se te-enir loin de-de Lorraine.

— Se tenir loin, a murmuré l'écho.

— Shit ! Un autre conseil ! a fait Alex à mi-voix. Mon jour de chance.

— Le… d-der… nier.

Alex a souri en levant les yeux sur son tortionnaire :

— Le dernier, hein ? Bah, je m'en fais pas trop. T'as-t'as pas ten… dance à te-te ré-répééé-ter ?

— C'est correct, Alex, ai-je murmuré, un peu sur les dents.

Mais pourquoi je suis descendu ici ?

Heureusement, Jojo et sa bête de cirque ont continué leur chemin. J'avais beau être beaucoup plus en forme qu'Alex, je ne serais pas arrivé à tenir longtemps contre la force brute du colosse (mes notions de karaté me semblaient tout à coup bien loin derrière moi, surtout noyées sous une marée haute de tequila et de bière).

Alex regardait sa gueule de dur à cuire dans le miroir encrassé. Sa lèvre était fendue, mais je n'aurais pas su dire s'il s'agissait d'une nouvelle lésion ou d'une vieille blessure qu'on lui avait simplement rafraîchie. Le silence aurait régné, n'eût été le bourdonnement incessant du néon et la musique en sourdine. Les deux malfrats ont regagné l'étage et mon rythme cardiaque a enfin ralenti. L'odeur d'urine me serrait la gorge.

— Je sais pas comment tu fais, mais t'es bon en crisse pour te mettre dans la merde.

— Donne-moi un break, ostie.

— Toi aussi, tu pourrais nous en donner un.

Après s'être humecté le visage, il a enfoncé ses mains dans ses poches et en a ressorti un flacon, puis a avalé un comprimé en buvant l'eau à même la tuyauterie rouillée. Même pas de merci. Même pas de *j't'en dois une, Christian !*

— Tu vas finir mort dans une ruelle.

Alex, qui se dirigeait vers la sortie, s'est alors arrêté.

— Fais-moi plaisir, Christian : fais donc pas comme si ça te faisait de quoi.

— Crisse, lâche-moi. Pour une fois que j'ai pas couru après.

— Fuck ça. T'es soûl. T'es tellement cave quand t'es soûl.

— Fair enough, Dimitri, je suis un ostie de cave. Mais je suis quand même innocent.

— Qu'est-ce qu'il te voulait ?

— Je sais pas. J'ai rien compris.

— T'as rien compris ?

— Non ! C'est ça que je me tue à te dire, ostie : j'ai rien fait !

— OK, je veux ben, Fred, t'as rien fait, t'es blanc comme neige, whatever, mais il t'a quand même dit quelque chose, je peux pas croire… Câlisse, Fred, niaise-moi pas ! T'es allé pisser. Le gars t'a suivi. Il t'a sauté dessus…

— Je le sais pas.

— Qu'est-ce que tu sais pas ?

— Regarde, je le sais pas, man. C'est tout.

— That's it ?

— C'est ça. That's fuckin' it !

— Toi, t'as rien entendu ? je demande pour une centième fois à Christian, qui est resté sans voix depuis qu'on est rentrés à la maison.

Il me répond après un long silence, un profond soupir, sans me regarder, l'air fatigué, les yeux fixés sur le feu qui est maintenant haut et un peu trop chaud.

— Le gars est clairement pas bien. Je suis descendu. Alex était déjà par terre.

— Ça, je le sais déjà, c'est correct.

— Ben oui, mais qu'est-ce que tu veux que je te dise ?

— J'essaie juste de comprendre...

— C'est pas compliqué : on est sur son territoire. Un cas classique de xénophobie. Shit, ça prend pas un bac pour comprendre ça, me semble. On arrive de Montréal avec nos gros sabots prétentieux, on se soûle dans leur bar comme si la place nous appartenait, vous piquez leurs femmes... C'est pas plus compliqué que ça. Le gars nous aime carrément pas. C'est tombé sur Alex, ç'aurait pu être toi.

— Ça, tu le gardes-tu ?

Alex alimente le feu avec le contenu des boîtes qui encombraient ma nouvelle chambre. Il a lancé quelque chose dans ma direction, mais je n'arrive pas à voir ce que c'est ni où c'est tombé. Je suis impressionné par la noirceur impénétrable qui nous entoure : absolument rien à voir avec les nuits de la métropole. Dans le ciel sans lune, il y a plus d'étoiles que dans un film de Spielberg. Rien d'autre à des milles à la ronde : que le feu, les étoiles. Et les deux fenêtres illuminées de la maison, un peu plus loin. Deux yeux brillants dans la nuit, fixés sur nous.

Et, dans la cave, le cadavre de mon père.

J'entends Lorraine qui approche. Alex lui a proposé de nous accompagner. J'aurais préféré qu'elle refuse. Sincèrement, j'aurais préféré qu'il ne l'invite pas.

Elle connaît la maison comme le fond de sa poche et y est entrée comme on entre chez soi. C'est elle qui s'est offerte pour aller nous chercher une bière au sous-sol. J'ignorais même qu'il y avait un frigo en bas. Quand je lui en ai fait la remarque, elle m'a à peine répondu, à contrecœur.

— T'en es pas à ta première visite on dirait.

— On dirait bien.

— Tu connaissais mon père.

— Un petit village.

— Mais tu le connaissais bien ?

— Tout le monde se connaît ici. Des bonnes chances que tu connaisses déjà tout le monde, toi aussi.

Elle n'est plus aussi chaleureuse depuis qu'on a quitté le bar ; c'est maintenant au cou d'Alex qu'elle est pendue. J'ai l'impression de n'avoir jamais existé.

Le sentiment d'invincibilité qui m'habitait plus tôt a foutu le camp avec le trop-plein de tequila et mon souper, dehors, sur le trottoir, derrière le bar, pendant qu'Alex se faisait tabasser. Quand je me suis finalement décidé à rentrer, l'heure magique était passée. Lorraine sortait en riant, pendue au bras d'Alex. Christian les suivait et moi, qui n'avais rien de mieux à faire, j'ai tourné les talons et les ai accompagnés, sans vraiment comprendre ce qui s'était passé pendant mon absence.

Lorraine a apporté une nouvelle bière à tout le monde. J'essaie d'accrocher son regard lorsqu'elle me tend la mienne. Elle se retourne rapidement vers Alex, qui chante à tue-tête tout en balançant les souvenirs de mon père dans les flammes. Je suis trop tout croche pour reconnaître la chanson qu'elle se met à fredonner à son tour.

Je crois qu'à ce moment-là, précisément, je commence à la détester. Peut-être pas. Peut-être que j'attends qu'elle se jette sur Alex et qu'ils tombent à la renverse en riant. Mais peut-être que je la haïssais aussi avant. Peut-être que je la détestais avant même de sortir pour vomir comme un cochon. Au moment où j'ai donné ma bénédiction à Alex. Ou quand j'ai vu dans les yeux de Christian que je disais la vérité : que je ne tromperais pas Hélène. Pas parce que j'étais un bon gars, pas parce que c'était la meilleure chose à faire, surtout pas parce que je me sentais coupable : juste parce que je n'avais pas assez de couilles. J'ai sûrement dû la détester un peu, quand j'ai réalisé à quel point j'étais lâche.

C'est Christian qui a mis la main sur ce qu'Alex a lancé sans m'atteindre. Pas plus intéressé qu'il faut, je m'informe tout de même de la nature de l'objet : tout pour me changer les idées.

— Tu veux pas jeter ça, dit-il, impératif.

À première vue, ce n'est qu'un vieux cahier Canada aux pages gondolées, trop pleines d'encre et de temps. De mots. J'arrive difficilement à déchiffrer les caractères. L'écriture y est furtive et il fait trop noir pour lire. Mais je n'ai pas besoin de lire pour savoir. Et je n'ai pas besoin de savoir pour comprendre.

— C'est quoi ?

Lorraine s'est échappée de l'étreinte d'Alex pour mieux s'approcher de moi, mue par une soudaine curiosité que je m'explique mal. *Ah ! Là, je suis intéressant, c'est ça ?*

— Je peux voir ?

Je plie le cahier en deux et le fourre rapidement dans la poche arrière de mes jeans.

— C'est rien. Un vieux journal de mon père.

— Un journal ?

— Oui, c'est ça. Tsé, comme un cahier, avec des mots dedans. Genre : *Cher Journal, aujourd'hui j'ai rencontré plein de gens bizarres*… Ce genre-là.

Lorraine m'adresse un magnifique regard gorgé de fiel. Je détourne la tête et aperçois l'énorme boîte dans laquelle Alex pige encore :

— Mais c'est quoi que tu brûles depuis tout à l'heure, ostie d'innocent ?

À l'idée que le feu soit alimenté par les écrits de mon père, j'ai un malaise. Va comprendre : ce n'est vraiment pas mon genre, mais tout à coup je me dis qu'il y a des trucs qui sont sacrés, qu'on le veuille ou non. L'immense boîte est toujours pleine à craquer. Je me souviens d'elle. J'ai dû attendre le retour d'Alex et finalement accepter l'aide de Christian pour réussir à la sortir de la chambre, cet après-midi.

— T'as de la lecture devant toi, Frank ! me dit Alex en posant sa main sur mon épaule.

C'est un contact qui me fait du bien. Je me sens fragile comme un gamin. J'aurais envie de le prendre dans mes bras et de le remercier d'être là, de toujours tout dédramatiser. Je deviens sentimental. Je suis trop fatigué.

— C'est parfait, ça : c'est vraiment, mais vraiment pas le temps qui devrait te manquer ici, dit Christian, hautain. Il faut que tu m'excuses, ajoute-t-il à l'intention de Lorraine, c'est juste que moi, les villages…

— N'importe quoi, réplique Alex. Tu passes toutes tes fins de semaine dans ton Village.

Je referme la boîte et m'assois dessus. Je devrais aller dormir. Mais à voir la maison qui me dévisage toujours et à la pensée du cadavre de mon père au sous-sol, je fléchis. Je reste là. Sur ma boîte. À regarder le feu bouffer les cadres et les vêtements et les albums photo que je n'ai même pas pris la peine d'ouvrir. Je reste là, sur ma boîte, pendant qu'Alex et Lorraine s'éloignent et disparaissent, engloutis par la nuit. Sur ma boîte, un silence cacophonique dans la tête. La voix de Christian me sort de ma torpeur :

— Je comprendrai jamais ce que les filles lui trouvent.

— Il pue le sexe, le crisse.

— Shit, Dimitri, t'es vraiment ridicule. Hélène est tellement mieux.

— Ben oui, Christian, c'est ton amie. C'est sûr qu'est mieux... Ah ! pis fuck ça ! Je suis beaucoup trop soûl.

Sur ces belles paroles, je me laisse glisser par terre et allume le restant de mon joint.

— Je m'excuse, Christian.

Pour tout. Lui avoir menti, lui avoir caché une bonne partie de l'histoire, l'avoir traîné jusqu'ici. Pour Hélène, parce que oui, il a raison, parce que je le place dans une situation inconfortable.

Christian me sourit en haussant les épaules. Il fait tourner une fleur séchée entre ses doigts. Je l'interroge du regard.

— Un narcisse. Tombé du cahier, j'imagine. La jonquille est associée au culte de Déméter. C'est la déesse de la terre. Le mythe veut que Perséphone, sa fille, soit complètement envoûtée par le parfum des narcisses quand la terre s'ouvre devant elle. Hadès.

— Houuu... Hadès.

Lorsqu'il est soûl, Christian a la manie de parler culture, littérature, mythologie, arts. On a passé pas mal de soirées à boire du bourbon en s'entre-tuant aux échecs, à finir un peu trop paf pour jouer et à se mettre à parler Camus jusqu'au matin. Le genre de discussions intenses qui en achèverait plus d'un. Le genre de discussions qui, à la longue, en est venu à me faire chier moi aussi.

— Ouin. Hadès. Amoureux fou. Il l'a traînée de force avec lui dans son royaume. Déméter, inconsolable, a arrêté de s'occuper de la terre. Plus rien qui poussait, évidemment. Ça fait que Zeus a été obligé de faire un marché avec Hadès : la captive passerait une moitié de l'année aux Enfers ; l'autre, à l'Olympe, avec sa mère. C'est la naissance des saisons.

— J'avais deviné.

— Ouin, je m'en doute. Ce que les gens savent pas par exemple, c'est que c'est d'abord avec l'aide de Zeus qu'Hadès a réussi à capturer la fille. C'est son propre père qui a envoyé Perséphone aux Enfers.

J'ai l'impression désagréable que Christian tente de faire un parallèle boiteux entre cette histoire et la mienne, entre Perséphone et moi.

— Félicitations, Christian. Je me doutais bien que cinq ans d'université pis vingt mille piasses de dettes te serviraient un jour à quelque chose.

Alex

C'est l'été, journée chaude et ensoleillée. On dirait que je suis à une fête : des gens heureux qui bouffent du melon d'eau en riant, en se crachant des pépins dessus, en riant, en riant, en riant. Il y a aussi des crétins qui font la course, les jambes emprisonnées dans des sacs de jute, et des enfants qui se font maquiller. J'ai un vague souvenir de ballons dans le ciel. C'est vert, c'est clair, c'est chaud et les oiseaux chantent, bien que ce soit peut-être seulement ces éclats de rire qui fusent de toutes parts qui en donnent l'impression. J'imagine que ça sonne un peu comme ça, le bonheur.

Je suis là et regarde à la ronde, souriant bêtement, indécis quant à la direction à prendre, aux amis à rejoindre. Vite comme ça, je ne reconnais personne. Les visages sont flous, comme les sons. J'essaie de me concentrer, de fixer mon attention sur une voix en particulier, de trouver un filon d'ordre dans ce bordel, mais la tête veut m'exploser. Et il y a le soleil qui m'aveugle. Et j'ai la gorge tellement, mais tellement sèche.

Voilà que j'aperçois Jojo. Le seul visage familier du rêve est antipathique. Parmi tous ces sourires, il est là, devant moi, riant à gorge déployée alors que la mienne se resserre de plus en plus. Dans ses mains, un verre d'eau glacé. Givré. Fumant de fraîcheur en cette étouffante journée de canicule. Jojo. Jojo qui se tient à deux pas de moi en se foutant de ma gueule.

Je réalise soudain que les rires ont gagné en intensité. La crise d'hilarité a pris racine et s'est répandue tout autour de moi, comme de la mauvaise herbe. On a peint sur le visage des enfants des traits démoniaques et les vacanciers ne s'occupent plus à bouffer leurs melons ou à faire la course dans des conneries de poches, mais bien à se moquer de moi, seul et sur le point de crever de soif.

... et ce verre d'eau salvateur qui m'est refusé.

Le soleil est trop fort. Je me sens cuire, aveuglé, étourdi par les hurlements de la foule. La dernière image est celle de la bouche hideuse de Jojo qui crache de l'eau sur mes pieds.

Je me réveille avant de me mettre à lécher mes bottes.

Toujours la nuit. Je ne vois rien, mais devine le corps nu de Lorraine à mes côtés. J'ai l'impression d'avoir dormi des heures, pourtant, selon ma montre, je n'ai fermé les yeux que quelques minutes à peine. Même pas de quoi appeler ça une sieste. J'ai une migraine et une soif effroyables. Je n'ai pas la force de me lever : j'ai épuisé mes réserves à faire jouir cette femme insatiable. Ma main vache s'est remise à trembloter.

Pas la force de sortir du lit, mais vraiment l'impression que je vais crever si j'y reste. C'est la pensée du Xanax dans la poche de mon veston qui réussit à me faire marcher, entièrement nu, jusqu'à la cuisine.

Le plancher se plaint à chacun de mes pas. Le reste de la maison est sombre et silencieux. Comme je n'ai pas le cœur à fouiller les armoires, je m'empare du premier verre qui me tombe sous la main, propre ou sale, je m'en crisse. Je le remplis d'eau tiède et bois goulûment. J'en profite évidemment pour avaler ma pilule. Je suis déçu : je croyais que le diazépam aurait raison de l'insomnie récurrente dont je suis victime depuis des mois.

Par la fenêtre, j'aperçois Dimitri et Christian, devant le feu mourant. Le ciel commence à peine à s'éclaircir. Christian dort. Pas Dimitri.

Quelque chose d'humide tombe sur mon pied. Je ne sursaute même pas. Je lève un peu le pied et, à la vue du condom avec lequel je m'étais assoupi, je souris. J'ai comme une envie de le laisser par terre, de le pousser sous le comptoir du bout des orteils. Mais puisqu'il y a pas mal de chances que ce ne soit pas Christian qui marche dessus, je le mets à la poubelle.

J'ai une pensée pour le grand endormi, celui dans le sous-sol. J'ai une pensée pour lui et une idée tordue qui devrait plaire à Dimitri.

L'eau, que j'ai bue trop vite, m'a viré le cœur à l'envers et la voilà qui ressort par où elle est entrée. Je récupère mon comprimé d'Alprazolam au fond de l'évier et le ravale à sec avant d'enfiler un pantalon, pour courir annoncer ma mauvaise idée à Frank.

Christian

J'ai eu besoin de quelques secondes avant de me retrouver : les murs jaunis, la lumière triste, la poussière sur la langue… Ça m'a pris quelques secondes, puis je me suis rappelé où j'étais, je me suis souvenu de « plus à Montréal » et j'ai aussitôt eu envie de pleurer.

Je me suis réveillé sur le divan, enveloppé dans le drap qui camouflait ses vraies couleurs, celles que le temps avait dénaturées. Je m'étais donc endormi ici, apparemment trop soûl pour monter à ma chambre. Pathétique.

Mon dernier souvenir remontait à la veille, devant le feu. Je me souvenais d'avoir parlé, blabla, beaux grands discours vides. J'ai toujours détesté les lendemains. Non seulement j'avais oublié la moitié de ma soirée, mais la journée qui commençait serait un véritable calvaire : longue à tuer, minute après minute, en espérant mourir jusqu'à l'heure du coucher.

Ça devait expliquer en partie le goût de mort dans ma bouche. Ça et quelque chose d'autre, quelque chose qui m'échappait, mais que je sentais quand même tout près, suspendu au-dessus de ma tête. J'ignorais l'heure qu'il pouvait être et je commençais déjà à regretter ce dont je n'avais pas souvenir.

Des voix me sont parvenues de l'extérieur. C'était vague, mais j'en reconnaissais une, féminine. J'en ai déduit qu'Elle était encore là. L'envie de monter directement à l'étage me cacher sous les couvertures m'a pris. Je n'avais pas le cœur à affronter qui que ce soit, d'autant plus que j'ignorais ce que j'avais pu dire ou faire ou merde. C'était des enfantillages. Toujours la même histoire. Chaque fois que j'ai le malheur d'abuser de la bouteille, le lendemain je suis prêt à m'ouvrir les veines sans raison. *On a retrouvé Christian Saint-Pierre. Mort.* Je vois d'ici la note que j'aurais laissée.

Je me souvenais d'avoir été étonné de sentir ma tête aussi légère en me levant. Vague impression, après m'être réveillé au bord du feu, d'être descendu au sous-sol la veille : la dangereuse incursion, le cœur dans la bouche, la cuvette crasseuse. Shit. Tout à coup, je me souvenais de la honte.

L'air était doux et frais ; le soleil, complètement dissimulé derrière une nébulosité opaque qui s'étendait à perte de vue. Je me suis appuyé contre la balustrade chancelante, sachant très bien que je ne pouvais pas lui faire confiance, mais le balcon n'était pas tellement haut, et, comme j'étais encore un peu soûl, je risquais moins de me casser quelque chose, au cas où tout se déciderait à lâcher. Alex était là avec Elle. Pour la première fois depuis notre arrivée, je l'ai trouvée sympathique : elle n'a pas parlé.

— Bonne nouvelle. T'as survécu.

— Il est quelle heure ?

— Je sais pas trop. Peut-être deux heures. Je sais pas.

Visiblement, Alex n'avait pas encore dormi. Il m'a gracieusement offert des « bonbons », cachets de va savoir quoi provenant de la pharmacie au fond de sa poche. J'ai refusé. Par principe. Quand je ne sais pas pourquoi je me refuse quelque chose dont j'ai envie, c'est toujours par principe.

Encore plus téméraire que moi, Alex a grimpé et s'est assis sur la rambarde. À deux sur son cas, je me suis dit que ça y était, qu'on l'achèverait, la pauvre, mais elle a tenu bon. Elle, elle s'est étendue sur la balançoire du balcon. Alex la contemplait à loisir, à l'abri derrière ses verres fumés de motard. Comme venu du ciel, un bras m'a soudainement enserré la taille et une tasse de café fumant est apparue entre mes mains. Avant de relâcher son étreinte, Dimitri a murmuré à mon oreille :

— Ton apport quotidien en vitamine C.

Moi, j'ai fermé les yeux. Il y avait l'odeur riche du café et celle, pas trop fraîche, de Dimitri. Des deux, je préférais la seconde. Lorsque je me suis enfin retourné, c'était pour le trouver installé sur la balançoire, avec Elle. Il avait l'air plus mal en point qu'Alex, qui s'était pourtant fait tabasser deux fois en moins de vingt-quatre heures. On était tous là, silencieux. Pas de vent. Pas de pluie. Pas de soleil. Pas même le bourdonnement d'un moucheron. Je n'aurais même pas été étonné qu'on ait tous cessé de respirer en même temps, sans s'en rendre compte.

— T'as survécu finalement, m'a dit à son tour Dimitri en souriant.

— Ouin. J'ai été malade, hein ?

— On peut dire ça, en effet.

Dimitri et Alex ont échangé un drôle de regard. Ou je devrais dire Frank et Fred. C'était toujours sur le dos de Frank et Fred qu'ils se déchargeaient de leurs conneries.

— Quoi ?

— Quoi ?...

— Qu'est-ce qui s'est passé ?

— Mais de quoi tu parles ? Tu te souviens de quoi ?

Le sous-sol.

— Le sous-sol.

— Tu te souviens du sous-sol. OK. Quoi d'autre ?

Rien. Je ne me souvenais de rien. J'avais gerbé, oui, mais ça ne demeurait qu'une impression. C'est là, alors que j'étais perdu dans les méandres flous de ma soirée de la veille, qu'Elle est intervenue.

— Qu'est-ce que vous êtes allés faire dans le sous-sol ?

Elle a demandé sans demander, visiblement amusée, décidément suspicieuse, carrément insolente. Si elle ne l'avait pas fait bander à ce point, Alex l'aurait sans doute remise à sa place.

Sans crier gare, une rafale a balayé la maison et nous quatre avec elle. Le vent chaud sur mon visage et sa plainte dans mes oreilles, j'ai fermé les yeux et le temps que soufflait le vent, j'étais ailleurs. J'étais hier soir. Les quelque vingt secondes qu'a duré la bourrasque m'ont insufflé un peu plus de réponses. Un retour soudain et désagréable de la mémoire.

Personne n'a parlé. C'était le retour au calme plat et au silence. L'air s'était à nouveau figé. J'ai ouvert la bouche ; Dimitri s'est raidi.

— Vous deux. Je me souviens de vous deux, dans le sous-sol. Toi coincé sous le cadavre de ton père en chialant pendant que toi, tu te foutais de sa gueule. Je me suis réveillé sur le bord du feu mort, frigorifié, le jour déjà debout même si le soleil était resté couché. Vous m'avez laissé geler là, tout seul.

— Tu dormais. Je sais pas si t'as déjà essayé de te réveiller quand t'es soûl, mais je te jure, c'est impossible, a sèchement laissé tomber Alex en regardant l'horizon.

— La question est pas là…

— Ah ? Elle est où, la question ? a-t-il renchéri, cette fois en retirant ses verres fumés pour mieux m'intimider.

Je me suis retourné vers Dimitri. C'est de sa bouche à lui que je voulais l'entendre.

— Qu'est-ce que ça peut ben te faire, Christian ? On t'a rien demandé. Je le sais que t'es pas très à l'aise avec ça, le four, les cadavres… Nous autres, on a fait ce qu'on avait à faire. Pas comme si on t'avait fait une vacherie. T'aurais voulu qu'on t'attende ?

— Non, c'est pas ça.

En mordant sa lèvre inférieure, Dimitri a lancé un regard quasi imperceptible à Alex. Quelque chose ne tournait pas rond.

— C'est fini ? Tu l'as fait ? a demandé la fille à Dimitri en posant sa main sur l'épaule du principal intéressé.

Mal à l'aise, il s'est brusquement levé pour s'éloigner un peu de la balançoire, s'approcher d'Alex, comme s'il désirait se mettre à l'abri derrière lui. C'est d'ailleurs Alex qui a répondu, sans grande conviction :

— Ouin. *Ashes to ashes, funk to funky.*

— Et ça s'est bien passé ? a-t-elle ajouté, perplexe.

Alex a mis un certain temps avant de parler.

— Numéro uno.

Elle, elle ne semblait pas très convaincue. Mais amusée, ça oui.

— Wow ! Des professionnels !

C'est à ce moment-là, au moment où il s'est élancé pour aller la retrouver sur son banc, que – *crac !* – la descente d'Alex a infligé à la rambarde son coup de grâce. Moi, qui y prenais toujours appui, je n'ai rien vu. Rien que le sol arriver un peu trop vite.

Il y a eu un rire – Alex.

Un « Ça va ? » – Dimitri.

Un silence.

La première chose que j'ai aperçue, lorsque j'ai rouvert les yeux, c'est ma tasse brisée au milieu de dizaines et de dizaines de minuscules pousses vertes qui s'évadaient de la terre en éveil.

Ce n'était pourtant pas la saison des jonquilles… pas encore…

•

La liste était courte – ibuprofène et diachylons –; nous avions pourtant passé au bas mot une heure dans la pharmacie. Selon Alex, je n'avais hérité que d'une côte fêlée et de quelques ecchymoses, « pas de quoi brailler, Christiane ».

Pas de quoi pleurer, en effet ; n'empêche que j'avais sursauté en me voyant l'allure. Ma lèvre fendue avait doublé de volume. Comme ça, je ressemblais presque à mon médecin, qui m'avait d'ailleurs généreusement offert, une seconde fois en moins d'une heure, des comprimés de la Pharmacie Duchamp inc. Comme il refusait de me dire exactement ce qu'il voulait me faire gober, j'avais insisté pour aller chercher quelque chose de safe au village.

J'étais un vrai Montréalais : à vingt-sept ans, je n'avais toujours pas de permis de conduire et Dimitri a gracieusement accepté de m'accompagner. Sincèrement, c'était à se demander qui rendait service à qui. Il évitait lâchement la présence de la fille et déambulait dans la maison en semant des répliques assassines ou des silences froids. Si nous avions un peu de chance, Elle aurait foutu le camp avant notre retour.

À peine descendu de la Corolla, Dimitri s'est fait prendre en otage par des villageois, tous plus heureux les uns que les autres de mettre enfin la main sur l'héritier. Ces entretiens, bien que brefs, étaient insupportables. Outre les courtoisies élémentaires, certains d'entre eux allaient jusqu'à s'enquérir d'Hélène, de l'abandon de ses études, des foyers d'accueil : des trucs foutrement personnels. Je m'expliquais assez mal l'étendue ahurissante, voire dérangeante, de leurs connaissances.

Nous avons néanmoins réussi à nous frayer un chemin et à pénétrer dans la pharmacie. Dimitri, blafard, paraissait aussi mal en point que moi et, lorsque le visage antipathique de Schreiber est venu à notre rencontre dans l'allée des analgésiques, le pauvre, complètement drainé, ne s'est même pas donné la peine de feindre un sourire.

— Tiens, tiens. Moi qu'allais justement engueuler ton vieux père une dernière fois !

Dimitri n'a rien dit. Mal à l'aise pour trois, j'ai répondu, dans la mesure du possible, aux questions du haïssable personnage.

— J'ai bien peur qu'il soit trop tard.

— Trop tard ?

— Ouin. Disons qu'on a... Dimitri a... On a pris... euh... l'initiative.

Schreiber ne me prêtait pas la moindre attention. Je n'aurais jamais cru qu'être ignoré de la sorte par un interlocuteur puisse être une telle source de soulagement.

— Fa'que c'est vrai, ce qu'on dit. Ai vu la fumée en provenance de chez vous ce matin, mais j'ai pensé que vous aviez fait un feu. Bah, un peu ce que vous avez fait dans le fond !

— Ben oui, un peu, a platement lâché Dimitri.

— Vas vite apprendre que les secrets, ça existe pas par ici, a-t-il confié à Dimitri avec un clin d'œil complice.

Ils se sont tus. Derrière son comptoir, la jeune pharmacienne m'épiait. J'ai cru un moment que son attention était aussi dirigée sur Dimitri. Et pourtant : elle mordillait l'intérieur de sa joue, ses deux grands yeux posés directement sur moi, comme sur le point de dire quelque chose… Puis, elle se censurait, se détournait le temps d'un doute avant de revenir à la charge. Étrange manège. J'ai attribué cet inexplicable intérêt à ma tronche de dur à cuire pas très crédible. En sourdine, j'entendais Schreiber :

— Pas eu de trouble avec le four, rien ? Faut croire que t'as ça dans le sang !

Contrairement à mon habitude, je n'ai même pas tenté d'entretenir la conversation. Le chemin du retour s'est déroulé dans le calme serein de nos pensées réciproques.

•

Brun, humide, odorant : que ce soit en plein cœur de Montréal ou là, au milieu de nulle part, le printemps est sensiblement le même partout.

Vu la neige qui nous avait frappés sur la route, je croyais à tort que le village de Saint-François-Xavier-de-Courtval était de ces endroits qui ne jouissent du temps chaud qu'une fois l'été bien installé ailleurs dans la province. L'après-midi tirait à sa fin. J'étais seul derrière la maison, à qui je montrais le dos. Le vent faisait chanter les arbres sans feuilles, plus particulièrement l'immense pommier sous lequel se trouvait la piscine. L'automne dernier, celui-ci s'était délesté de ses attraits dans l'eau du bassin, si bien qu'il était dès lors impossible d'en voir le fond. La piscine se trouvait dans un état déplorable ; il y avait probablement plusieurs années qu'on l'avait laissée à l'abandon. J'ai d'abord été surpris de constater que cette eau infecte et odorante n'était plus gelée. D'accord, je voulais bien : les flocons de la veille avaient menti. Néanmoins, même à Montréal la saison n'était pas si avancée. Ajoutez à ça le temps doux de la veille, qui nous avait donné l'idée de nous installer à l'extérieur, près d'un feu, et les narcisses qui déjà pointaient fièrement leurs boutons vers le ciel…

Les deux pieds dans la boue, je m'amusais à bousiller mes bottes de cuir à force de tourner en rond ; je savais que quelque chose clochait, sans vraiment vouloir savoir quoi. J'avais peur et évitais de me l'avouer. Je voulais tellement faire confiance à Dimitri.

« Fais-moi confiance. » C'est exactement les mots qu'il avait choisis un peu plus tôt, avant de redescendre. Je ne tenais pas plus que ça à retourner au sous-sol, alors j'avais avalé, j'avais fait confiance et j'étais resté là. Un peu comme un chien qu'on laisse dehors, attaché à son poteau, pendant qu'on dîne au restaurant.

Je m'étais d'abord dirigé vers la cuisine, pensant préparer le souper pour tout le monde. Schreiber nous avait offert un panier de victuailles : fruits, légumes, pain. Même un gâteau. J'avais cru comprendre que l'attention venait de sa mère. J'avais remarqué la présence d'une serre, derrière la maison funéraire, ainsi qu'une terre labourée, et j'en avais déduit que les denrées en provenaient.

J'avais donc entrepris de cuisiner le repas pour tout le monde sous l'air, disons, bestial de *L'hymne à la joie*.

Interprétation : la fille.

Maître d'orchestre : Alex Duchamp.

Le finale de la *Neuvième Symphonie* de Beethoven est aussi long que la *Huitième* tout entière. Je m'en voulais d'être arrivé si tôt. Tout en coupant mes oignons, je m'affligeais, sachant qu'il me restait au moins trois allegros, un adagio et un andante avant le prestissimo final. *Diesen Kuß der ganzen Welt !*

J'ai craqué et ai décidé de boire mon Perrier dehors, avant le rappel, sans finir de préparer la bouffe. Je n'avais plus tellement d'appétit.

Pas que ça me gênait, non. J'en avais entendu d'autres. Ça, c'était rien qu'une baise réglementaire, et, à l'oreille, assez bien exécutée. Les lamentations de ces dames laissaient entendre qu'Alex était très bon au lit – son deuxième champ d'expertise, après foutre la merde. La plupart du temps, les deux étaient interreliés.

Alors, d'entendre Alex et Elle baiser pendant que je cuisinais ? Non, ça ne me dérangeait pas le moins du monde. C'était le genre de truc qui m'amusait bien, me donnait habituellement des idées. Généralement, entendre des gens s'envoyer en l'air, c'est plutôt inspirant. Tentant. Et c'était exactement ça, le problème.

Je crois que c'est en coupant les tomates que j'ai compris l'origine de ma frustration : je n'étais pas inspiré, pas du tout, même pas titillé. Jalousement, j'ai pensé à Alex qui gobait toute sorte de merde, buvait comme Bukowski et arrivait toujours à répondre à la demande : le grand abatteur de bois ! Moi, à jeun comme un curé, je n'aurais même pas réussi à avoir une érection digne de ce nom ici.

Brun, humide et odorant. Dehors, les deux pieds dans la boue, je nous ai trouvés drôles d'aimer une saison aussi laide que le printemps. Pendant que mes bottes se remplissaient d'eau, je me suis accroché à la promesse que le redoux semblait me faire : le meilleur était à venir.

2

Christian

— Mmmm. Soirée dinde folle. Tu veux m'acheter ? Oh ! Ou bien tu veux me soûler ?

Je flirtais ouvertement avec lui : un vieux gag inoffensif, du genre qui d'ordinaire lui arrachait à tout le moins un sourire. Mais ce soir-là, Dimitri avait l'air grave.

— Non, ai-je soupiré, tu veux m'acheter. Et dire que tu peux m'avoir gratis. Belle perte de temps, franchement…

Il avait installé sur la table de la cuisine le jeu d'échecs fraîchement nettoyé, celui qui, quelques heures plus tôt, se trouvait au sous-sol, couvert de poussière. Ça, et notre bouteille de bourbon bon marché préférée : du Wild Turkey. Le même poison qu'il m'avait refilé avant de me dire que son père était mort. Tout compte fait, le même foutu poison qu'il m'avait refilé avant de me faire avaler pas mal de choses…

— Tu veux de la glace ?

— Non. Je commence à croire que je suis mieux de pas diluer.

Coup de bol : j'ai pigé les blancs. Merde : je ne me sentais pas d'attaque pour une ouverture. Je me suis gargarisé avec une généreuse lampée de bourbon. Combattre le feu par le feu. Tel le Phénix, ma cuite de la veille s'est réveillée en hurlant dans mon estomac. Je n'avais rien à perdre : gambit du roi, sous le regard soudainement amusé de Dimitri.

— Tu te sens romantique ?

— Tu me connais, ai-je dit avant qu'une autre gorgée ne s'engage cruellement dans mon œsophage.

On s'est fait trois parties de suite, sans parler. Épuisé, il me laissait gagner avec des tactiques qui n'auraient pas berné un débutant. Dimitri avait quelque chose à me dire et tentait maladroitement de m'amener quelque part, mais il prenait son temps. Son jeu le trahissait : il s'en voulait. Nerveusement, son regard passait de la porte à l'horloge. Alex avait accompagné la fille au bar et, si Dimitri désirait me parler avant son retour, c'était maintenant ou jamais. J'aurais préféré jamais, vraiment, mais je lui ai fait une fleur et ai ouvert une seconde fois :

— Vas-y.

— Quoi ?

— Faut pas t'en faire avec ça, Dim. Tu m'as déjà brisé le cœur une centaine de fois. Je devrais survivre.

Il a plongé ses grands yeux noirs dans les miens, quelques secondes, avant de se retourner. J'avais une telle envie de le tenir contre moi, de lui donner le peu de courage que j'avais, de le lui donner tout entier.

— Je... je sais pas comment te dire ça, Christian. Je... Ostie!

Il s'est levé et moi, je me suis tu. Je lui ai laissé le temps qu'il fallait. Si je n'avais pas été si mal en point, je me serais resservi un verre en patientant. C'était long. Ç'avait même l'air douloureux.

— Écoute... Il y a un bus qui part à six heures.

— À six heures?

— Dans trois heures.

— OK, ouin. Et ça m'intéresse parce que?

Il a détourné la tête. Merde, pas la peine de répondre. En effet: j'avais compris. Je n'étais pas d'accord, j'étais un peu insulté, mais j'avais compris.

— Je pars pas, Dimitri, ai-je soufflé en cherchant à rencontrer son regard. Dimitri... Je sais pas ce qui t'a fait croire que... Ben en fait, oui, oui je le sais: j'ai eu une attitude de cul depuis qu'on est arrivés, mais regarde, ça va déjà mieux! lui ai-je fait accroire, *me* suis-je fait accroire en forçant un sourire, un peu paniqué.

Il n'a pas bronché.

— C'mon, Dimitri! Tu penses quand même pas que je vais partir?

— J'pense surtout pas que tu vas rester.

Il a dit ça sans émotion. Un peu comme s'il s'était contenté de me donner l'heure.

— Je vais aller te porter au terminus. On peut aller déjeuner avant si t'as faim, on a le temps.

Il était froid, glacial, mais ce n'était pas le pire. Le pire, c'était son indifférence.

— N'importe quoi…, ai-je murmuré.

— Ça marchera pas, Christian.

— Je vais nulle part.

— C'est pas une proposition…

— C'est quoi ? C'est un ordre ? C'est ça ?

— Tu commences à me faire chier, man. Je suis fatigué, c'est pas le temps…

— T'es même pas capable de me regarder dans les yeux !

— Tu devrais faire ton sac.

— Quoi ? Sinon on n'aura pas le temps d'aller déjeuner ?

— Ostie de… fuck ça…

— T'es même pas capable de me regarder…

Il a finalement levé les yeux sur moi et j'ai fixé mon regard dans le sien. J'ai cherché, pathétique. Je l'ai dévisagé en espérant trouver quelque chose. Même le mirage d'un doute caché dans sa pupille aurait fait l'affaire. J'ai rien trouvé, mais j'ai fait comme si.

— Je te crois pas.

— Tabarnac, Christian ! a-t-il hurlé, épuisé. Ostie ! On est pas un couple !

— Ça, crains pas, je le sais.

— Pourquoi tu t'entêtes ? Crisse, t'haïs ça, icitte ! T'arrêtes pas de chialer depuis qu'on est là. Je… je sais pas quoi te dire… Tu peux pas rester. That's it, man. J'suis vraiment, vraiment, crissement désolé, Christian, mais that's it.

Sur ce, il a fait un étrange mouvement vers la porte, un peu comme s'il voulait sortir et rester en même temps.

Il est resté. Planté là, immobile, il a fermé les yeux. J'ai trouvé qu'il avait maigri depuis notre arrivée.

Ça avait sans doute à voir avec les cernes qui creusaient son visage grisâtre.

— Je pars pas. Pas tant que tu seras pas honnête avec moi, ai-je répété à mi-voix.

— Ostie que tu m'énerves...

Sa voix était étouffée. Il a chuchoté comme ça un temps, dos à moi, sans que j'arrive à saisir ses paroles. Puis le silence s'est réinstallé entre nous, confortablement, comme s'il n'était jamais parti. J'ai changé de ton.

— Ça fait combien de temps que t'as pas dormi ?

— Ç'a rien à voir, a-t-il lâché impatiemment. Je veux que tu partes. Tu prends l'autobus. Tu retournes à Montréal. T'as rien à faire ici.

— Tu m'as supplié...

— Je t'ai pas supplié ! Je t'ai demandé, a-t-il souligné, visiblement insulté. Ça, c'est dans ta tête, Christian. Mais si ça peut te faire plaisir, là, là, je te supplie. Là, présentement, je te supplie de t'en aller.

Il a jeté un coup d'œil nerveux à l'horloge. À l'extérieur, les phares d'une voiture éclairaient la façade de la maison, créant des ombres angoissantes à l'intérieur de la pièce. Une portière s'est ouverte et refermée, la voiture s'est éloignée en emmenant les spectres dansant sur les murs de la cuisine.

— Si tu viens avec moi.

— Christian...

— Tu viens avec moi ou je pars pas. De toute façon, qu'est-ce que j'suis censé dire à ta blonde ? Ton chum a décidé de rester tout seul à Saint-Machin-de-Courtval-des-Étranges ?

— Je suis pas tout seul.

Il n'était pas tout seul. C'était vrai et c'était pire. Parlant du loup, Alex s'approchait dangereusement de l'entrée. Je ne le voyais pas, le devinais cependant au feu de sa cigarette qui avançait, volait, tanguait vers nous comme un mauvais esprit.

— Faut que tu me fasses confiance. Christian, tu veux pas rester icitte.

J'en ai eu assez de lui faire confiance : j'ai aboyé.

— Non !

Des pas. La porte. Alex.

Alex

Stationné devant l'église. Il est passé deux heures et pourtant, de la lumière s'échappe des portes imposantes, grandes ouvertes. Sur le parvis, des jeunes fument et boivent.

Câlisse que j'aimerais avoir quinze ans.

— Jeunesse chrétienne ?

— C'est ça, oui. Réunion de pastorale.

Lorraine me lance un clin d'œil. J'ai beau l'avoir baisée un nombre incalculable de fois au court des vingt-quatre dernières heures, il y a toujours ce petit quelque chose d'inaccessible chez elle, comme si je ne l'avais jamais touchée. Alors qu'elle s'éloigne vers l'église – « J'en ai pour une minute » –, mes yeux pervers la déshabillent. Elle marche en ondulant des hanches, prenant largement son temps, consciente de son effet. Les gamins boutonneux se retournent eux aussi sur son passage et leurs gloussements d'attardés laissent entendre qu'ils ont autant d'imagination que moi. Je me suis demandé presque sérieusement si j'arriverais à tomber amoureux de cette fille. Ostie : ça me fait encore rire tellement c'était con. Elle est comme moi, Lorraine. On ne tombe pas amoureux de moi, no way.

Ça ne lui a pas pris une minute, mais dix. Juste le temps qu'il me fallait pour identifier le dealer de la place. Au train où j'avale les Xanax, c'est le genre d'information qui s'avérera utile.

J'ai revu ma pharmacienne. Elle était au bar. Maquillée, robe et talons hauts, sans sarrau. Presque cute. Encore une peau dégueulasse, mais en général, mieux. J'ai flirté ouvertement avec elle le temps de deux, trois ou quatre verres. Verres que Lorraine nous servait, divertie par la leçon de romance que j'offrais.

Elle avait étudié à l'Université de Montréal. Obtenu son diplôme en 2001. Connu quelques personnes en médecine. M'a nommé une dizaine de noms d'affilé. Ça m'emmerdait royalement, mais j'ai joué le jeu. On s'est remémoré de bons souvenirs du campus ; les miens inventés, les siens sûrement pas. C'était d'un ennui mortel, mais le contact valait le coup.

Après quelques verres, son rire avait plus d'assurance. Une mèche de cheveux tombait en travers de son visage : je l'ai replacée derrière son oreille. Elle a frissonné. Si ma mémoire est bonne, c'est le moment qu'elle a choisi pour m'avouer qu'elle était venue ici en espérant me voir. Moi, c'est le moment que j'ai choisi pour glisser ma main sous sa jupe. Elle a eu l'air moins surpris que ce à quoi je m'attendais. Ça m'a plu. Beaucoup. J'en serais peut-être même venu à oublier ses boutons. Je suis descendu aux toilettes, la laissant seule sur son banc, déjà un peu moins pharmacienne qu'à son arrivée.

J'ai passé ma langue sur ma lèvre et pensé à ma raclée, heureux que Jojo ne soit pas de service ce soir.

— Tu t'amuses bien ?

Je n'avais pas remarqué qu'elle n'était plus derrière son bar. Lorraine se tenait dos à moi, inspectant son ravissant visage dans le miroir. Il n'y avait pas l'ombre d'un reproche dans sa voix. Je me suis retrouvé vite plaqué contre le mur, au même endroit que la veille. Elle a défait ma ceinture en vitesse, pressant sa généreuse, magnifique poitrine contre moi. J'étais bandé avant même qu'elle ne se penche et ne s'attaque à ma fermeture éclair.

— Tu m'en voudras pas trop. Comme je sais pas avec qui tu vas décider de rentrer, je vais prendre ma part tout de suite.

J'ai dû m'agripper à l'urinoir pour ne pas tomber. Sa langue s'est enroulée autour de moi. Elle me bouffait tout entier, la pointe de ses dents frôlant délicatement, parcimonieusement, outrageusement le bout de mon gland. J'ai joui rapidement, comme un ado, dans un cri à peine étouffé, les yeux fermés. Quand je les ai rouverts, ils se sont posés droit sur ma petite pharmacienne. Plantée dans l'embrasure de la porte, elle passait de moi à Lorraine, bouche bée. J'ai refermé les yeux en reposant ma tête contre le mur. Fuck. J'ai entendu Lorraine lui dire, en se relevant :

— T'en fais pas, ma belle, on a fini ici. Y'est tout à toi si tu veux.

Cette réplique, d'une délicatesse désarmante, a été suivie d'un bruit de pas précipités. Lorsque je me suis décidé à rouvrir les yeux, ma pharmacienne n'était plus là. J'ai replacé ma queue encore gorgée de sang dans mes jeans. Lorraine, elle, remettait du rouge sur ses lèvres parfaites.

— Bon, a-t-elle dit avant de monter à son tour, j'imagine que tu vas prendre mon lift finalement.

Elle m'a laissé seul dans les chiottes. J'ai ri pendant un bon cinq minutes avant de remonter.

Ma pharmacienne n'avait même pas pris le temps de finir son verre. J'ai soupiré : ostie de beau gaspillage.

Lorraine ne coupe pas le moteur et je ne l'invite pas à entrer. J'ai mes limites.

Ils sont toujours là quand je rentre. Mauvaise surprise, je ne m'attendais pas à revoir Christian. Dimitri est à bout de nerfs. Parions que le sommeil ne sera pas au rendez-vous cette nuit non plus.

Dimitri

— Ç'a aucun sens. C'est… pas moral, répète sans cesse Christian, comme un automate mal programmé.

— L'histoire commence à peine, le coupe sèchement Alex. Pas encore certain de la morale.

Qu'est-ce qu'il veut que je lui dise ? Après m'avoir traité, ainsi qu'Alex et mon père, d'ostie de malade, Christian se calme. J'espère qu'il comprend que de me gueuler dessus ne servira à rien.

On reste comme ça, tous les trois dans la pièce, mais, puisque j'ai perdu toute notion du jour et de la nuit et des heures et des minutes, je ne saurais dire combien de temps précisément. Alex fume clope après clope. Il n'a pas à être là. Toute cette merde, c'est la mienne. Il pourrait aller se coucher, mais il reste et je lui en sais gré. Ça me rassure de penser qu'en cas de faiblesse, je pourrai prendre appui sur lui.

Christian tient toujours le cahier dans ses mains. Il en tourne machinalement les pages sans les lire, comme s'il tentait d'y trouver une solution. Je l'ai moi-même relu plusieurs fois, ce journal intime. Tout ce que j'y ai trouvé, c'est la confirmation que le crématorium est hors d'usage. Depuis des années.

— J'ai pas d'argent, Christian.

— C'est n'importe quoi…

— J'ai pas d'argent pour réparer le four. J'ai rien. Tout ce que j'ai, ben c'est ça : une maison en ruine, des bouts de papier, un four qui marche pas avec un cadavre en décomposition dedans. Qu'est-ce tu veux que je fasse ?

— Du compost ? propose Alex sans sourire.

— C'mon, Dimitri ! gueule Christian. Ç'a rien à voir avec ce que je veux que tu fasses, c'est ce qu'il faut pas que tu fasses…

— Crisse que t'es épais, soupire Alex, en écrasant sa cigarette. Qu'est-ce qui s'offre à nous tu penses ? Tu veux quoi ? Tu veux qu'il monte voir le vieux fou dans son salon funéraire ? Pour lui dire quoi, Christian ? Hein ? Quelle partie au juste on devrait lui dire ?

Alex s'allume une autre cigarette en s'étirant. La bouteille est vide, mais il tente tout de même de remplir son verre avant de reprendre :

— Je vais t'aider… On pourrait peut-être lui dire, simplement comme ça, qu'on lui a, hum, un peu menti. Qu'en fait, on a pas incinéré le corps. Mais là, mine de rien, il va nous demander pourquoi. Qu'est-ce que tu comptes lui dire, Christian, quand il va nous demander pourquoi ?

— Tu me fais tellement chier…

— Non. Pas une bonne idée. Pas que c'est pas vrai, on s'entend : il nous fait vraiment chier. Mais il risquerait de le prendre mal. Oublie ça. Je vais encore te donner un coup de main : on lui dit que le four fonctionne pas. C'est ça, Frank ?

Je me contente de hocher la tête.

— Donc c'est ça, ton plan, Christian ?

— T'as rien à voir là-dedans…, me dit-il, sans répondre à Alex.

— Le problème, Christian, c'est qu'il va nous demander pourquoi on lui a d'abord menti. T'es d'accord avec ça ?

Le monde s'effondre tout autour de Christian.

— C'est mon père, Christian, je murmure en manquant de conviction. Mon père.

— Un père que t'as jamais connu. Tu vas protéger un père qui est non seulement mort, mais que t'as jamais connu ? Je comprends pas, Dimitri.

J'ai envie d'une cigarette, d'en prendre une dans le paquet d'Alex, de l'allumer sans rien dire et de fumer. Fumer. Ça fait déjà une bonne demi-heure que seule cette pensée m'obsède. Le four ? Le cadavre de mon père ? Ceux qu'il a enterrés dans le bois au lieu de les incinérer ? Je m'en fous : tout ce que je veux, c'est une cigarette.

— Dimitri ?

Recommencer à fumer : je ne comprends pas ce qui m'en empêche, ce qui me retient. Christian ? Christian a d'autres raisons, des bonnes, de m'en vouloir.

— Dimitri !

— C'est mon père, Christian.

Fuck, fuck, fuck, fuck…

— De toute façon, il est trop tard. J'ai déjà dit au vieux… Fuck…

J'ai tellement envie d'une cigarette. Je ferme les yeux tout en continuant de parler. Les mots glissent, tombent et se cassent la gueule sur ma langue avant de sortir de ma bouche.

— J'ai déjà dit à Schreiber qu'on l'avait incinéré. C'est fini, Christian. Arrête.

Dehors, le soleil se lève sans sortir sa tête des nuages. Le jour naissant a des airs de nuit. Je n'aime pas plus que Christian le chemin sur lequel on s'aventure ; je me doute qu'on va s'y perdre. Il est trop tard pour monter dans le bus qui a quitté Courtval depuis un bon deux heures. Dire qu'il aurait pu se trouver à bord.

Il aurait vraiment dû prendre l'autobus.

— T'as paniqué, c'est tout. Il va comprendre, je veux dire, moi aussi j'aurais paniqué…

— Non, Christian. J'ai pas paniqué.

Ça tombe comme ça, comme une pierre, comme quelque chose de dur, de solide, de lourd : quelque chose d'inébranlable. De vrai. Et ça le tue : il n'arrivera pas à me faire changer d'idée.

— Tu peux pas faire ça, tu peux même pas penser faire ça…, plaide-t-il plus calmement, de moins en moins convaincu. C'est pas toi, Dimitri. C'est... tellement amoral!

— Moi, dit Alex, j'écouterais pas trop les conseils de moralité d'un gars qui fourre des ti-culs au sauna pis dans les cinémas pornos de son ostie de ghetto.

— C'est quoi, ton crisse de problème, à toi? C'est quoi, Alex, ça t'excite, ces affaires-là? C'est ça? Ostie, c'est drette ça: ça te fait triper de jouer avec des morts. Ç'a jamais été clair, pourquoi ils t'avaient crissé dehors de ton internat, mais je commence à comprendre un peu plus...

— Crois-moi, beauté, tu comprends rien pantoute, siffle Alex entre ses dents.

— Ah ouin? C'est quand même drôle... quand même... Parce qu'on dirait que chaque fois que t'as à côtoyer des morts...

Alex frappe la table de son poing. Je sursaute, mais pas Christian, qui a les larmes aux yeux et les mâchoires serrées. Il s'aventure sur un terrain glissant. Alex sourit mesquinement et conseille une fois de plus à Christian de se rétracter.

— Tiens-toi l'imagination tranquille, Christiane.

Alex sourit toujours, de ce sourire que je l'ai trop souvent vu faire, avant de frapper. Sa main tremble.

J'en ai plein le cul, de leurs enfantillages. Moi, je n'ai envie que d'une cigarette. Et de silence. Je me lève et m'éloigne. J'entends Christian qui m'appelle, mais je suis déjà sorti. Je vois d'ici son beau visage désemparé de garçon perdu.

Je devrais peut-être me retourner et lui expliquer que ça ne sert à rien. Qu'on peut bien rester là et en discuter toute la journée, toute la nuit. Qu'on peut bien se traiter de tous les noms possibles et en profiter pour faire une couple de brassées, laver du linge sale qui traîne depuis trop longtemps, mais même en frottant très fort, il restera des taches. Discuter de notre problème jusqu'à la fin des temps ne changera absolument rien au fait qu'un nombre très limité de possibilités s'offre à nous. Les faits, eux, resteront les mêmes. Ça ne réparera assurément pas le four crématoire à la cave et ça n'arrivera pas non plus à incinérer le corps à peine roussi qui s'y trouve encore.

Ce qu'il y a d'écrit dans les journaux de mon père ne s'effacera pas. On pourrait les brûler, oui, mais ça ne changerait rien au fait que pendant des années, il a décidé d'enterrer les morts de Courtval et des environs en prétendant avoir fait ce pour quoi on l'avait payé : les brûler, avec pour preuve un mélange de cendres de bois et de ciment remis aux familles affligées des défunts. Rien ne fera disparaître les cadavres en putréfaction un peu partout sous la terre, sur notre terrain, dans les bois, le potager, la piscine.

Je pense à l'air incrédule de Christian sans me sentir coupable, pas une seconde. Je pense aussi à Alex, qui doit sourire. Et si j'étais resté, je crois que je lui aurais dit, à lui aussi, de se la fermer.

Les deux derniers jours m'ont vieilli de cent ans.

Alex

Christian crie, soupire, sort de la maison, demande même pardon en chialant comme un enfant qu'on gronde parce qu'il a pissé dans son pantalon, mais rien n'y fait: Dimitri ne se retourne pas.

Je ne sais pas trop combien de temps on reste comme ça, Christian dehors occupé à fixer l'horizon, moi à l'intérieur à dévisager mes mégots dans le cendrier. J'en fume une autre, avale un Valium et sors.

J'attends que mon sourire se couche et que le fou rire qui me chatouille la gorge s'éteigne. J'ai tout de même un peu de considération pour Christian: c'est un moment difficile pour lui. Malgré ce qu'il peut penser, je ne suis pas un salaud fini, j'ai des principes et je ne frappe pas sur un crétin qui mord déjà la poussière. Quand j'ai pitié, j'épargne.

La matinée a beau s'étirer, l'après-midi arrive à grands pas et la journée promet d'être interminable. Plus la peine d'aller dormir. J'offre à Christian d'aller dîner au village et, étonnamment, il accepte. On reste silencieux. J'avale deux hamburgers dégueulasses et une montagne de frites, plus celles de Christian, qui ne mange rien. Je me retiens de bouffer son sandwich: je crois que ça le ferait vomir. À la radio, Chantal Pary rajoute une couche sur le chagrin de Christian: «C'est fini... Ho, ho, ho, ho, hoooo... oui.»

Avant de sortir de la voiture, une fois de retour à la maison, Christian me dit:

— Alex, je voulais pas te faire chier tantôt. Vous avez juste pas l'air de comprendre qu'il y a rien de gratuit. Y a toujours un prix à payer. Le père de Dimitri, ben, ça lui a rien coûté. Puis il est plus tellement en état de payer quoi que ce soit.

Wow. J'ai de la difficulté avec ma digestion et plus tellement le goût de rire. Afin d'en arriver au même degré de complaisance que Christian, je sors mon latin avant de l'abandonner dans l'auto :

— *Alea jacta est !*

C'est à ce moment-là qu'elle arrive, comme si elle nous avait suivis. Ça m'ennuie. Même si à la pensée de sa bouche, de son cul, de la pipe d'hier, je dois me rendre à l'évidence que mon corps est ravi de sa visite-surprise. Le truc, c'est que je n'ai pas tellement envie que tout ça se transforme en habitude. La dernière chose dont j'ai besoin, c'est qu'on devienne un couple.

Ho, ho, ho, ho, hoooo… ho, non…

Dimitri

Je finis d'aligner les outils devant moi, prêt à les saisir et à sortir enfin de la remise. Des heures enfermé seul à l'intérieur à penser à la gueule de Christian, à la main surexcitée d'Alex et à mon père qui doit commencer à sentir autre chose que les cheveux brûlés. À penser aux mots dans le journal, au *plus rien à crisser, quand on est mort, de ces affaires de vivants*, à la pelle, à la corde, à la bâche. Penser *pratique, tout le matériel est là*, penser qu'on y avait déjà réfléchi bien avant que j'arrive…

Puis Lorraine arrive. Son rire se glisse sous la porte mi-close et rampe, monte sournoisement le long de mon corps, jusqu'à mes oreilles. Le cœur dans la gorge, je grince des dents comme si j'avais mordu dans un citron.

Je sors à contrecœur, les bras encombrés de matériel. La louve s'avance vers moi. Je tente de ne pas la regarder, dirigeant plutôt ma haine sur le grand crétin qui la suit nonchalamment. Pourquoi il ne l'a pas foutue à la porte, ne l'a pas fait fuir, ne lui a pas fait subir le même traitement qu'à toutes les autres? J'ai besoin d'elle ici comme d'un cancer.

— On se met au jardinage?

Je fixe toujours Alex, sans répondre à Lorraine.

— Ouin, je lui ai dit pour le… pour le potager, baragouine-t-il. Lui ai expliqué qu'on était occupés, mais…

Il hausse les épaules: sa façon de me faire entendre qu'il n'est pas responsable de la présence de Lorraine. Bien sûr.

— Ton jour de chance! lance-t-elle en prenant une pelle entre mes mains. J'ai comme qui dirait l'habitude.

Alex me déleste à son tour de deux paires de gants, d'un genre de mini-râteau qui sert à va savoir et de ciseaux. J'ai vraisemblablement trop pris d'outils, mais je n'y connais rien et je ne sais pas trop à quoi m'attendre ni comment procéder. Je suis nerveux à en crever: c'est d'ailleurs ce stress qui me permet de tenir debout malgré les nuits sans sommeil.

Lorraine insiste pour qu'on installe «notre» futur potager tout près de la maison, derrière. Trop près de la maison. Je proteste, froid à l'idée d'enterrer le cadavre de mon père si proche de moi. Elle répète qu'elle s'y connaît, que c'est le meilleur spot, la lumière, le sol, l'accessibilité…

— Fais-moi confiance. C'est ici que ton père aurait voulu qu'il soit. Son potager. C'est ici qu'il l'aurait fait.

Je me mets à creuser à l'emplacement qu'elle a choisi. Chaque coup de pelle que je plante dans le sol en est un de moins sur sa tête. Je creuse avec enthousiasme, frénétiquement, compulsivement, et plus rien n'existe autour. Je pourrais creuser comme ça des heures. Pour la première fois depuis que j'ai quitté Montréal, je me sens vivre. Mon corps hurle de douleur, crie à l'assassin : mais plus je creuse, mieux je me trouve. J'existe de moins en moins, et c'est un incroyable soulagement.

Le gant de jardinage qu'Alex me lance en plein visage me tire hors de ma transe.

— Quoi !?

— Tu creuses trop, Frank.

— Hein ? Mais de quoi tu…

— Ça fait un bon dix minutes qu'on te le dit, tu nous entends pas. C'est trop creux, man. Ça sert à rien. On est pas en train de creuser… je sais pas, moi…

— Une tombe ? se moque Lorraine.

— Exactement, ajoute Alex, pas le moins du monde mal à l'aise. Pas en train de creuser une tombe, Dimitri, ça fait que tu peux prendre ça relax. OK ? Relaxe, man.

— Prendre ça relax ? (Je ne parle pas ; j'aboie.) Crisse, Fred, je veux ben prendre ça relax, mais ça a l'air que je suis le seul à travailler icitte !

J'ajoute, cette fois pour moi :

— Prendre ça relax. Tabarnac.

Les deux me fixent. Je dois avoir l'air complètement cinglé. Malgré une envie folle de me remettre à creuser, je me retiens. Je plante ma pelle dans la terre et prends appui sur son manche, à bout de souffle. Alex s'approche de moi et pose sa main sur mon épaule :

— Je vais aller nous chercher quelque chose à boire.

Et il s'éloigne. Lorraine s'allume une cigarette et m'en propose une. Je refuse, sous prétexte que j'ai arrêté de fumer. J'ai l'impression de lui mentir.

— T'as l'intention de nettoyer la piscine ?

Ma gorge se serre en pensant aux journaux de mon père. *Ne pas réveiller l'eau qui dort*, y a-t-il écrit à plusieurs endroits, comme un avertissement.

— Non, ça vaut pas la peine : trop vieux.

— Dommage. On se baignait là, toi et moi, quand on était petits. Tout nus. Même pas de crème solaire. La belle époque.

— C'est ça. Trop vieux.

— Est-ce que c'est parce que je couche avec Alex que tu m'haïs comme ça ?

Oui.

— Regarde, Lorraine. C'est simple : on avait du travail à faire aujourd'hui, pis depuis que t'es arrivée, l'autre se pogne le cul…

— C'est correct, Demi. De toute façon, il faut que je me sauve.

Elle s'approche de moi. Près. Tellement près. Son parfum et l'odeur de cigarette me montent à la tête. Sa poitrine aguiche volontairement mon torse, tout comme sa cuisse qui, malgré nos vêtements, brûle la mienne. Ses doigts délicats entreprennent une étrange danse à l'intérieur de ma paume et son pouce caresse indiscrètement mon poignet. Je souhaite de tout mon être ne pas être en train de bander.

Alex ne saurait tarder. Je devrais la repousser, mais je n'en ai ni la force ni la volonté. Une bonne partie de moi espère sa bouche. Là et maintenant, qu'on en finisse…

— Mais c'est dommage, chuchote-t-elle à mon oreille. C'est pas Alex que je venais voir.

Ses lèvres se posent délicatement sur ma joue. Au-dessus de nous, on ferme une fenêtre avec fracas. Je ne bouge pas, ne lève pas la tête, ne cherche pas d'où provient le bruit. *Christian…*

— Dors un peu. T'as l'air malade.

Elle se détache de moi, se retourne et s'éloigne. Elle passe sa main dans ses cheveux, gratte son bras, caresse sa nuque, clairement consciente de mon regard sur elle. Sans doute consciente de mon désarroi, de mes genoux-guenilles, de ma gorge sèche, de mon cœur qui bat dans mon pantalon. Alex apparaît, trois bières dans les mains. Déçu de la voir partir, il tente de la retenir, mais rien n'y fait : elle est déjà en retard. Il lui murmure quelque chose que je ne saisis pas tout en caressant d'un geste évocateur l'intérieur de sa jambe avec une bouteille et le dos de sa main. Elle rit en se collant contre lui sans retenue. Il s'empresse de déposer les bières à mes pieds en m'adressant un clin d'œil :

— Je reviens, Frank. Ça sera pas long.

C'est seulement après en avoir pris deux bouffées que je remarque la cigarette qu'elle a glissée entre mes doigts. Je la termine en savourant la fumée qui roule doucement dans ma bouche avant de s'échapper avec le vent qui se lève. Ça goûte dégueulasse et c'est tellement bon. Je jette le mégot sur la terre qui, avant le début d'une autre journée, recouvrira le corps de mon père. L'air est humide, le ciel menaçant. Il va pleuvoir, sûr. Je me remets à creuser.

Christian

Ils ne devaient absolument rien voir sous le déluge. D'en haut, de la fenêtre de la chambre où je m'étais enfermé depuis le dîner, je peinais à voir. Alors je les imaginais, eux, directement sous cette pluie torrentielle.

Ça s'était mis à tomber peu après son départ à Elle, comme ça, d'une traite, sans prévenir, rien, juste comme ça : en fou. Une pluie d'orage, une qui, d'ordinaire, ne dure que le temps de rafraîchir le fond de l'air et de changer le mal de place. Une pluie foudroyante qui ne s'était pas contentée d'effectuer une entrée remarquée : elle s'était confortablement installée. Plusieurs heures plus tard, son ardeur était toujours la même, quelque chose de carrément impossible : une promesse qu'on tient, un amour qui dure. Mais ça n'avait pas été assez pour les arrêter. Je suis prêt à parier que ça n'avait pas fait hésiter Dimitri une seconde. Alors que moi, je voyais ça comme un signe, quelque chose de funeste, j'imagine que lui, ç'avait tout juste réussi à l'emmerder. Il faut avouer qu'après la suite de mauvaises nouvelles à laquelle il avait eu droit au cours des quarante-huit dernières heures, la pluie n'était rien d'autre que la cerise sur le gâteau.

Sûrement pour faciliter le transport, ils avaient troqué le cercueil de carton du défunt contre une toile et de la corde. La scène avait quelque chose de grotesque : deux crétins trimbalent un lourd cadavre sous une pluie drue, glissent à tour de rôle dans la boue alors que les membres de la dépouille s'échappent de la bâche. À ce rythme, elle ne tiendrait pas bien longtemps. Comble du mauvais goût : l'héritier trébuche une fois de plus et, accroché au cadavre, disparaît dans le trou. Tout ça sous une pluie qui s'arrête soudainement, comme elle est venue. Comme si tout était rentré dans l'ordre.

Mes deux valises ouvertes étaient vides. J'avais soigneusement placé mes effets dans la commode, sans vraiment comprendre pourquoi je me donnais tout ce mal. Lorsque j'ai rejeté un coup d'œil à l'extérieur, Dimitri et Alex étaient en train de remplir le trou.

Je me suis assis sur le lit et ai étudié ma triste chambre quelques minutes. La maison craquait et grinçait comme un arthritique. J'avais l'impression que le plancher bougeait sous mes pieds. Un mouvement lent et régulier, une respiration.

J'ai glissé les valises sous le lit et suis sorti.

Dimitri

J'ouvre les yeux au fond du trou, coincé sous le cadavre, et la pluie cesse. Sans le bruit de l'eau s'acharnant sur nous, le silence, inquiétant silence, est complet. La nuit semble avoir gagné en opacité.

Je dois demander à Alex, qui garde respectueusement son rire pour lui, de m'aider à sortir de ce qu'il a assez justement surnommé «le caveau familial». C'est la deuxième fois en moins de quarante-huit heures que je me retrouve cloué au sol, écrasé sous le joug paternel: il prend son rôle crissement au sérieux, pour un mort qui n'a jamais été présent.

C'est seulement une fois la pluie passée que je réalise à quel point je suis trempé, comme si j'avais sauté à l'eau tout habillé. Je serais aussi bien de continuer à poil. Alex a retiré sa veste et son chandail et je l'imite. On gèle. Au moins la moitié de la fumée sortant de sa bouche ne provient pas de sa cigarette. C'est cette même buée qui s'échappe du sol autour de nous. La chose à faire serait de rentrer se changer avant de continuer. Mais bon, on n'en est plus là. Je me décide enfin à demander une cigarette à Alex, qui me tend simplement son étui d'argent, celui où j'ai fait graver un «Fred» au coin droit, il y a longtemps, dans ce qui me semble une autre vie. J'en ai un comme ça, moi aussi, sur lequel on peut lire «Frank». Je ne l'ai pas utilisé depuis que j'ai commencé à jouer au non-fumeur. L'ai laissé à Montréal avec le reste: mes vêtements des grands jours, des CD, mon tourne-disque défectueux, un album photo, une bouteille de Jack Single Barrel à moitié vide, Hélène…

On fume notre cigarette sans rien dire, grelottant, le cul dans la boue, en fixant le trou et surtout le cadavre qui se trouve au fond, face contre terre.

Je sors de ma poche arrière mon portefeuille imbibé d'eau. La coupure de journal est humide, mais le feu finit tout de même par avoir raison d'elle. Avant que la flamme ne me brûle les doigts, je laisse tomber la photographie de mon Indiana Jones de père imaginaire dans le trou. Tant qu'à en enterrer un, aussi bien en finir avec l'autre aussi. Alex me demande, crétin, si je veux faire la prière et on se remet à pelleter en riant. Avec un peu de chance, ça nous réchauffera. La terre gorgée d'eau est extrêmement lourde. Alex chante, je l'accompagne. *Fly me to the moon*, les mots sortent de ma bouche sans que j'aie à y penser.

Il est quatre heures du matin lorsqu'on rentre enfin. Je laisse Alex se doucher le premier. J'en profite pour dormir debout, assis à la table de la cuisine, le cerveau à *off*.

Quand il sort, libéré de la terre et du froid, il dépose un jonc devant moi. Celui de mon père.

J'ai la chair de poule et suis incapable de calmer le claquement de mes dents : ces deux seules choses m'assurent que je suis toujours en vie. Une véritable loque, ça oui, mais somme toute vivant.

Je m'échoue sous l'eau chaude de la douche. Je pourrais rester là des heures ; le réservoir ne m'accorde que quelques minutes.

Christian

Ça tenait davantage du grattement que du cognement. Et sa voix : un filet diffus qu'on entendait à peine. Alors je n'ai pas été surpris de ne voir que l'ombre de lui-même entrer dans ma chambre. Il sortait de la douche, ne portait rien d'autre que des jeans déboutonnés. Son t-shirt pendouillait dans sa main. La chose semblait absurde, mais j'avais vu juste : Dimitri avait maigri. Je l'ai néanmoins trouvé beau.

Il était venu me chercher. On devait partir tout de suite si on ne voulait pas manquer le bus une seconde fois. Il n'y en aurait pas d'autre avant la fin de semaine prochaine.

Il a vite réalisé que je n'étais pas prêt à partir, les deux mains dans la peinture, donnant une dernière couche au mur du fond. Bleu. C'était ça ou rouge : tout ce que j'avais trouvé dans la remise pendant que les deux autres s'amusaient dans leur carré de sable.

Il s'est assis derrière moi, sur mon lit, et je l'ai imaginé surpris. Je dis imaginer, parce que je ne me suis pas retourné, ne tenant pas particulièrement à le regarder. Il ne comprenait pas – c'est ce qu'il murmurait – et c'était compréhensible. J'avais moi-même de la difficulté à me suivre. Tout ce que j'ai trouvé à lui dire, c'est ce que je lui avais déjà dit la veille : je n'allais nulle part.

— Besoin d'aide ?

— J'achève.

— Où t'as… La peinture ?

— Remise.

— Ah ! Tu nous… T'as vu…

— Il y a un galon de rouge aussi.

— Ah, OK… OK.

Il a pris son temps, inspiré, soupiré, puis, comme s'il avait retrouvé la force de faire des phrases complètes :

— Tu nous as vus ?

En guise de réponse, j'ai légèrement remué la tête. Merde, Dimitri, qu'est-ce que ça pouvait changer, sincèrement ? J'ai continué à passer le rouleau sur le mur. Je n'avais pas la moindre envie de voir Dimitri, d'écouter ses excuses et, finalement, de lui pardonner. À coup sûr de lui pardonner. J'avais le goût de lui en vouloir pour la peine, c'est-à-dire un peu plus longtemps que d'habitude. Je me connaissais et le connaissais aussi, alors j'ai peint mon mur jusqu'à me sentir risible à en pleurer.

Une fois les larmes aussi vides de sens que tout le reste, je me suis retourné. Dimitri n'avait pas bougé, la tête penchée sur ses genoux, les mains dans ses cheveux longs et humides. Il faisait peine à voir. On aurait dit qu'il tentait de se sortir d'un mauvais rêve. J'aurais voulu le prendre dans mes bras et je crois que c'est ce qu'il désirait, lui aussi. Sans lever la tête, il a dit :

— Ça va aller.

C'était une affirmation, mais il y avait tant d'incertitude dans sa voix que j'ai préféré lui répondre :

— Ça va aller.

Une longue plainte s'est soudain échappée de ses lèvres. J'ai résisté encore plus longtemps que j'en étais capable, jusqu'à l'insoutenable, avant de finalement flancher. Je me suis assis à ses côtés et aussitôt il a posé sa tête sur mes genoux. L'effrayante lamentation s'est tue et j'ai compris qu'il s'était endormi. J'ai passé le restant de la nuit à enfouir ma main gauche dans ses cheveux et, de ma droite, à caresser le jonc qu'il avait au doigt.

•

Le ciel était toujours triste, mais la verdure, éveillée par les pluies de la veille, réussissait presque à me le faire oublier. Le pommier, qui vingt-quatre heures plus tôt était complètement nu, arborait fièrement ce matin-là des douzaines de bourgeons. Comme une femme en talons hauts, la nature avait enfilé ses beaux atours printaniers. J'avais les deux mains dans la terre, dans le concret. Je m'agrippais au sol, m'acharnais sur lui de peur de me remettre à penser.

Les pousses de jonquilles avaient, elles aussi, bien profité des intempéries. Jamais je n'avais vu la nature s'emballer de la sorte. Nous avions déjà un bon mois d'avance sur la flore de Montréal et, à cette allure, notre fin avril aurait des airs de juillet. Mais tout ça, ça faisait partie des choses que j'avais arrêté de vouloir comprendre.

Ses cheveux étaient secs depuis longtemps quand je suis sorti de la chambre, un peu étourdi par l'odeur de peinture. J'ai fait du café, mangé sans appétit un morceau de gâteau – personne ne l'avait touché, j'ai eu pitié – avant de sortir prendre l'air.

Ça m'a mené là, à la tombe du paternel creusée à la bonne franquette. Je l'ai fixée une demi-heure, une demi-heure sûrement, ma tasse vide en main. Partout autour du trou refermé, dans la boue, les traces de pas des garçons allaient et venaient. On devinait aisément où ils étaient tombés et pouvait suivre sans peine la trajectoire du corps. Bonjour la subtilité.

J'ai décidé d'y planter des fleurs. Parce que j'aime jardiner. J'aime surtout voir grandir ce que j'ai moi-même semé. C'était la saison et, pour une fois, j'avais l'espace pour m'adonner à ce passe-temps. Il me fallait vraiment, mais vraiment un passe-temps.

J'avais aperçu le nécessaire à jardinage et les semences dans le hangar, en cherchant la peinture. Malgré une envie d'églantines, j'ai planté des capucines, des immortelles, des chrysanthèmes – en chantant du Brel – et des pensées.

J'étais assis par terre, les ongles en deuil, lorsqu'ils sont venus me retrouver. En voyant mon œuvre, Alex m'a traité de romantique fini, et il n'avait pas tort, mais j'ai tout de même rouspété : après tout, j'avais fait ça pour couvrir leurs indélicatesses. On s'est un peu engueulés. Il aurait voulu planter du pot. Étant donné le niveau de stupidité exemplaire qu'il réussissait à atteindre, j'ai prétendu être surpris qu'il soit universitaire, sachant très bien qu'être universitaire, ça ne voulait pas dire grand-chose.

— Parce que je me donne pas des airs comme d'autres, a-t-il rétorqué.

— Tu sais, Alex, ai-je calmement dit, c'est illégal ce que vous avez fait.

— On a tué personne, Christian. Lâche-moi avec ça.

— OK. Mais on a pas besoin d'attirer l'attention sur nous pour autant.

Il a finalement convenu que j'avais raison et Dimitri a souri. Moi, adossé à la maison, assis par terre, Alex à mes côtés, et Dimitri debout, devant nous, dans le silence et l'air doux, je crois qu'on était bien. J'ai d'ailleurs pensé que peut-être que, malgré les morts et les gens bizarres, et même si je détestais la maison et à peu près tout ce qui l'entourait, qui sait ? peut-être qu'on pourrait arriver à être un peu heureux ici. Ce n'était pas si mal. Quand personne ne parlait.

Dans mon for intérieur, je me doutais que ce n'était rien d'autre qu'un mirage, que ça n'allait pas durer, mais j'ai naïvement tenté de me convaincre que tout irait pour le mieux.

Notre idylle a été interrompue par le bruit d'un moteur puis d'une portière qui claque. Une ombre est passée dans le regard de Dimitri : il s'agissait de Schreiber, qui leur apportait du « travail ». J'ai rapidement descendu de mon nuage. Il n'était pas très haut, par chance.

On a attendu Schreiber sans bouger. Dimitri s'est étiré le cou : la voiture était là, mais pas le bonhomme. Il a serré la mâchoire.

— Il est en dedans, le vieux crisse, a-t-il dit entre ses dents avant de s'élancer vers l'entrée.

Je suis resté seul avec Alex.

— C'est quoi, les fleurs ?

J'ai souri. Je savais trop bien que ça ne l'intéressait pas le moins du monde.

— Des fleurs de cimetières.

Dimitri

— Gaétan.

— Gaétan ?

Le nom du cadavre. Gaétan. L'autre vieux fou me le présente comme ça, le cercueil grand ouvert, une main sur l'épaule du mort. Je jurerais qu'il attend qu'on se serre la pince, Gaétan et moi. J'hésite mais décide finalement que c'est au défunt de faire les premiers pas.

— Ça, mon Gaétan, c'est Demi. Va s'occuper de toi. T'es ent' bonnes mains. C'est de famille, comme qu'y disent.

Schreiber m'adresse quelque chose qui ressemble à un clin d'œil. Déplaisant.

— C'est ça, Gaétan. Tel père, tel fils.

J'arrive de moins en moins à cacher mon impatience. Je lâche :

— Vous vous connaissez bien on dirait.

Sans répondre, il replace le couvercle de carton, à mon très, très grand soulagement. La présence de Schreiber me fait chier plus que jamais, mais ne me rend plus aussi mal à l'aise. Mon ventre abrite toujours cette boule d'angoisse, mais les raisons de sa formation ont changé. Je suis davantage préoccupé par ce que Schreiber sait ou ne sait pas que par sa présence. L'homme ne m'intimide plus autant : c'est toujours ça de gagné.

J'ai expulsé ma dernière remarque sèchement, sans doser le degré d'impatience dans ma voix. Nullement importuné par ma rudesse, Schreiber se contente de sourire. Un râle cancéreux s'échappe de sa bouche comme il fouille la poche intérieure de sa veste. Il en ressort une enveloppe blanche pas cachetée, pas fermée, un « Demi » grossièrement griffonné dessus. À l'intérieur, en coupures de vingt, vite comme ça sans compter, je dirais pas loin de six cents dollars. Fuck. Ça fait un sacré bout de temps que j'ai pas vu autant d'argent.

— Fait ton affaire ? Plus simple comme ça, avec le genre d'entreprise qu'on mène… J'imagine que tu comprends, hein, garçon ?

— C'est quoi, c'est… ma paie ?

— J'aime mieux dire que c'est ta part. Ça, c'est pour Gaétan. Ça se paie, le temps que tu passes à le chouchouter, hein ?

C'est bourré de sous-entendus. Ça déborde de partout : de sa bouche, de son regard, de sa façon de me serrer la main. Je commence à peine la lecture des journaux, mais si j'ai bien compris, mon père n'avait pas mis Schreiber au courant de ses pratiques peu orthodoxes. Mieux vaut continuer à jouer ce que j'ai si bien joué jusqu'à maintenant : l'innocent.

— C'est toujours comme ça ?

— Na. Des fois plus. Dépend des familles. Moi, je sépare cinquante-cinquante avec toi. Dans ta position, la moindre des choses, hein ? dit-il en me faisant un autre clin d'œil. M'arrange avec les vivants. Toi, tu t'occupes des morts. Ça a toujours marché de même avec ton père. Pis à voir comment que tu t'es occupé du vieux, j'ose croire qu'on aura pas de problèmes.

Je hoche la tête comme un enfant sage.

— Hein, garçon ?

Je tends la main, consolé à la pensée que cet entretien tire à sa fin.

— On s'en reparlera samedi.

— Samedi ?

— Tu viens souper à la maison.

Son regard descend sur nos mains jointes et il sourit. Mes ongles sont crasseux et rapidement je ferme le poing.

— Oui, samedi, cool. Cool.

Fuck.

Il essuie sa main contre sa cuisse.

Samedi. Fuck. Je ne sais même pas quel jour on est.

Christian

J'ai survécu à la première semaine. J'aimerais dire que tout s'est bien déroulé, mais ça ne rendrait pas justice au climat tendu et ennuyant qui régnait dans la petite maison délabrée, si loin de chez moi. Malgré toutes mes bonnes intentions, je n'arrivais pas à me faire à cet endroit et j'étais inquiet de ce qui s'y passait. Il y avait littéralement quelque chose de pourri dans le royaume de Courtval.

Dimitri et Alex ont d'abord décidé, d'un commun accord, de faire patienter Gaétan au sous-sol une petite nuit de plus.

— Pas comme s'il allait en mourir, a platement plaisanté Alex.

Personne n'a ri. Même pas lui.

Je me suis mis au lit tôt, planifiant de m'attaquer aux murs du salon le lendemain. S'il fallait rester ici, je n'avais pas d'autre choix que de rendre cet endroit vivable. J'entendais Dimitri, de l'autre côté du corridor, essayer d'entrer dans sa chambre d'enfant. Même s'il s'était armé des outils appropriés, la serrure n'a pas cédé. Il a fini par abdiquer.

Je l'ai retrouvé le lendemain matin, endormi sur le divan. C'est le téléphone qui l'a réveillé brutalement. Il a mis jusqu'à la deuxième sonnerie avant de se situer dans l'espace et jusqu'à la troisième avant de me faire signe de ne pas bouger. On est restés immobiles – Dimitri à demi allongé sur le divan, moi debout, arrêté en plein élan – jusqu'à ce que le cri du téléphone s'évanouisse. Je suis retourné préparer mon café. Dimitri s'est assis en se massant les tempes.

— C'est niaiseux ton affaire. Il va bien falloir que tu lui parles.

Dimitri a appuyé sa tête contre ses jambes sans se donner la peine de me répondre. Une minute ou deux ont passé. Et le téléphone s'est remis à sonner. On n'a pas répondu. La sonnerie retentirait plusieurs fois de suite, toute la journée : on ne répondrait pas.

En fin d'après-midi, Dimitri et Alex sont sortis. Il fallait faire le trou tout de suite, sinon ça irait au lendemain. Alex s'en foutait un peu, mais Dimitri voulait en finir. Je suis resté seul dans la maison, seul avec le téléphone qui sonnait et mon galon de peinture rouge.

Quand les deux autres sont enfin rentrés, la nuit était bien installée. Ils étaient couverts de terre et de boue. Moi, j'étais taché de peinture. On a mangé en silence, sans appétit. Le téléphone ne sonnait plus, mais personne n'a semblé s'en rendre compte.

Vers minuit, Alex et Dimitri sont ressortis : il était temps de mettre Gaétan en terre.

Comme on voyait toujours les cernes des cadres sur les murs et que je savais que je n'arriverais pas à dormir, j'ai appliqué une troisième couche. Ça n'a rien changé : le lendemain, j'ai dû me rendre à l'évidence qu'il faudrait en donner une quatrième. Dimitri s'était endormi au même endroit que la veille, sans se dévêtir, se déchausser ou se décrasser. J'ai fait attention de ne pas le réveiller. Son sommeil agité n'était pas très profond.

Alex s'est levé tard. Il a passé un bon moment à m'observer peindre en buvant du café. Il lisait les journaux d'une autre décennie, en s'étonnant sincèrement de nouvelles qui appartenaient au passé. Pendant ce temps-là, Dimitri s'est enfermé au sous-sol avec les cahiers de son père.

Le soir, Lorraine s'est invitée. Dimitri et moi avons très mal joué aux échecs. Il a réussi à gagner trois des quatre parties. Lorraine a demandé à jouer contre le vainqueur, Dimitri a refusé, s'est à peine excusé et est monté se coucher. Je l'ai retrouvé assis, le dos contre la porte de sa chambre d'enfant.

— Tu veux pas qu'on la défonce ?

Sans me donner de raison, il a refusé. Je me demandais ce qu'il avait trouvé dans les journaux, j'ai même voulu le lui demander, mais me suis retenu. Il ne m'en aurait probablement pas parlé de toute façon.

Les pousses que j'avais plantées sur la sépulture grandissaient à vue d'œil. Sur le mur de la maison, une vigne commençait à s'agripper et à monter. Quant au pommier, il arborait des feuilles bien vertes. Des jonquilles s'étaient mêlées aux fleurs que j'avais délibérément semées sur la tombe, ce qui, théoriquement, était impossible.

C'était la veille du souper chez Schreiber, et Dimitri a recueilli les cendres du feu qu'on avait fait avec Lorraine à notre arrivée pour les placer dans un sac.

Il n'y avait pas de cadavre, plus de peinture, pas de télé, pas de radio. Après avoir mangé, je suis allé rejoindre les deux autres qui fumaient des cigarettes et des joints sur la véranda.

Dimitri

Alex m'a proposé de prendre la voiture. Je préfère marcher. Un semblant de soleil brille dans le ciel. Ça ne peut que me faire du bien de me promener sur une route de campagne : le terre-plein, les oiseaux, les arbres. J'ose à peine imaginer la foule qu'il y a sur Mont-Royal ou Saint-Denis : premières belles journées de printemps où le Tout-Montréal se retrouve sur le même trottoir en même temps. C'est fou ce que je peux me sentir petit, minuscule, sans cette foule pour m'écraser.

Une voiture approche. Je ne me retourne pas avant qu'elle n'arrive à ma hauteur. À son volant, Lorraine. Elle passe en trombe, comme si elle ne m'avait pas vu. Parce que je dois être difficile à manquer, seul sur cette route déserte. J'aurais cru qu'elle se serait arrêtée, par politesse, voire par envie. Mais non : elle disparaît, me laissant seul, planté au beau milieu d'un tourbillon de poussière. Je reste là, le souffle court.

Avant de partir, je me suis regardé dans le miroir et j'ai sursauté ; cru préférable de me raser. J'ai aussi eu envie de me couper les cheveux, mais je savais que le résultat serait pire que le statu quo, alors je me suis contenté de les laver. J'ai opté pour mon seul t-shirt qui ne sentait pas mauvais et ai emprunté des jeans, trop fashion et trop grands pour moi, à Christian.

À l'époque où on commençait à se fréquenter, Hélène m'avait demandé, amusée – dire qu'alors ça l'amusait… :

— Coudonc, Dimitri, est-ce que t'as juste un t-shirt ?

— Non, Hélène. C'est parce que j'ai juste des t-shirts de Bowie. Ou de Velvet. Je suis toujours habillé pareil. Ça donne l'impression de. Mais j'en ai, ouf… au moins cinq.

Une marche de cinquante-cinq minutes. Surprenant : ça a l'air pourtant si près. J'aurais dû couper par les bois : plus rapide. C'est ce que les écrits de mon père m'avaient fait comprendre, entre autres choses.

Depuis qu'il m'a livré Gaétan, Schreiber ne m'a plus donné signe de vie. Pas même un coup de fil. Mais qu'est-ce que j'en sais ? Je ne réponds plus au téléphone par crainte d'entendre la voix d'Hélène. J'ai pour ainsi dire disparu depuis mon arrivée ici et je m'attends à tout : une crise, des larmes, des « salaud », des « ostie », des « crisse de tout croche », des « t'aurais pu », des « t'aurais dû », des « pourquoi t'as pas ». Je m'attends à ce qu'elle me laisse et à ce qu'elle me supplie de ne pas la quitter.

Je sais surtout que, peu importe les mots qui se décideront à sortir de sa bouche, c'est elle qui aura raison. Alors, pourquoi je ne réponds pas ?

Il y a que j'ai laissé quelque chose là-bas, à Montréal, à l'appart avec elle. Il y a Dimitri Cross, celui qui n'est pas monté en voiture l'autre matin. Celui qui n'est jamais venu à Courtval. Celui qui travaille à ne pas écrire son livre, peinard, fainéant fumeur de joints. Celui qui ne peut même pas imaginer un jour gagner sa vie en enterrant des cadavres en cachette. Celui qui n'a pas de père et ne s'en porte pas plus mal. Il y a lui, encore là-bas, avec elle. Je sais qu'en voyant Hélène, ne serait-ce qu'en lui parlant, ce Dimitri-là va en manger une solide et je ne me sens pas encore tout à fait prêt à tuer ce gars-là.

Je reconnais la voiture garée devant la maison funéraire. Exactement ce dont j'avais besoin : une nouvelle raison d'appréhender ce si sympathique petit souper. Je regrette déjà de ne pas avoir suivi la première idée que j'ai eue en me levant ce matin : ne pas me pointer. J'aurais pu facilement prétendre avoir oublié ou mieux, avoir cru à l'annulation de la chose. Pas de confirmation, je veux dire... Mais j'ai eu peur des représailles. Insulter Schreiber ne me semble pas indiqué et j'ai besoin comme d'une maladie vénérienne de le voir venir chercher des explications jusque chez moi. Christian a raison : il faut se la jouer discret.

J'attends sur le pas de la porte, sans frapper, espérant disparaître et me réveiller demain matin. Le joint dans ma poche me ferait sans doute du bien avant d'entrer et, comme je m'apprête à m'éloigner un peu pour l'allumer, Schreiber ouvre la porte, un verre de scotch à la main. Je le suis à reculons à l'intérieur.

Comme un être civilisé, je m'assieds là où on me dit de le faire. Des voix proviennent de la cuisine et je repense à la voiture dans la cour et au joint dans ma poche. J'ai besoin de me calmer. Devant moi,

Schreiber sirote son scotch sans me regarder. Vite comme ça, on pourrait croire que mon souhait a été exaucé et que je n'existe plus. On reste immobiles et muets un temps, juste assez longtemps pour me faire sincèrement douter... Mais ça ne dure pas. Malheureusement.

— T'avais pas à apporter ta bière. On sait recevoir, garçon.

Schreiber fait allusion au six-pack « vide » que j'ai déposé à mes pieds. Je souris, gêné.

— Ouin... En fait, c'est Gaétan.

Intrigué, voilà Schreiber qui daigne lever les yeux sur moi. Je n'ai pas réussi à mettre la main sur une autre boîte : tout le carton qu'il y avait à la maison a servi à alimenter notre grand feu de joie de la semaine dernière. Totalement inapproprié, j'en suis conscient. Mais je ne pouvais me résoudre à trimbaler les faux restes de feu Gaétan comme ça, dans un sac d'épicerie. J'ai malgré tout une certaine pudeur et le pauvre a droit à un peu de respect... Mettons...

— Je le sais, ç'a pas de classe...

— Bah, fait-il, amusé, sera sa dernière bière !

Il ne regarde pas le contenu de la boîte, ne fait aucun mouvement vers elle. Elle reste là, par terre, et on change de sujet : la pluie, la maison, le village, mon père.

Alors qu'il remplit son verre déjà vide, je me souviens du portrait de la belle inconnue et en profite pour lui rendre visite.

Ses traits plantureux ne sont plus les mêmes que dans mon souvenir. Je réalise que j'avais conservé d'elle une image un peu moins froide, un peu plus pure, ce qui ne la rend pas moins désirable, loin de là. Elle est… c'est… Fuck. J'en ai le souffle coupé…

— Lorraine, murmure Schreiber.

J'acquiesce. C'est elle, en effet. Lorraine, le même âge, trente ans plus tôt…

— Ma femme, ajoute-t-il. Morte. Un peu avant que tu partes. J'imagine que t'as oublié.

— Comme tout le reste…

— Comme tout le reste, ben oui, c'est ça.

Je n'arrive pas à détacher mes yeux de Lorraine mère. Là, à gauche : seule et un peu plus jeune. Là : enceinte, au bras d'un homme, probablement Schreiber. Et là : aux côtés de mon père, barbu et taciturne ; elle, souriante.

— Qu'est-ce que t'en dis, Demi ? Elle est belle, ma mère ?

Je me retourne. La vraie – la fille – s'avance vers moi. Elle m'embrasse lentement sur les joues, doucement, en tenant ma main dans la sienne. Tout à coup, elle est différente, peut-être plus douce que d'ordinaire. Plus vraie ?

Schreiber nous fixe intensément et je frissonne à la pensée du tableau morbide qu'on lui offre. Lorraine tient toujours ma main, souriante, et moi, épuisé, amaigri, nerveux et froid, je dois être encore plus épeurant que mon père sur la photo. Avoir su, je ne me serais pas rasé. L'illusion aurait été parfaite.

— Tu connais déjà ma fille, garçon.

— Mais on se reconnaît pas encore, répond à ma place Lorraine.

— On va pouvoir remédier à ça, tousse Schreiber en se levant. On a toute la soirée.

— Ben oui, toute la soirée. Serait plate de pas en profiter, je dis en tentant de faire taire toutes ces voix intriguées qui se questionnent dans ma tête.

J'ai vraiment trop mangé et chacune des lampées de scotch que j'avale roule sur ma langue une bonne minute avant d'arriver à se frayer un chemin jusque dans ma gorge. Je devrais me contenter de siroter l'alcool, mais l'ivresse m'est nécessaire. Je noie mon malaise dans le scotch, moi qui suis pourtant un gars de bourbon, mais à cheval donné…

Le souper qu'on termine à peine a été moins terrible que je ne l'aurais cru. Les nombreux monologues de la vieille se sont chargés de meubler les silences, tout en m'évitant de parler de moi. J'en suis le premier surpris, mais les moments désagréables ont été timides et toutes ces questions que j'appréhende tant se font toujours attendre.

Ici, Lorraine n'est pas la même. Plus douce, plus simple, plus souriante. Un peu moins fatale, mais encore plus femme. Loin d'être facile, elle est peut-être possible. Ce changement est désarmant et cette nouvelle nature, paradoxalement, la rend encore plus impénétrable : je n'arrive pas à dire laquelle des deux Lorraine est vraie, laquelle est simulacre. Je ne sais pas si c'est le scotch qui ment, mais ce soir, elle a retrouvé le regard qu'elle avait lors de notre première rencontre, celui qu'elle posait sur moi avant de se dévergonder dans le lit d'Alex.

La vieille nous souhaite bonne nuit au sortir de table, et ne nous suit pas au salon. Même après son départ, ses mots me tourmentent. Elle a monologué tout le long du repas, parlant du jardin, de la serre, des légumes et de son Albert qui en prenait soin, avant, de son Albert qui faisait des miracles, avant, de son Albert, *hin*, et de son « engrais spécial ».

L'engrais spécial m'est resté dans la gorge comme j'avalais un brocoli. J'ai feint l'innocence et ai proposé les services de Christian – *il va me tuer*. L'idée a amusé Schreiber, qui s'est empressé d'accepter l'offre en riant, un peu comme si j'avais fait une bonne blague.

Je n'arrive toujours pas à dire jusqu'où s'étend le savoir de Schreiber. Le vieux fou se lit aussi bien qu'un roman dans le noir et je n'ai toujours rien appris à son sujet dans les cahiers de mon père ; tant et aussi longtemps que je n'ai pas la certitude qu'il a été mis dans le secret des dieux, je me tais.

Depuis que la vieille nous a quittés, le match se joue à trois. Même si Lorraine partage le même divan que moi, je me sens vraiment seul de mon côté du terrain.

— Le grand tout croche ?…

La voix de Schreiber a baissé d'une octave et ses mots sortent de sa bouche déjà mâchouillés, déformés. Le voir soûl me réconforte un peu : malgré les apparences, il est humain.

— Fred ?

Je devine qu'il parle d'Alex. Lorraine me regarde, impassible, comme si le surnom de son amant ne lui disait absolument rien. Je me demande à quel point ils sont proches, lui et elle, le père et la fille. Ce qu'elle lui confie, ce qu'elle garde pour elle.

— Fred…, fait Schreiber, m'invitant à continuer.

— Alex, en fait. Mon frère. Tout comme. On est chacun la famille de l'autre.

— Touchant, souffle dans son verre le vieux fou.

Contrairement à ce qu'il prétend, il n'est pas touché le moins du monde et je souhaite du plus profond de mon cœur qu'il s'étouffe avec sa gorgée.

— Je peux comprendre qu'il inspire pas confiance, mais c'est un bon gars. Le meilleur. Y'a fait des erreurs. Tout le monde en fait.

— Vu de même : il t'a suivi jusqu'ici.

Il se fait tard, j'ai franchement envie de me lever et de foutre le camp. Je vide mon verre d'un trait en grimaçant.

— Pourquoi tu l'appelles Fred ?

Lorraine, Lorraine et sa voix mielleuse. J'ai dans l'idée qu'Alex lui a déjà raconté tout ça, Frank et Fred. Sinatra et Astaire. Notre belle excentrique s'était trompée : j'étais plus « Astaire », il était plus « Sinatra ». Pour ce que ça changeait…

— Une vieille histoire de gars soûls.

Mon ton est un tantinet sec, juste assez. Juste assez pour la faire réagir, faire tomber un peu son masque. Comme si elle voyait clair dans mon jeu, elle sourit en me resservant à boire. Avant d'avoir le temps de penser protester, j'ai un verre vraiment trop plein entre les mains. Résigné, je le porte à mes lèvres et Schreiber décide de nous laisser seuls, elle et moi. Ça prend des allures de date cheap. Il est tellement soûl que Lorraine doit l'aider à se lever du divan et à monter à l'étage. Je n'offre même pas mon aide, fuck ça. Avant de quitter la pièce, elle se retourne vers moi :

— J'en ai pour deux minutes.

Le ton de sa voix est doux, sa façon de me demander de ne pas me sauver.

Je les regarde s'engager dans l'escalier et remarque la main que Schreiber a posée sur le cul de sa fille. Elle, elle ne bronche pas. Bonne p'tite fille à papa. Ostie de gang de fuckés finis...

J'ai la tête qui tourne. Je laisse mon verre plein sur la table basse et sors de la pièce en jetant un coup d'œil furtif aux faux restes de Gaétan, toujours à l'abri dans leur urne Labatt 50. Je me dis que Schreiber manque de respect au mort, en le laissant là, par terre, traîner au milieu du salon. Je me dis aussi que je suis en train de perdre la tête, de devenir aussi fou que les autres. Sortir d'ici, aller faire un tour, sortir d'ici...

Je ne me rends pas bien loin.

La salle est plongée dans le noir. Peu à peu, les contours des chaises, les motifs de la tapisserie et de l'autel, devant lequel je me suis agenouillé comme un cave, se laissent deviner. J'arrive tout au plus à imaginer ce qui m'entoure et j'ai un peu peur de ce que je ne vois pas. De la bête que je m'invente, tapie dans le noir. De l'âme de tous ces morts qui ont eu le malheur de passer par ici. Ces fantômes qui n'arrivent pas à trouver le repos parce qu'un illuminé n'a jamais fait réparer son crisse de four crématoire...

C'est la faute du scotch : c'est un traître. Un jeune ivrogne au bar m'avait déjà dit de faire attention, que c'était comme une femme : ça t'enivre tranquillement et, dès qu'une relation de confiance s'est établie... PAN ! La première chose que tu sais, te v'là K.O. Une raison de plus pour ne pas en boire. Sans compter le fait que je trouve ça prétentieux et que ça m'amène à faire de drôles de trucs, comme m'agenouiller devant l'autel d'un salon mortuaire vide et plongé dans le noir. Fuck.

— J'avais tellement peur de rentrer ici, quand j'étais petite. Ça passe. Ça devient une pièce comme une autre. Avec assez de temps, tout finit par se désacraliser, devenir ordinaire.

— Quand même. Drôle d'environnement pour un enfant.

— Pas pire que des centres pis des familles d'accueil.

Lorraine a eu la délicatesse de ne pas allumer. Elle s'est assise au premier rang, juste derrière moi. Je l'y rejoins. Sa dernière remarque a été lancée sur un ton amer et, va savoir pourquoi, c'est moi qui me sens mal :

— Je voulais pas t'offenser. Y a pas grand-chose qui m'affecte. Pour de vrai. Mais crisse que je vous trouve bizarres.

Elle rit. Dans le noir, un peu ivre, c'est un son qui me fait du bien. C'est doux et Dieu sait que j'ai besoin d'un peu de douceur.

— Ma famille ? Tu nous connais même pas encore, imagine !

— J'aime mieux pas trop imaginer, justement. Déjà que tu portes le même nom que ta mère… Câlisse que c'est weird.

— Ma mère s'est suicidée.

C'est sorti comme si de rien n'était. Une partie de moi voudrait voir son visage en ce moment, voir si ce qui ne se trouve pas dans sa voix, la tristesse, la douleur, la peur, la rancune, voir si ça se laisse deviner sur ses traits. Voir à quoi elle ressemble sans son masque.

— Désolé.

— J'avais cinq ans. Ç'a été dur pour mon père. Il s'est mis à m'appeler Lorraine. Pour moi ça change pas vraiment. Un nom ou un autre.

— C'est ça, vous êtes crissement bizarres.

Je dis ça en riant, pas parce que c'est drôle, simplement pour qu'elle comprenne que je souris.

La pluie fouette les fenêtres et c'est tout ce que j'entends. La pluie et sa respiration. J'ai encore plus envie d'elle que la première fois que je l'ai vue. Je la prendrais là, sur sa chaise, le plancher, agenouillée sur l'autel. Même le cercueil de démonstration dans lequel mon père s'est présenté à moi dans ses beaux habits, même sur lui je la baiserais. N'importe où. Entendre son souffle s'accélérer et s'accorder au mien. Son sexe chaud dans ma main, sur ma langue, m'abreuver à même son plaisir, la faire patienter, me désirer, me supplier…

— C'est quoi, ton vrai nom ?

Les lèvres de Lorraine, les seins de Lorraine, le ventre de Lorraine, le cul de Lorraine, le sexe de Lorraine…

— Lorraine.

Elle est là, si près. Je sens la chaleur de sa cuisse contre la paume de ma main.

Un simple mouvement… Si elle bouge, je ne réponds plus de moi.

Elle se lève. Je m'agrippe à la chaise pour m'empêcher de lui sauter dessus.

— Il pleut, fait-elle en s'éloignant.

Je me lève à mon tour, cherchant à m'accrocher le regard quelque part ; tout ce que je trouve, c'est sa silhouette devant la fenêtre.

— On dirait que dame Nature a décidé que tu dormais ici.

— C'est pas une bonne idée.

— Pourquoi ? demande-t-elle d'un ton complètement détaché.

— Je… J'ai quelqu'un. Je veux dire… J'suis pas tout seul.

— C'est vrai. T'as arrêté de fumer aussi.

Un temps. Attend-elle que je parle ? Que je bouge ? Que je la plaque contre la fenêtre et la prenne violemment ? Elle éveille en moi tout ce que je me tue à endormir en fumant trop de weed. Je ne bouge pas.

Le moment passe.

Avant de sortir, elle me lance :

— Le divan est vieux. Mais comme t'as l'air à l'aise dans l'inconfort…

Même si je ne la vois pas, je devine, au ton de sa voix, qu'elle a remis son masque.

Hélène

Deux jours à téléphoner, pas de réponse. Deux jours à téléphoner, encore plus à attendre.

Et puis une voix, finalement une voix, au bout du fil. Pas Dimitri. Pas Christian. Alex.

Alex qui s'était excusé, parce que Dimitri n'était pas là, Christian non plus. Alex qui m'avait dit que tout allait bien, Dimitri aussi, Christian un peu moins. Alex qui m'avait demandé d'attendre, m'avait assuré que Dimitri téléphonerait, Christian aussi, le moment venu. Et Alex, encore, qui m'avait suppliée de ne pas bouger. De ne pas venir. Et d'arrêter de téléphoner.

— Surtout, arrête de téléphoner. S'il te plaît. T'es en train de me rendre fou.

J'avais acheté mon billet le lendemain matin. Je partais le samedi après-midi. Pas d'autobus avant ça. Me restait deux jours à attendre ; mes valises étaient faites depuis quatre.

Je ne savais pas pourquoi, mais il le fallait. Fallait que j'y aille, que je le voie, que je l'entende. Je ne pouvais pas rester une journée de plus dans cet appartement, qui n'était de surcroît pas le mien. C'était insoutenable : tout autour de moi, c'était lui.

Le lit, la table, la douche, le divan défoncé…

Au début, je m'étais retenue d'appeler. J'étais restée couchée dans son lit et ne m'étais levée que pour errer dans l'appartement comme lui l'avait fait tout l'hiver. Je m'étais surprise à refuser de jeter les retailles de papier qui traînaient toujours quand il se roulait un joint. Je les avais laissées sur la table du salon : ça me donnait l'impression qu'il n'était pas vraiment parti, seulement à la cuisine en train de se préparer un verre. Curieusement, je ne m'en faisais plus trop avec ses abus d'alcool.

Puis il y avait eu l'appel de Christian auquel je n'avais pas répondu, pas entendu parce que plongée dans le bain, croyant que ça allait me réconforter. Après le message décousu qu'il avait laissé et que je n'avais écouté que plusieurs heures plus tard, j'avais passé la nuit et la journée du lendemain à m'en vouloir à mort. J'avais écouté le message en boucle et commencé à traîner mon cellulaire partout avec moi. Je me retenais le plus longtemps possible, j'allais à la toilette en vitesse, au cas où ils appelleraient sur la ligne de la maison, je rageais contre le sans-fil qui était mort plusieurs mois auparavant, en même temps que l'ordinateur de Dimitri. Je dormais avec les deux téléphones sur la table de chevet, me réveillant plusieurs fois par nuit pour m'assurer qu'il y avait toujours une tonalité au bout du fil, que la sonnerie était bel et bien activée. Je n'allais plus à mes cours et m'étais mise au café noir, comme lui, parce qu'il était hors de question que je sorte acheter du lait.

Le matin du mardi, quand j'ai réalisé qu'en à peine cinq jours j'étais devenue complètement cinglée, j'ai appelé. Sans relâche. Jusqu'à ce que la voix grave d'Alex réponde :

— Salut, Hélène.

C'est la même voix qui a répondu lorsque, incapable de capter un réseau avec mon cellulaire, j'ai téléphoné du terminus, dans un casse-croûte minable où jouait de la musique yé-yé. Et c'est bien sûr Alex qui est venu me chercher. J'avais d'abord eu l'idée de prendre un café en patientant, et de manger un morceau, mais cette façon qu'avaient les clients du resto de me dévisager m'a refroidie. J'ai dû me résoudre à l'attendre devant la bâtisse, sous l'auvent qui menaçait à tout moment d'être arraché par les bourrasques. Il a pris son temps. Lorsque la Corolla napolitaine s'est enfin montrée, le soleil était couché. Alex n'est pas descendu de voiture et, quand je me suis assise à ses côtés, il m'a à peine regardée.

— Dimitri a un souper. Christian, ben, j'ai décidé de lui réserver la belle surprise.

Il mordillait sa lèvre inférieure en regardant dans le rétroviseur, à sa gauche, devant, un peu partout sauf dans ma direction. J'avais l'impression qu'il se retenait de m'engueuler.

— Bon…

— Est-ce qu'il y a un problème, Alex ?

— Je t'avais dit de ne pas venir. À part ça, tout va bien.

La réaction de Christian m'a confirmé qu'il partageait l'avis d'Alex. Il s'est tout de même efforcé de sourire : il devait se sentir obligé, devant ma mine de chaton triste.

— Dimitri est pas là.

— Je le sais.

— As-tu soupé ?

La semaine qui venait de passer m'avait épuisée. J'imagine que c'est pour ça que je n'ai pas remarqué tout de suite les cernes sous les yeux de Christian, les contusions sur le visage d'Alex, l'état lamentable de la maison.

Christian m'a préparé des pâtes en s'excusant de n'avoir rien de mieux à m'offrir. De toute façon, je n'avais pas faim. Le vin de dépanneur dégueulasse, lui, me faisait extrêmement de bien. Christian a évidemment fini par me demander pourquoi j'étais venue. Tout ce que j'ai trouvé à lui répondre, c'est :

— Tu m'as laissé un drôle de message.

Il semblait un peu surpris, comme s'il avait oublié. Le message de Christian n'était cependant pas l'unique chose qui m'avait poussée à venir relancer Dimitri jusqu'ici. Mon état neurasthénique datait de bien avant son appel. En fait, d'avant même leur départ pour ce trou. S'il y avait quelqu'un à qui je pouvais confier tout ça, c'était Christian. Pourtant… C'était peut-être la présence d'Alex juste à côté, au salon, qui m'intimidait. Et je me sentais trop fragile pour parler à voix haute de ce qui me tracassait. Je n'avais pas le cœur à mettre des mots sur des sentiments ambivalents.

— Je m'en faisais… T'as pas rappelé, pas donné de nouvelles. Dimitri non plus. Rien.

— Désolé.

— C'est correct. Je suis là, là.

— Justement, a fait Christian en soupirant.

J'ai attendu, mais il n'a rien ajouté. Il a lancé un regard vers Alex et s'est efforcé de sourire en posant sa main sur la mienne. Comme il me parlait, moi, je fixais ses ongles terreux.

— Tu m'excuses, je suis pas de bonne compagnie. Pas tellement bien dormi depuis qu'on est ici. Je suis content de te voir, Hélène, a-t-il prétendu.

— Tu devrais aller te coucher.

— Je vais l'attendre avec toi.

— Non… non. Je… je vais me coucher bientôt moi aussi.

— T'es certaine ?… OK. De toute façon, j'imagine qu'il devrait pas tarder.

— J'imagine.

— Bon…, a soupiré Christian en se levant. Si y a quoi que ce soit…

— Hum hum.

— OK. Ben… Bonne nuit.

Il m'a embrassée sur le front et est monté à l'étage. Je suis restée immobile, ma main sur la table, l'assiette de pâtes froides que je n'avais pas touchée devant moi. J'entendais Christian là-haut s'affairer à la salle de bain ; l'eau du robinet, un temps, la chasse d'eau puis une porte qui s'ouvre. Ses pas dans le corridor, une porte qui se ferme et plus rien. J'en avais presque oublié la présence d'Alex jusqu'à ce qu'il vienne se servir un verre à la cuisine et s'installe à la table, à côté de moi. Il a bouffé mes pâtes. Puis, il a repoussé l'assiette, bu son verre d'un trait et nous a servi du vin à tous les deux. Son silence, qui d'ordinaire m'oppressait, ce soir-là m'apaisait. Je savais qu'il ne me poserait pas de questions pour la simple et bonne raison que rien de ce que je pouvais dire ne l'intéressait. La pluie martelait les fenêtres, le vent les faisait chanter.

— Y'a dû coucher là-bas. Avec la pluie. C'est quand même une pas pire marche…

J'ai hoché la tête.

— Fais-toi-z'en pas.

— Non, ça va.

Il voyait bien que ça n'allait pas. Je me tournais sans arrêt vers l'horloge, vers la porte, les fenêtres…

— Veux-tu qu'on aille le chercher ?

— Non.

— Je te l'offre, a-t-il dit d'un ton morne, ça me ferait plaisir.

— Menteur.

Il a souri.

— Tu vas t'installer dans la chambre de Dimitri, j'imagine.

Je n'ai pas répondu. Alex m'observait. Il ne se montrait pas compatissant, n'essayait pas de me comprendre ou de me consoler.

— Je vais m'étendre sur le divan.

— All right. On doit avoir des couvertes quelque part. Remarque que tu peux prendre mon lit.

— Non, ça va aller.

Il n'a pas trouvé de couvertures, m'a refilé les siennes malgré mes protestations et est allé se coucher.

Je n'ai pas réussi à dormir : j'attendais toujours. Vers quatre heures, Alex est sorti de sa chambre. Je pleurais. Toutes les larmes que j'avais retenues depuis une semaine s'étaient mises à couler quand il avait quitté la pièce. Il s'est assis par terre, dos au divan, à mes pieds, et s'est allumé une cigarette.

— Je t'avais dit de pas venir. Pas une bonne idée.

— C'était pas une bonne idée de rester là-bas non plus.

— Encore drôle.

— Qu'est-ce qui se passe, Alex ?

— C'est les affaires de ton chum, ça.

— De toute évidence, mon chum est pas là.

— De toute évidence…

— Alex…

— Regarde, Hélène, m'a-t-il coupée, tu jaseras de tout ça avec Dimitri, OK ? Moi, la seule chose que j'avais à te dire, j'te l'ai dite. T'aurais pas dû venir, that's it. Le reste, je m'en crisse pis c'est pas de mes affaires anyway.

— Qu'est-ce que tu fais ici avec moi d'abord ?

Il a haussé les épaules. Silence.

— De toute façon, je dormirai pas, a-t-il fini par dire en laissant tomber sa cigarette dans une bouteille de bière à moitié vide.

•

Le café qu'avait préparé Christian était froid. On gelait, mais je m'entêtais à rester à l'extérieur. Alex grelottait en fumant sa cigarette. Ça m'a secrètement ému qu'il attende avec moi. De la part de Christian, je savais que c'était naturel. Mais d'Alex…

Il était largement passé midi quand la voiture est finalement arrivée. J'ai vu le visage de Dimitri, côté passager, changer en m'apercevant, passant de l'insouciance à la gêne. Il s'est empressé de descendre.

— Hélène !? Hey, c'est… Wow ! Je m'attendais pas…

Il s'est avancé rapidement vers moi, mais je tanguais déjà. Mon regard a quitté le sien, nerveux, pour plonger dans celui de la femme qui le suivait. Ça tourbillonnait dans ma tête. Je sentais Christian s'agiter.

— Ostie…, a soufflé Alex en riant.

Mon orgueil s'écroulait brutalement et je n'arrivais pas à comprendre la nature de ces larmes qui coulaient à nouveau sur mes joues – haine, jalousie, peine, fierté, soulagement ? Aucune idée.

Mais ce n'était pas de la surprise.

Christian

— Je m'attendais pas à…

— Je vois ça, oui, a fait Hélène en jetant un coup d'œil à Lorraine qui suivait derrière.

— C'est pas ce que tu penses…

Hélène a ri. Elle souriait, même si ses yeux mouillés trahissaient sa peine.

— Qu'est-ce que je pense, Dimitri ?

Alex a gauchement ravalé un éclat de rire, ce qui lui a valu un regard assassin de Dimitri, qui a rapidement redirigé son attention vers Hélène :

— T'es arrivée quand ? On a dû se manquer de peu, je suis parti tôt...

Il a tenté de la serrer contre lui en parlant doucement, mais Hélène l'a repoussé et s'est éloignée vers la maison.

— Hier soir. J'suis arrivée hier soir.

— On a essayé de lui expliquer qu'avec la pluie, pis toute, là..., a récupéré gauchement Alex. Ben, t'avais dû décider de dormir chez le vieux, mais...

La porte a claqué.

— Ostie de crisse...

Dimitri s'est engouffré à son tour dans la maison, non sans lancer un regard furtif en direction de Lorraine.

— Wow. C'est tellement émouvant, a lancé Alex tout en se retournant vers sa maîtresse.

Il lui a agrippé une fesse en l'attirant brusquement vers lui. La jeune femme a souri mesquinement en se laissant faire.

— Je peux pas rester.

— Quoi ? s'est-il exclamé, faussement étonné. Moi qui pensais que tu venais me voir ?

— Je passais juste dire bonjour.

— Bonjour.

Alex a resserré un peu son étreinte. De sa main libre, il a pris celle de Lorraine et l'a approchée de sa bouche, l'a embrassée. J'avais peine à entendre ce qu'il lui soufflait à l'oreille.

— J'veux juste qu'on soit clairs. J'suis pas du genre à partager. Mais Dimitri, c'est mon frère... J'pourrais toujours faire une exception. Serait pas la première fois. Pis c'est pas comme si j'étais quelque chose comme amoureux de toi. Pas comme nos deux tourtereaux, hein ?

Elle a embrassé Alex, doucement, lentement, langoureusement, plaquant le haut de son corps contre lui. Il avait toujours une main solidement agrippée à son postérieur alors que l'autre s'était déplacée juste sous son sein. Elle, elle avait planté ses ongles dans son dos. Même s'il portait un chandail doublé d'une veste, Alex grimaçait de douleur. Puis, elle s'est séparée de lui et, avant de s'éloigner, a murmuré d'une voix tranchante :

— C'est bon de savoir que j'ai ta bénédiction.

Et elle est partie. Alex a passé sa main dans ses cheveux avant de s'asseoir sur la balançoire. Il a sorti un comprimé de quelque chose – je n'ai pas demandé – et l'a avalé en s'aidant d'une gorgée de café froid, celui qu'Hélène n'avait pas bu. Il s'est finalement retourné vers moi, qui faisais semblant de jardiner :

— Encore là, toi ?

— Oui, et je me sens extrêmement à l'aise.

— T'es bon là-dedans, toi, les scènes.

Alex a ri. Je ne comprenais pas trop comment c'était possible, mais il semblait d'excellente humeur. J'ai finalement planté ma bêche et me suis assis dans les marches.

— T'aimes vraiment ça, hein, jouer dans la terre ?

— Oui, ai-je répondu, exaspéré, j'aime vraiment ça, jouer dans la terre, Alex.

— J'ai de la misère avec ça, la nature. Les grands espaces. Ça sonne faux. Je sais pas. En ville par exemple, c'est pollué. L'air est corrompu, vicié. Ça pue le crisse, ça fait du bruit, c'est tout croche. C'est plus… humain.

— C'est plus toi.

— Pas juste moi.

Alex s'est allumé une cigarette. Les jonquilles commençaient à s'ouvrir. Il y en avait partout autour de la maison et, même si ce n'était pas une fleur que j'aimais particulièrement, c'était impressionnant à voir.

— Tu penses vraiment que Dimitri a couché avec Lorraine ?

— Bah. J'espère pour lui qu'il en a profité. Une crisse de bonne baise, pour de vrai. Il serait con de pas sauter sur l'occasion.

Je me suis retourné vers lui, outré. L'image du visage décomposé d'Hélène me revenait en tête. Il a souri :

— Arrête de jouer la vierge offensée, Christiane. Tu serais le premier à coucher avec s'il te disait oui. On s'entend-tu pour dire que ta sympathie pour Hélène, c'est de la grosse crisse de bullshit ? Dans le fond, c'est sûrement toi, la plus grosse pute de la gang.

Je n'ai jamais vraiment aimé Alex, l'ai toujours cordialement enduré, sans plus. Pour Dimitri.

Mais quand il avait raison comme ce jour-là, je le détestais. Vraiment.

— J'aurais pas dû venir.

— J'suis content que tu sois là.

— Va chier.

Ça l'a déstabilisé. Il était sur le point d'abandonner le combat.

— T'as rien à me dire ?

Dimitri, assis sur le lit, a laissé tomber sa tête entre ses mains en soupirant. Après avoir tenté plusieurs fois de m'approcher et avoir été repoussé chaque fois, il a abdiqué. Je suis restée dans un coin de la chambre, les bras croisés sur l'abdomen, la respiration saccadée à force de larmes. Ça me tuait, mais Alex avait raison : je n'avais rien à faire ici. Dans ma tête, les mots « ostie de chien » couraient en rond sans relâche, sans réussir à s'attraper la queue.

— J'me suis trompée…

Sans trop réfléchir, j'ai empoigné mon sac et me suis dirigée vers la porte. Ce que j'allais faire ? Aucune idée. Je ne voulais pas quémander un autre lift à Alex et, de toute façon, j'ignorais si un autobus allait un jour quitter ce trou.

— Je suis désolé.

J'ai arrêté net. Dimitri n'avait pas bougé. Je voulais tellement croire ses excuses, même les plus minables. J'ai éclaté une nouvelle fois en sanglots. Je commençais à comprendre l'expression « pleurer toutes les larmes de son corps » : il y avait ce vide de plus en plus grand qui se creusait à l'intérieur de ma poitrine.

— Tu m'as même pas téléphoné. J'ai appelé au moins mille fois, Dimitri! Je suis tellement fatiguée...

Il a levé la tête et le reste a suivi. Avant que j'aie eu le temps de réagir, j'étais dans ses bras. Je me suis laissé porter, pas la force de combattre. Je n'avais envie que de me reposer. Je me suis appuyée contre lui. Avec sa bouche, il a cueilli les émotions qui avaient salé mes joues. Il a soulevé mon corps maigre; mes pieds ne touchaient plus le sol et mes jambes ont ceinturé sa taille. Il m'a transportée ainsi jusqu'au lit, où il m'a déposée avant de s'agenouiller devant moi. Comme il embrassait tendrement l'intérieur de mes cuisses en relevant ma robe, il a murmuré:

— Je te laisse pas repartir.

Je secouais la tête, les yeux fermés: tout était tellement malsain, lui, moi, lui et moi, nous, ici, lui qui faisait glisser ma petite culotte déjà humide...

— C'est pas comme ça que ça finit, nous deux.

Après avoir prononcé ces mots, avant que j'ajoute quoi que ce soit, sa langue a pénétré mon sexe. Je me suis laissée tomber, encore une fois.

Christian

— Mmmm... Ça sent tellement bon! a lancé Hélène en se collant à moi.

Elle en a profité pour jeter un coup d'œil à mes casseroles. Son rire glissait doucement dans mon oreille.

— Si on fait fi de l'odeur de parfum et de la peinture…

— Arrête, Christian.

Plus la même fille que l'après-midi, plus celle qui était montée se réfugier là-haut, son chum ingrat sur les talons. Hélène me souriait et je me sentais vaguement mieux, même si les paroles d'Alex flânaient toujours dans ma tête. J'avais peur qu'elle arrive à les entendre à travers moi.

— Attention de pas te brûler.

Elle a soufflé sur la cuillère de bois fumante que j'avançais vers elle.

— Mmmm…, a-t-elle fait en hochant de la tête.

— Mais t'étais où, toi ? Ça fait tellement du bien de t'avoir !

Je lui ai souri puis l'ai embrassée sur les lèvres. C'était un brin trop intense : je devais avoir l'air d'un mauvais comédien, mais elle n'a pas bronché. Alex et Dimitri étaient déjà à table : le regard caustique d'Alex était fixé sur nous, alors que Dimitri, plongé dans la lecture d'un des cahiers de son père, ne prêtait pas la moindre attention à Hélène. Chassez le naturel…

Dimitri

— Aaaah ! Quelle belle famille on fait !

Les sarcasmes d'Alex me tirent hors de ma lecture. Devant nous, Christian et Hélène s'affairent à la cuisine. Il prépare les assiettes, elle les pose sur la table. Alex les espionne, l'air mauvais.

— J'suis content que tu voies ça comme ça, Fred.

Il se retourne vers moi et me dévisage.

— J'ai demandé à Hélène de rester.

BOUM ! Je viens de lâcher une bombe, un silence de mort s'abat. Hélène, sur le point de s'asseoir à mes côtés, s'est arrêtée, tout comme Christian qui venait nous rejoindre, assiette à la main. Plus personne n'ose respirer. Sauf Alex, qui se met à glousser en avalant une généreuse gorgée de vin.

Nerveuse, Hélène cherche l'appui de Christian, mais la mine de ce dernier trahit son désaccord.

— Ça changera pas beaucoup. J'veux dire, on vivait pour ainsi dire ensemble, avant, ça fait que..., elle dit, sans être elle-même convaincue de ses paroles.

Christian se mord les lèvres. Alex pose sa main sur ma nuque en la serrant trop fort.

— Ben moi, je porte un toast à ça, Frank !

Sans daigner attendre une réponse de notre part, il lève son verre et boit. Il laisse ensuite ma nuque tranquille et se met à bouffer goulûment. Christian s'assoit. Silence. Alex sape. La maison exprime à son tour son mécontentement en grinçant.

Entre deux bouchées, Alex demande :

— Qu'est-ce que tu comptes faire ? Va falloir que tu fasses ta part.

Déjà menue, Hélène paraît minuscule, écrasée sous le fiel d'Alex.

— Alex, câlisse...

— Ben quoi, Frank ? C'est pas ma blonde, pas moi qui vais la faire vivre.

— Je vais trouver quelque chose…

La voix d'Hélène se veut assurée, mais sa physionomie entière connote un manque de confiance. Alex va n'en faire qu'une bouchée.

— Cool. Pas beaucoup de galeries d'art à Courtval par exemple…

— Fred !

— Quoi ? Qu'est-ce qu'y a, Dimitri ?

— J'ai un peu d'argent de côté… J'aimerais ça en profiter, prendre du temps pour peindre. Peut-être monter une nouvelle expo.

— Tu penses quand même pas vivre de ça ? lance Alex en feignant de s'étouffer.

— C'est quoi le problème ? T'es pas plus chez vous que moi. J'vois pas pourquoi j'aurais des comptes à te rendre…

— Moi, je fais ma part…

— C'mon, Alex. Arrête ça…

— Ostie ! C'est ça ! J'suis con, j'aurais dû y penser : tu lui as pas dit ! S'cuse-moi, Hélène. Tu vois, c'est parce que j'pensais qu'y t'avait expliqué ce qui se passait ici. J'aurais dû le savoir, je veux dire : tu serais pas là si y te l'avait dit, hein ? Évidemment. My bad. Passerais-tu le pain, Christian ?

Christian

Son assiette est demeurée intacte devant elle. Comme la mienne et celle de Dim. Hélène s'est levée et Dimitri a eu un mouvement vers elle, une parole, des mots, qui n'ont jamais eu la chance de s'évader de sa bouche.

— Réglez vos affaires, les gars.

Et elle est montée. Sous le poids de ses pas, le plafond se lamentait au-dessus de nos têtes. Dimitri voulait tuer Alex, qui continuait de s'empiffrer, de bouffer en dodelinant de la tête, chantonnant entre deux bouchées. Au moins un qui appréciait mon souper…

— J'vous dis ça de même, les gars, mais ça va être froid.

— Tu fais exprès pour faire chier?

Alex a déposé sa fourchette sur la table. Mastiqué. Avalé. Lentement. Il s'est emparé de sa serviette, s'est essuyé la bouche avant de la laisser tomber sur l'assiette. Sa langue est passée sur ses lèvres, lentement, puis il s'est retourné vers Dimitri. Son regard était froid: cette lueur d'ironie qui y brillait habituellement en était absente.

— T'en fais ce que tu veux, Frank, mais si y en a un de nous deux qui fait royalement chier depuis qu'on est arrivés, étonnamment je pense pas que ce soit moi. Tu racontes des ostie de conneries à tout le monde icitte, y compris à toi-même. Faut le faire. Moi, au moins, j'ai pas besoin de me cacher sous des allures de bon gars – je le sais que j'suis un trou de cul. Pense à ça deux secondes, *Demi*.

Alex

Prendre l'air. Ma main vache s'en donne à cœur joie – salope –, et j'ai besoin d'une cigarette. Besoin d'un Xanax, d'un Prozac, d'un Valium, de n'importe quoi qui m'empêchera de lui casser la gueule. Le con. Ostie de cave. Ostie de câlisse de tabarnac de cave... Je prends le premier qui passe, le premier que j'arrive à saisir dans ma poche, sans regarder ce que c'est, et je l'avale. Maintenant une cigarette...

Ils me suivent tous les deux. Aucune envie d'entendre leurs ostie de conneries...

— C'est quoi ton crisse de problème ?

— *Mon* crisse de problème ? C'mon, Dimitri, on avait ben assez de ta maîtresse sans que tu nous imposes ta blonde !

Christian lève un regard outré vers moi. Je lui réponds à l'aide de mon majeur.

— Dernières nouvelles, on est encore chez nous !

— Chez vous ? Good ! Arrange-toi avec tes ostie d'troubles.

Je commence à m'éloigner vers ma voiture d'un pas décidé avant même de m'assurer que les clés se trouvent bel et bien dans mes poches.

— C'mon, Alex ! Tabarnac, c'est pas la fin du monde. Ostie, c'est ma blonde !

— Hey, toi, t'es cave rare, je souffle sans me retourner, sans ralentir le pas.

— Toi, tu traînes ben ta guidoune sans demander la permission à personne...

Je m'arrête. Finalement.

Finalement, je n'ai pas mes clés... Tabarnac.

— Pour de vrai, Dimitri, là, là j'pense que t'es mieux d'arrêter de me parler. À moins que tu tiennes vraiment à ce qu'on parle de ma guidoune ?

Ma main vache me démange.

Christian

Je suis intervenu.

— Check, Dimitri…

— C'est mes affaires…

— Tes affaires ? Non, non, non, non, non… On est tous ensemble là-dedans, ça fait que tu fais pas chier avec *mes* affaires, *ma* maison pis *mes* problèmes. Tu te rends ben compte que ç'a carrément pas de sens ? Comment tu comptes expliquer ça à Hélène ?

— J'y dirai pas. Vous autres non plus.

Alex s'est mis à rire :

— Ostie de bonne idée…

Dimitri s'est retenu d'en rajouter. Moi, je n'ai pas réussi.

— Si tu veux mon avis, c'est pas mal juste ça que vous avez, des idées de génie.

— J'suis sérieux. Hélène va rester ici ; vous deux, vous fermez vos gueules.

— N'importe quoi…

— Surtout toi, Christian. Commence à être temps de montrer t'es l'ami de qui.

Une autre comme ça, et je prenais le parti d'Alex.

— Tu peux pas me demander ça, dit-il, blessé.

Je m'adoucis. Ça ne sert à rien d'affronter Christian, de lui donner des ordres. Tout ce que j'ai à faire, c'est de le lui demander de la bonne façon. En utilisant les bons mots, le bon ton ; en faisant en sorte qu'il se sente indispensable. Je devrais me sentir mal de le manipuler ainsi, mais c'est devenu une habitude.

— Juste en attendant de ramasser l'argent, le temps de faire réparer le four. Ça sert à rien d'y dire, Christian. Elle a pas besoin de savoir. Ça lui ferait du mal pour rien. Je veux pas lui faire de la peine. *On* veut pas lui faire de la peine.

— Je comprends pas, j'comprends pas pourquoi…

— Pour moi. S'il te plaît, Christian.

Il secoue la tête.

— Je… je peux pas… Tu peux pas lui mentir comme ça. Pis elle va ben s'apercevoir qu'il y a quelque chose qui cloche.

J'appuie mes mains sur ses épaules et ses yeux se fixent dans les miens.

— S'il te plaît. Je m'arrange avec tout le reste.

— OK… OK.

Je serre Christian contre moi en murmurant un merci rapide dans son cou. Au tour d'Alex…

— T'as raison. J'suis un ostie de cave. Mais je peux pas faire ça sans toi.

Alex glousse en regardant le ciel.

— Pis t'es autant chez vous que moi.

— C'est une idée de marde, ton affaire. Comment tu comptes faire ça au juste ? On pourra pas continuer à les enterrer ici, sur le terrain. Tu pourras pas creuser des tombes en dessous de la fenêtre à Hélène en pensant lui cacher ça très très longtemps, Roméo.

Christian

La dernière fois que j'avais mis les pieds dans une église, c'était au mariage de ma sœur. J'avais seize ans. Et moi qui m'étais juré de ne pas m'y remontrer le nez avant les funérailles de mon père, j'avais perdu mon pari.

Je n'avais rien contre Jésus ou son père. Je n'étais même pas certain de croire. Mais j'ai toujours associé ordre religieux à ordre familial et, comme le dernier me puait au nez, le premier s'était mis à sentir aussi mauvais.

Sur le parvis, j'avais remarqué les bouteilles de bière, d'alcool, les cernes par terre, les mégots de cigarettes, comme sur le trottoir devant un bar. L'intérieur était tout aussi accueillant. Le plancher collant était parsemé de bouteilles vides et les quelques bancs qui restaient n'étaient plus attachés au sol, en rang ; certains avaient été renversés, d'autres empilés au fond de la salle. J'ai avancé jusqu'à l'autel. À mes pieds gisaient des hosties gris-brun sales, piétinées, broyées, et une enveloppe de condom vide. Fidèle à ses habitudes, le Christ était sur sa croix, confortablement cloué. Dans cet environnement, sa nudité devenait grossière. Ça ne sentait pas l'encens ici, mais le fond de tonne : il avait davantage l'air d'un gars qui avait décidé de noyer sa peine que d'un martyr.

J'étais venu jusqu'ici à reculons rencontrer Schreiber. L'idée de communier en sa désagréable compagnie par ce splendide lundi matin ne me plaisait guère. Mais j'avais promis à Dimitri, m'étais levé tôt et avais décidé de marcher. C'était loin, mais entre ça et quêter un lift à Alex, le choix semblait évident. La veille, quand Dimitri était rentré consoler Hélène, je lui avais demandé pourquoi.

— Pourquoi tu fais ça, Alex ?

— Quoi ?

— Pourquoi tu la protèges ?

— Je vois pas de quoi tu parles.

— Oublie ça.

— Déjà fait.

Il avait lâché ça sèchement avant de se réfugier à l'intérieur. J'étais resté longtemps dehors, les fesses sur la balançoire, à écouter les plantes s'étirer et grandir. Je n'étais rentré qu'une fois toutes les lumières éteintes, espérant ne croiser personne, étonné de trouver Dimitri assis dans le noir, à la table de la cuisine. Comme s'il m'attendait. Comme si je rentrais d'une soirée au sauna.

— Y a Schreiber qui voudrait te dire deux mots.

Va savoir pourquoi, j'ai allumé un lampion. C'est à ce moment-là qu'il est arrivé, sortant de la sacristie, le gamin, William, sur les talons.

— Un croyant ? a-t-il lâché en toussant. Savais pas que ça existait encore.

Même si j'avais vu Schreiber venir, mon cœur a passé à un cheveu d'éclater dans ma poitrine.

— Pas peur, garçon. Je le dirai à personne.

Il s'est étouffé à nouveau pendant que le garçon me fixait de ses grands yeux verts.

— Bah, je suis même pas baptisé.

— Pis t'as réussi à rentrer dans sa maison sans brûler vif…, a-t-il craché en regardant le plafond avec dégoût. Espère que t'es pas venu te confesser, vingt-cinq ans que le prêtre est retourné voir son créateur.

— Vingt-cinq ans?…

— Y'ont ben essayé de nous en shipper un autre, mais on s'est arrangés. On est comme ça ici. On aime mieux s'arranger tout seuls, en famille. On aime pas ça, les étranges qui viennent mettre leur nez dans nos affaires.

— Quand même, ai-je répliqué comme si je n'avais pas entendu ce qu'il venait de dire, vous devriez peut-être fermer la porte.

Schreiber s'est retourné vers la sortie et il m'a rapidement fallu le suivre pour entendre ce qu'il baragouinait.

— Bah… Ça leur fait une place, aux jeunes. Tant qu'à pécher, aussi bien le faire dans la maison du Seigneur, hein? Sait jamais: p't'être bien que l'envie de brûler un lampion leur prendra.

— C'est dommage de laisser un endroit comme ça tomber en ruine. J'suis pas croyant, rien, mais…

— Bon, bon, bon. T'es venu propager la bonne nouvelle ou t'avais quelque chose à me dire, garçon?

Sans me laisser le temps de répondre, il s'est mis à crier:

— William !

L'enfant était resté derrière, obnubilé par le lampion que j'avais allumé. En entendant son nom, il s'est nerveusement éloigné de l'autel, accrochant dans son empressement quelques godets qui se sont fracassés sur le sol. Ma flamme était du lot. Ça m'a donné la même impression de vide et de lassitude qu'un biscuit chinois sans fortune.

•

— Les morts passent par chez vous, après on enterre les cendres ici. Ce qui reste de tradition à Saint-François-Xavier-de-Courtval, j'imagine. Pis le colombaire le plus proche est à une centaine de kilomètres. Toujours mieux de garder nos morts proches. Comme nos ennemis…

Le cimetière délabré paraissait étonnamment grand, comparé au village. Les pierres tombales étaient soit brisées, soit couvertes de graffitis, souvent les deux. On y avait volé les objets de valeur, et les fleurs mortes recouvrant les tombes dataient d'au moins deux saisons. Un vent de pluie, humide, me mordait les os. Je m'efforçais de rester zen, mais j'avais une terrible envie de m'enfuir. J'écoutais d'une oreille distraite les paroles de Schreiber en avançant à ses côtés dans l'allée encombrée. William, dont la marche tenait davantage de la danse, nous devançait. Il allait et venait entre les tombes, se penchant sur certaines pour en caresser la pierre blessée. Un tendre chuchotement s'évadait de sa bouche entrouverte. On aurait dit une incantation prononcée dans un dialecte étranger.

— J'imagine qu'il s'est passé la même chose au cimetière qu'à l'église ?

— Dur à dire. Des voleurs. Les familles qui décident de reprendre leurs richesses, aussi. Le lopin de terre est loué, mais ce qu'y a dessus, t'à toi. À qui la faute ? Aussi ben se voler soi-même.

— Plus grand-chose de sacré, hein ?

Je sentais le regard amusé de Schreiber posé sur moi. J'ai décidé de l'ignorer, croyant innocemment que ça me blesserait moins. J'avais beau reprocher à Dimitri de jouer à l'autruche, moi aussi, je me débrouillais assez bien à ce jeu.

William continuait sa tournée. J'avais de plus en plus l'impression qu'il communiquait avec quelqu'un, quelque chose… J'ai finalement trouvé le courage de demander à Schreiber :

— Qui s'occupe de lui ?

Son visage s'est durci.

— Y'est de la famille. Qu'est-ce que tu veux, garçon ? Pas juste ça à faire, moi, ton éducation.

Ce que je voulais ? Elle était bonne, celle-là ! Je le dérangeais, alors que c'est lui qui avait demandé à me voir !

— Dimitri m'a parlé du potager, que peut-être…

— Vrai, c'est toi, le pouce vert. Écoute, garçon, c'est comme j'ai dit à ton ami. Tu commences quand tu peux. Tu sais où j'habite ?

— Oui…

— Parfait. Pas venu ici juste pour ça ?

— En fait…

— Bon ben, si t'as rien d'autre à me dire, j'ai des choses importantes à faire. William !

Le garçon est sorti de derrière une pierre tombale, vif comme un chien de prairie. Il s'est aussitôt mis à courir derrière le vieux qui s'en retournait vers l'église, me laissant en plan. Le vent était de plus en plus fort. Le ciel avait enfilé sa robe du soir.

Hélène

Je n'avais pas apporté grand-chose. Un peu de linge, des sous-vêtements, mon cahier, mes fusains, mon huile. Et aussi, l'étui à cigarettes en argent de Dimitri : je le tenais caché dans mon sac à main depuis un certain temps. J'avais pris l'habitude malsaine de le serrer entre mes doigts chaque fois que je sentais mon amoureux m'échapper un peu plus, de caresser du bout du pouce les lettres gravées : *Frank*.

J'ai dormi tard. En fait, non. J'ai traîné au lit jusqu'à une heure, me disant qu'il valait la peine de profiter de ce temps de qualité aux côtés de mon bel endormi. En vérité, je n'avais tout simplement pas le courage de me lever. Pas envie de chercher le regard fuyant de Christian dans cette maison hostile. Pas la force d'affronter le cynisme carnassier d'Alex en territoire ennemi.

Je suis donc restée dans la chambre, pas toujours couchée. J'ai dû passer une bonne heure à regarder par la fenêtre : la forêt, le pommier en fleurs, la vigne qui montait tranquillement vers nous. J'ai aussi fait un portrait de mon beau en constatant qu'il était vraiment moins beau qu'avant. Plus vieux, plus fatigué.

Surtout plus triste. Même dans son sommeil, il avait l'air las.

J'avais entendu la maisonnée s'éveiller, grouiller, partir, revenir. Puis plus rien. C'est à ce moment-là que je me suis décidée à sortir. Dimitri dormait toujours à poings fermés. J'ai été heureuse de découvrir que non seulement il restait encore du café, mais qu'il n'était pas trop froid. Un bol de fruits frais avait été placé sur la table. Tout cela arrivait presque à me faire oublier la montagne de vaisselle qui rendait l'accès au lavabo impossible. J'ai mordu sans appétit dans une poire pas assez mûre, jetant un regard au journal qui traînait là, avant de réaliser que les nouvelles avaient plus de dix ans.

J'ai jeté la poire, le cœur au bord des lèvres. Le café ne passait pas non plus. Une surabondance d'émotions engorgeait mon estomac. Un fluide acide avait grimpé le long de mon œsophage et logeait à présent dans ma bouche.

Je n'étais pas comme ça, d'ordinaire : lourde, triste, maussade. Sans être naturellement optimiste, je n'étais pas du genre à voir tout en noir. Peut-être que l'amertume de Dimitri avait finalement eu raison de moi ?

Non. Cette mélancolie nouvelle qui m'étouffait venait de moi. Que de moi. Il était trop facile d'en rejeter la faute sur mon départ de Montréal, cette maison antipathique, la froideur de Christian, l'arrogance d'Alex et les mensonges de Dimitri. Cette envie constante que je refoulais, celle de m'étendre sur le plancher et de pleurer, n'avait rien à voir avec eux. M'endormir comme ça. Et arrêter de penser.

Il fallait que je peigne.

C'est exactement en pensant cela que j'ai aperçu au séjour les toiles vierges et le chevalet. J'ai tout de suite su que c'était Christian et me suis demandé comment, quand et surtout où il était allé chercher tout ça. Je suis entrée dans mon nouvel atelier, ai effleuré le chevalet du bout des doigts. Au lieu de me coucher sur le plancher, j'allais m'étendre sur une toile.

•

L'arrivée de Christian m'a fait sortir de ma transe. Le pauvre était trempé de la tête aux pieds : une pluie torrentielle s'abattait à l'extérieur. Ma toile était presque achevée.

Il était là, derrière moi, grelottant, un bouquet de narcisses jaunes entre les mains.

— Ça fait longtemps que t'es là ?

Il a haussé les épaules.

— Bah, je sais pas trop. Non.

Il ne me regardait pas, obnubilé par l'autoportrait posé sur le chevalet. Le clair-obscur de ma toile contrastait avec l'ensemble de mon œuvre passée. La peinture était extrêmement sombre. Seul mon visage pâle, yeux clos, lèvres entrouvertes, encadré par ma tignasse blé, était porteur de lumière.

— C'est décidé, à ce que je vois.

Je n'ai pas compris tout de suite ce qu'il voulait dire.

— Tu t'installes. Tu restes ?

J'ai fait signe que oui. Il a tendu les fleurs vers moi.

— En quel honneur ?

— J'ai pas été un très bon ami depuis que t'es arrivée.

Je ne crois pas qu'il attendait de moi une réponse et, de toute façon, je ne trouvais rien à dire. Il mâchouillait l'intérieur de sa joue : j'étais prête à parier qu'il gardait quelque chose pour lui. Quelque chose qu'il voulait me dire, mais ne pouvait pas. Quelque chose qu'il préférait me cacher, sans vraiment y arriver. Il a soupiré, frissonné et feint à nouveau un sourire.

— Disons que c'est un cadeau de bienvenue.

— T'avais pas à faire ça. Les fleurs, ça va. Mais aller te perdre sous la pluie pour les cueillir, c'est un peu fort. J'vais commencer à me poser des questions sur tes intentions…

Il a grimacé et son visage s'est éclairé. À peine, mais c'était un début.

— Dimitri est pas avec toi ?

— Il dort encore. J'ai pas vu Alex. Tu devrais aller te doucher, te changer : t'as les lèvres bleues.

Il a hoché la tête, mais est resté planté là. Ce n'était pas à mon tour de m'expliquer ; quoi qu'il en soit, quelqu'un devait se lancer, et Christian avait besoin qu'on le pousse.

— Je le sais, pourquoi t'es ici. Ce que tu ressens pour Dimitri… On est là pour la même raison, pas la bonne, mais bon… Je… je t'ai toujours considéré comme mon ami, même si je sais que Dimitri vient avant…

Comme je parlais, le visage triste de Christian s'est coloré d'inquiétude. Il s'est approché de moi et m'a serrée contre lui. Pourquoi ce regard anxieux, ce changement d'attitude soudain ? Qu'est-ce que j'avais dit au juste, qu'est-ce que j'avais fait ? Le froid de ses vêtements trempés s'est frayé un chemin jusqu'à ma peau et un grand frisson a traversé mon corps. Lui, il sanglotait. Je l'ai laissé faire, sans bouger. Ses mains sont restées solidement plaquées contre mon dos jusqu'à ce que l'ondée passe. Il m'a tendrement embrassée dans le cou, puis sur la bouche.

— T'es mouillé, ai-je finalement dit en m'éloignant.

Il a souri.

— Ouin.

J'ai ramassé par terre le bouquet jaune. Je ne savais pas qui de nous deux l'avait laissé tomber. Je ne me souvenais pas de l'avoir pris à Christian. Je ne me souvenais pas…

— Qu'est-ce que ça veut dire déjà ?

— Les jonquilles ? Aucune idée. Ça pousse partout ici. C'est complètement fou. Même pas la saison. Je vais aller me changer.

La première fois que Dimitri m'avait traînée chez lui, j'avais été surprise de trouver un appartement de gars aussi bien décoré. Sur la table, dans la cuisine, au salon, toujours, partout, des fleurs coupées. Christian, comme d'autres font le ménage, les changeait compulsivement tous les trois jours, avant même qu'elles n'aient commencé à se faner. De ses fleurs qu'il aimait tant, il connaissait tout, même la signification.

« Donner des fleurs, c'est dire quelque chose. Du moins essayer. »

Amour, jalousie, colère, tristesse, envie, bonheur, adieu : selon lui, il était impossible de ne pas trouver fleur à ses mots.

Il avait déjà amorcé son ascension au deuxième lorsque j'ai cru bon de m'assurer :

— S'il y avait quelque chose que je devrais savoir, tu me le dirais ?

Il s'est arrêté et s'est assis dans les marches en soupirant :

— En passant, Hélène, fais attention aux murs. C'est comme si la peinture voulait pas sécher.

Dimitri

On a remis ça. Les lumières de la maison sont toutes éteintes. J'imagine que ça dort encore à l'intérieur, même si la nuit est finie.

Ça a été beaucoup plus long que ce à quoi je m'attendais. On n'avait pas pu creuser le trou d'avance et ça nous a fait un ordre du jour excessivement chargé. Alors que l'aube taquinait la ligne d'horizon, le mort n'était toujours pas sous terre.

C'est de traîner le corps à travers le bois qui nous a retardés. Faut se rendre compte du ridicule de la chose : Schreiber nous livrait les cadavres à la maison et nous, on les ramenait chez Schreiber. Câlisse de beau cercle vicieux.

J'ai grandement sous-estimé la profondeur de la forêt séparant nos maisons. Au plus, on avait deux kilomètres à traverser. Mais les bois ici sont denses et le sol, glissant et accidenté. La bâche a plus ou moins tenu le coup à travers les branchages et les pierres. Le corps, gros et lourd, restait toujours coincé entre les arbres alors que le terrain humide nous empêchait de le tirer efficacement. Je me suis fait mal au genou en tombant sur une roche et Alex a refusé de m'aider à creuser la sépulture, se plaignant d'une douleur à l'épaule. *Yeah right!* Comment je vais expliquer à Hélène la présence de ces égratignures sur mon visage ?

C'est à force de tirer et de pousser pour tenter de déprendre ce foutu mort qu'on a finalement déchiré la toile. C'est aussi à ce moment-là que tout a lâché : la corde, le cadavre, moi qui poussais, Alex qui tirait. J'ai perdu pas loin d'une demi-heure à chercher dans la noirceur la plus totale la crisse de lampe de poche pendant qu'Alex grillait cigarette après cigarette. En temps normal, j'aurais ragé à voix haute, mais c'était mon plan ridicule à moi, alors j'ai préféré fermer ma gueule. Disons que je ne voulais pas trop le faire chier, de peur qu'il se pousse et me laisse finir tout ça en solo.

On a continué à traîner le cadavre à demi emballé. C'était vraiment n'importe quoi : je n'arrivais pas à tenir la lampe et à tirer le mort simultanément. On a donc avancé la plupart du temps à l'aveuglette, prisonniers de l'obscurité. Même la faible lueur de la lune nous était refusée par l'opacité de la forêt. Mon pas lourd et incertain suivait le rythme de ma respiration haletante. Peu à peu, l'espoir d'arriver à sortir du bois avant la fin de la nuit se dissipait.

Heureusement, la terre labourée du potager était légère et creuser n'a pas été si pénible. Pendant que je donnais les derniers coups de pelle, Alex a retourné le mort qui, jusque-là, était resté face contre terre. Tout le haut de son corps était à découvert : à vrai dire, il ne restait pratiquement rien de la toile effilochée. Comme j'allais demander une fois de plus à Alex d'éclairer dans ma direction – *tout ce qu'il avait à faire pendant que moi, je creusais, je veux dire, fuck ! –*, il s'est mis à glousser. Je me suis approché, curieux.

J'ai d'abord cru que c'était de la saleté qui recouvrait le visage du mort. Mais c'était surtout… Comment dire ? De l'usure. C'était surtout du « plus de face ». Les chairs du pauvre gars parsemaient dorénavant notre parcours, quelque part entre notre maison et le potager de Schreiber, sur les branches mortes et les pierres de la forêt. Il n'y avait plus de peau sur son visage et, par endroits, on arrivait même à apercevoir son crâne. Un grand frisson m'a traversé le corps. J'ai assené un coup de pied au cadavre, espérant réussir à le retourner, sans succès.

— Tabarnac…

— J'arrive pas à voir ses yeux, a fait Alex en se penchant.

— Arrête de niaiser, Fred.

Étonnamment, il m'a écouté et s'est redressé. On a fait glisser le corps dans le trou. La nuit était de moins en moins profonde et le salaud de mort a décidé de tomber face vers le ciel. J'aurais tué pour retrouver un peu de cette noirceur qui m'avait rendu la vie si difficile plus tôt. Je me suis remis à ma besogne, détournant le regard afin de ne pas croiser le sien : deux cavités creuses, fixées sur moi.

Et pendant que je dissimulais notre crime sous terre, Alex chantait. *Heaven, I'm in heaven. And my heart beats so…*

Hélène

Me suis réveillée en sursaut au beau milieu de la nuit. La chambre était plongée dans le noir et les draps humides me collaient à la peau. Je n'y voyais rien. Mais j'entendais.

J'entendais le vent qui faisait gémir, grincer, chanter les fenêtres. Dimitri n'était pas là. On m'avait laissée toute seule dans cette chambre qui voulait m'avaler. J'imaginais les murs se replier sur moi jusqu'à ce que je disparaisse, bouffée par la maison.

J'ai tendu l'oreille et une inquiétante musique métallique s'y est faufilée. Une berceuse, trop lente, comme celle d'une boîte à musique jouant ses dernières notes avant de se taire. Mais celle-ci ne s'arrêtait pas. Elle s'étirait, s'éternisait, s'accrochait à la vie.

J'aurais aimé être endormie. Je voulais rêver, simplement. Je voulais être demain matin.

La chambre avoisinant la nôtre, c'était la chambre d'enfant de Dimitri. On m'avait dit que la porte était verrouillée, que personne n'avait réussi à y entrer, et je n'avais pas insisté. Mais alors, cette musique ?

J'avais peur. Comme un personnage de film d'horreur. Je me suis quand même levée, hypnotisée.

Dans le corridor, la musique était déjà un peu plus forte. La porte de la chambre était entrouverte et un mince halo de lumière s'en échappait. Si ça avait été un film, j'aurais gueulé à la pauvre fille d'arrêter, de ne pas y aller, de se sauver. Mais comme c'était moi qui apparaissais à l'écran et que, visiblement, je n'étais pas plus intelligente que toutes les autres cruches au cinéma, je suis entrée.

3

Alex

Le visage de Frank. Cerné. Vieilli. Un peu sale aussi. Mais la lumière dans la pièce est trop faible pour dire avec certitude ce qui l'use. C'est peut-être pas de la saleté. Peut-être bien juste de la tristesse. Depuis qu'elle s'est installée ici, ses toiles sont systématiquement tachées de tristesse.

Toutes les nuits, Hélène peint. Elle ne dort pas, elle non plus. Elle passe comme un fantôme du salon à la cuisine, de la cuisine à l'étage, à leur chambre, à la salle de bain, au salon, à la cuisine…

J'ai la tête qui va éclater. Si je ne fais rien, on va me retrouver crevé dans mon lit au petit matin, le crâne en mille morceaux, de la cervelle partout sur les murs, même pas de fusil.

Lorraine dort. Je ne me souviens pas d'être rentré à la maison. J'ai bu l'équivalent de l'océan

Pacifique, ai englouti la Grande Barrière de corail au passage, mais j'arrive toujours pas à dormir pour autant. Tabarnac.

J'entends l'eau qui coule, à la cuisine. Pour ne pas croiser Hélène, il faudrait que je monte à l'étage, à la salle de bain. Je n'ai vraiment pas envie de monter là-haut.

Hélène, dos à moi, frotte frénétiquement ses pinceaux sous le robinet. Elle ne porte rien d'autre qu'un t-shirt à Dimitri. Un minimum, minimum d'efforts et j'arriverais à voir sa petite culotte. Ma dose est prête : un Xanax et deux aspirines. Les avalerais à sec, comme ça, sans eau, si je n'avais pas la bouche aussi pâteuse. Je dois prendre appui sur la table pour ne pas tomber.

C'est que je suis encore soûl.

Hélène se retourne. Ses pinceaux en mains. Mains noires, tachées de peinture. Je lui ai fait peur. Je fais peur à voir, oui, je m'en doute. Sans lui donner le temps de bouger ou de parler, je fonce vers la source d'eau en la bousculant un peu, me penche et avale ma drogue.

— Je voulais pas te réveiller…

Mon insomnie n'a rien à voir avec la sienne. Mais bon, va savoir pourquoi, je réponds sèchement, entre deux gorgées :

— Trop tard.

Hélène est restée plantée là, deux pinceaux dégoulinant entre ses mains. De longues coulisses grisâtres s'échappent, serpentent sur ses bras, ses jambes. Et par terre, à ses pieds, lentement, une mare sombre se forme.

— Mal à la tête ? demande-t-elle, soucieuse.

— Non, non. Fringale nocturne.

Je suis un vrai salaud avec Hélène. *Always was. Always will be.* La pauvre n'est pas rentrée dans ma vie par la bonne porte. Pas que ç'aurait été mieux si elle avait voulu de moi, mais je suis un cliché : toujours voulu ce que je ne pouvais pas avoir.

— J'arrive pas à dormir, murmure-t-elle d'une voix incertaine.

Elle est fragile comme une poupée de porcelaine déjà cassée. Et moi, je suis encore soûl. Si je me décide à la réconforter, je ne réponds pas de moi.

— Pis tu te cherchais un ami ? Ben je suis réveillé astheure, à quoi tu veux qu'on joue ?

Elle devrait se défendre, m'envoyer chier, n'importe quoi : c'est un peu ça, notre truc, à elle et moi. C'est un peu ça, mon truc avec tout le monde. Mais elle reste calme. Je la toise d'un regard blessant, hautain. C'est plus fort que moi. Elle, elle fixe par terre, comme timide, debout dans cette flaque de peinture qui prend des allures de marécage autour de ses pieds. C'est en me disant que je la prendrais là, fragile et brisée, même si je suis soûl, que je réalise que je suis nu. Nu et bandé. Ça pourrait expliquer en partie l'embarras d'Hélène. Me voir nu – ça me fait de la peine de l'avouer – doit la laisser plutôt froide. Pas la première fois. Mais bandé…

On dirait que je suis prêt à jouer, en effet.

La situation, que je devrais trouver somme toute embarrassante, me fait rire. Je glousse en quittant lentement mon érection des yeux. Je suis surpris de trouver le visage d'Hélène à nouveau levé vers moi.

— Tu permets ?

Une fraction de seconde, je jure… Une fraction, une fraction de seconde seulement, j'ai pensé… J'ai presque cru…

Hélène s'avance vers moi. S'arrête. *Une fraction de seconde.* Son corps ne touche pas le mien, mais je suis en mesure de sentir sa chaleur. *Une seconde.* Je dois avoir l'air d'un vrai con parce que c'est elle qui sourit maintenant, qui sourit en me faisant signe de bouger. J'ai presque cru… Pauvre garçon, pauvre crétin. Je libère l'accès au lavabo. Sans broncher, Hélène me contourne et se remet à sa besogne. Je reste un temps à la contempler. Elle me tourne le dos et frotte ses pinceaux frénétiquement, même s'ils sont probablement déjà propres.

Il est tout près de six heures du matin. L'érection s'évanouit. Je retourne me coucher.

Dimitri

J'ai de la difficulté à me sortir du lit. Trois semaines ont dû passer depuis notre escapade de l'autre nuit; pourtant, je suis encore courbaturé. Trois semaines, au moins. Peut-être quatre.

L'enflure est disparue, mais mon genou demeure raide. Je peine à plier la jambe droite et quand je le fais, ma rotule produit d'inquiétants craquements. Alex est d'avis que je devrais passer une radio; je suis d'avis que ça finira par passer tout seul.

C'est seulement une fois à l'intérieur de la salle de bain que je réalise qu'il y a quelqu'un sous la douche. La petite culotte d'Hélène par terre me convainc de rester. Je prends le temps de pisser, pense à ne pas tirer la chasse et referme la lunette. Le miroir est embué ; je l'essuie à l'aide d'une serviette. Mon reflet n'est pas très flatteur, et il me semble préférable de me brosser les dents avant de rejoindre Hélène sous l'eau. Je sors de la poubelle un tube de dentifrice vide en espérant réussir à en tirer quelque chose. Peine perdue.

L'eau de la douche s'est arrêtée et Hélène tire le rideau moisi en se raclant la gorge. Moi, je me retourne, sa serviette en main, prêt à lui commander de retourner sous la douche…

Mais c'est Lorraine qui me sourit. Je ne l'avais pas revue. Pas depuis l'arrivée de ma tendre moitié.

— Qu'est-ce que tu fais là ? je demande sèchement, incapable de camoufler le mécontentement dans ma voix.

— Je me masturbais en pensant à toi ? dit-elle en tordant ses cheveux noirs, un mouvement qui me paraît irréel.

L'eau coule sur son corps nu et des gouttelettes s'immobilisent sur ses seins généreux qui pointent fièrement dans ma direction. Une chair de poule recouvre peu à peu la peau de son ventre. J'ai soif.

— Il fait un peu froid, Demi, dit-elle en me prenant la serviette des mains.

Elle la passe lentement sur son corps, puis essore ses cheveux. Comme elle s'affaire, sa poitrine danse et elle entrouvre discrètement son sexe en appuyant sa jambe sur le rebord du bain. Elle sort finalement de la baignoire, essuie le miroir qui s'est à nouveau embué et laisse la serviette s'écraser mollement sur le sol.

— Tu venais me rejoindre ?

— Je pensais que c'était Hélène…

Elle sourit à son reflet avant d'étendre de la crème sur son délicieux visage.

— Je trouve que tu t'éternises, pour un gars qui vient de surprendre la mauvaise fille.

J'acquiesce.

— T'en as encore pour longtemps ? je soupire.

— Non.

Je m'assieds sur la toilette en me souvenant qu'il faut, puisqu'il n'y a plus de danger d'ébouillanter quelqu'un, tirer la chasse. Lorraine continue sa besogne sans broncher, comme si je n'étais pas là. Je commence moi-même vraiment à douter de l'identité de l'attardé qui reste comme ça assis sur le bol à contempler la maîtresse un peu folle de son frère, complètement nue, alors que sa blonde est juste à côté. J'imagine qu'il ne s'agit pas véritablement de moi.

•

Je descends au rez-de-chaussée et suis accueilli par des rires féminins : un son étrange dans cette maison.

Alex est attablé devant un café et un vieux journal : une de ses nouvelles habitudes qui, va savoir pourquoi, m'irrite grandement. Un peu comme ces rires provenant du salon. On dirait qu'Hélène s'est fait une nouvelle amie.

— Si tu y tiens vraiment, à lire le journal, j'suis prêt à descendre au village t'en chercher un, je lui propose.

Alex hausse les épaules et retourne à sa lecture. Je me sers un café en jetant un regard à l'extérieur. Une autre journée grise. C'est aussi bien : il n'y a rien de pire que de se sentir maussade par beau temps.

On est arrivés il y a un peu plus d'un mois, avec le printemps timide et, pourtant, à en croire la flore, c'est déjà l'été. Quelque chose me dit que toutes ces histoires de croissance miracle et de fleuraison hâtive ne sont pas seulement dues au microclimat ou au début de saison exceptionnel.

— Savais-tu, toi, que Nagano, c'était en 98 ?

— Quoi ?

— Ouin. Nagano. En 98. C'est drôle. Dans ma tête c'était pas si loin que ça. J'aurais pensé max 2000. Mais c'était les jeux d'été en 2000 anyways. Ça marche pas.

De nouveaux éclats s'échappent du salon. Ça ne me dit rien qui vaille et j'ai l'impression qu'on se moque de moi. J'abandonne Alex à ses étranges questionnements et m'approche du séjour.

Les deux filles se retournent vers moi, souriantes, et je me sens tout à coup très, très mal. Comme victime de la pire des gueules de bois. Dire que je n'ai pas bu hier soir – enfin, pas assez pour que ça compte.

Hélène se tient appuyée contre le sofa, sa planche à dessin entre les mains. Elle a négligemment remonté ses cheveux en un chignon qu'elle fait miraculeusement tenir à l'aide d'un simple crayon. Une longue mèche blonde retombe devant ses yeux. Elle porte mon chandail des Velvet Underground et je devine ses petits seins fermes sous le front de Lou Reed. Ça me touche : comme elle n'a jamais été une fan, ça doit être moi qu'elle aime, à travers le t-shirt.

— Et puis? Qu'est-ce que t'en penses? me demande Lorraine.

Mon cœur s'arrête. Une lueur de panique traverse mon regard. Elle sourit et fait un clin d'œil à Hélène. Elles rient.

— La toile, Demi. Qu'est-ce que tu penses de la toile?

Alors, je la vois: la toile. Celle sur laquelle elle est penchée.

Hélène m'a peint si souvent que son pinceau doit connaître mes traits par cœur. Elle a un talent indéniable et arrive toujours à un résultat très juste. Mais ce portrait est différent. Il n'est pas que ressemblant. Il n'est pas seulement bien ou frappant. Il est beaucoup plus que tout ça.

— Et puis?

— C'est… heu… Shit.

— Shit? fait Hélène, amusée.

— Je veux dire… fuck. Je veux dire: c'est moi.

— Ça te ressemble, tu trouves? surenchérit Hélène.

J'étudie les contours sombres du visage sur la toile. Le regard triste. La barbe naissante et les joues creuses.

— C'est moi. C'est assez… impressionnant.

— C'est gentil, mon amour, mais c'est pas toi. C'est ton père.

Je ne comprends pas, pas tout de suite, alors Hélène me tend une vieille photographie. Sur le cliché, nos différences anatomiques sont plus apparentes. J'ai un nez plus fin et la bouche de ma mère. Il est un peu plus gras, un peu plus vieux, les cheveux courts. Mais sur la toile: on jurerait lui, tout comme on jurerait moi.

•

Lorraine est restée à déjeuner avec nous. Les deux filles ont parlé, parlé, parlé. La tournure des événements me déplaît, ce qui amuse visiblement Alex. Sadique.

J'ai dû boire l'équivalent de mon poids en café. Mon système nerveux est prêt à bondir sur la table, hors de mon corps. Je n'apprécie pas la soudaine amitié entre Lorraine et Hélène, et ai de la difficulté à croire en la pureté des intentions de la belle barmaid. C'est la fille de son père, après tout. Je me demande si Alex est au courant. Je me demande encore pourquoi je le lui ai caché… Avec l'arrivée d'Hélène, j'avais eu espoir de ne plus la revoir. Ne pas en parler, c'était comme l'empêcher d'exister.

Lorsqu'elle nous quitte, je suis le seul qui ne l'accompagne pas jusqu'à sa voiture. J'observe leurs adieux de l'intérieur, en catimini. Je suis pleinement conscient de l'image grotesque que je projette et pourtant… Dans ma tête me revient sans cesse cette image des yeux tristes fous de mon père, de mes yeux tristes fous : notre ressemblance la plus marquante.

Lorraine se décide finalement à partir, traînant Alex avec elle. Hélène rentre. Elle sursaute en me voyant.

— Qu'est-ce que tu fais là ?

— Je lui fais pas confiance, je souffle, davantage pour moi que pour elle, suivant toujours des yeux la voiture qui s'éloigne.

— Dimitri…

— Hein ? je murmure distraitement sans me retourner.

— Dimitri !

— Quoi ?!

Ça sort comme ça : brutal. Une lueur de méfiance s'installe dans l'œil d'Hélène. Je continue :

— Tu devrais pas lui faire confiance non plus.

— De qui tu parles ?

— Lorraine. Votre belle amitié sortie de nulle part. C'est n'importe quoi, Hélène. Tu devrais pas lui faire confiance. Elle fait ça pour m'atteindre. C'est tout.

— Je te suis pas…

— Elle t'utilise. Faut pas croire un mot de ce qu'elle dit, c'est un jeu. C'est juste pour m'atteindre…

— Ça fonctionne assez bien, apparemment.

J'essaie de garder les mots dans ma tête, mais c'est plus fort que moi :

— De quoi vous avez parlé ?

— De toi ?

— Quoi ?

— Tu veux savoir si on a parlé de toi ?

— Pis ?

— Non, Dimitri. On a pas parlé de toi.

Silence. Je creuse ma propre tombe. Moins froid, moins détaché que d'habitude. Évidemment, je ne peux pas tout confier à Hélène. Rien de mes craintes par rapport au four et à Schreiber et à ce qui pourrait être le réel motif poussant Lorraine à passer du temps sous notre toit. Je suis coincé.

Je prends une grande inspiration et m'efforce de sourire.

— Je m'excuse.

Elle a enfilé des jeans, mais porte toujours mon t-shirt. Je n'ai pas le droit de lui faire ça, de lui donner les raisons pour me quitter. Je prends sa main et l'attire vers moi. Contre toute attente, elle se laisse faire. On reste enlacés un temps, seuls dans la maison. Je chante, *and my heart beats so*, et on danse. Le genre de truc qui devrait être romantique, mais ici, c'est juste triste. Je défais ses cheveux et y enfouis mon visage.

— Elle m'a demandé de faire son portrait, dit Hélène à voix basse.

Je mets un temps avant de répliquer. Savoir qu'Hélène et Lorraine passeront du temps ensemble me rend fou.

— Qu'est-ce que tu lui as dit ?

Hélène arrête de danser. Elle prend mon visage entre ses mains et m'embrasse, lentement, tendrement, longtemps. Puis elle s'éloigne en disant :

— Je vais aller m'étendre. Viens-tu ?

Je la suis. On fait l'amour, passe l'après-midi nus au lit, ne reparle plus de Lorraine.

Pas à voix haute.

Christian

— Je t'ai apporté un verre d'eau, hin.

J'ai rapidement camouflé dans ma poche le rosaire que je venais tout juste de trouver sous la terre et me suis retourné vers la vieille, que je n'avais pas entendue venir. Grand sourire.

— Merci ! ai-je fait en tentant de ne pas avoir l'air trop surpris. Merci, c'est pas de refus.

Je me suis levé et j'ai bu. Je n'avais pas tellement soif, mais j'étais un garçon poli. J'ai toujours été un garçon bien élevé.

— C'est un beau jardin que vous avez.

— Ah ! Ben merci, hin. Ça va lui faire du bien, des mains comme les tiennes. Moi, j'suis trop vieille. Mes mains sont plus bonnes à grand-chose, hin.

— Ben voyons...

— Ouf... J'avais peur, quand mon Albert est parti. J'avais peur, hin, pour le jardin. Mon Albert avait un engrais ben particulier. Il voulait pas dire quoi, mais ça marchait. Mais avec toi j'ai confiance. Le jardin a jamais été aussi beau, hin, ça fait que... J'suis ben contente. T'as un don, jeune homme.

J'ai toujours plu aux parents. Aux grands-parents. Ça, c'est un don que j'ai.

— Je serais pas prêt à parier là-dessus. Mais j'aime ça, c'est sûr.

— T'es ben fin en tout cas, hin. Les p'tites filles doivent ben t'aimer.

— Ouin..., ai-je dit en souriant. J'ai brisé ben des cœurs. Bon, là, je suis mieux de m'y remettre. Avec le ciel qu'on a, j'ai comme l'impression que je vais devoir finir ma journée de bonne heure.

J'ai redonné le verre vide à la vieille. De mon autre main, celle qui était restée dans ma poche, je caressais nerveusement le chapelet.

— Ben oui, hin. Arrête-toi pas pour moi.

On s'est souri. Elle ne bougeait pas. Je me suis remis au travail. J'ai désherbé un bon carré de terre avant de me décider à me retourner, de peur de la trouver toujours derrière moi, souriante comme une statue de cire. Heureusement, elle était partie. Je me suis arrêté, levé, et ai sorti le rosaire de ma poche. La terre mouillée avait laissé sur mes doigts et la relique une couche de boue qui s'écaillait. Comme du sang.

J'ai jeté un coup d'œil autour de moi: j'étais exactement au centre du jardin, seul, debout sur son cœur, coincé en sandwich entre des plants de tomates trop luxuriants et d'autres légumes aux couleurs intensément vives. La maturation des plans en serre n'expliquait pas cette croissance extraordinaire. Il fallait donc que ce soit cet engrais si particulier auquel la vieille avait fait allusion.

Je n'avais rien demandé à Dimitri, à propos de leur promenade nocturne, n'avais rien voulu savoir.

J'ai serré le rosaire un peu plus fort en fixant mes pieds et le sol. J'ai pensé à ce qu'il devait y avoir, sous cette terre remarquablement riche.

Le premier grondement du tonnerre s'est fait entendre et j'ai commencé à m'éloigner, à reculons. Un deuxième, et un éclair.

L'excuse parfaite pour prendre mes jambes à mon cou.

J'allais bon train, marchant d'un pas alerte et décidé, lorsque la voix hautement désagréable de Schreiber m'a obligé à m'arrêter. Figé raide, là, devant sa maison, comme un animal bien dressé à qui on ordonne de faire le mort. PAN!

— Minute, garçon!

Je me suis retourné vers lui à contrecœur tout en frottant mes mains tachées contre mon pantalon.

— Tu pars sans tes vivres!

Le vieux portait un panier plein à craquer: légumes, fruits, gâteau. C'était devenu une habitude.

Mais si j'avais reçu les précédents avec enthousiasme, j'aurais volontiers laissé celui-ci derrière. En prenant entre mes mains coupables le panier qu'on me tendait, j'ai pensé au rosaire qui gisait inerte dans ma poche. Les rouges et les verts n'étaient tout à coup plus synonymes de fraîcheur.

— La vieille va t'attendre à neuf heures demain matin, m'a dit Schreiber en commençant déjà à s'éloigner.

— Quoi ?

Tout ce que je voulais, c'était partir. Un autre coup de tonnerre a couvert la réponse de Schreiber et la pluie s'est mise à tomber. J'avais franchement peur qu'il me propose d'attendre la fin de l'orage à l'intérieur.

— Mais on avait rien de prévu ! j'ai crié, espérant presque qu'il ne m'entende pas.

— Veut que tu l'amènes au cimetière. Moi, pas l'temps, pis on dirait qu'a t'aime ben gros. Va savoir.

Va chier.

— Mais j'ai même pas de permis de conduire !… Tabarnac…

Ma voix s'est noyée dans la pluie drue. La visibilité était quasi nulle, mais je savais qu'il n'était plus là. Soudain, je lui en ai voulu, vraiment, de ne pas m'avoir invité à entrer.

Dimitri

Je l'entends déjà d'ici :

« Dimitri ! Ah ! Dimitri, mon sauveur ! Vite, vite ! S'il te plaît ! Donne-moi une cigarette ! Je vais mourir. »

En rentrant chez moi, un après-midi, un soir, je la retrouverai comme ça. Nue, étendue sur le divan, réclamant mon aide pour s'allumer une cigarette. Il y aura Hélène aussi, debout devant son chevalet, peignant la belle arrogante. Hélène qui, devant mon air interdit et mon mutisme, dira, amusée :

« Mon amour ? Ça va ? »

« Sur la table, lancera Lorraine. Les cigarettes. »

Je détacherai un instant mon regard de la voluptueuse créature étendue devant moi, pour agripper son paquet de clopes, juste ça, et me retournerai vers elle, fébrile, évitant de fixer sa nudité, conscient de la présence d'Hélène derrière.

« Peux-tu me l'allumer ? »

« Pas de feu », soufflerai-je, agacé.

Oui, j'imagine que la situation commencera vraiment à m'agacer…

« J'en ai, moi. Dans mes pantalons. »

Le mépris dans ma voix ne troublera en rien l'insolence de la féline. Je la vois d'ici ronronner ouvertement devant Hélène, faire ses griffes sur le divan, s'étendre de tout son long, question de bien marquer son territoire.

« Juste là, à terre. »

Juste là. Oui, juste là. Elle pourrait, sans vraiment faire d'effort, allonger le bras et les atteindre. Mais je suis un bon pantin. Alors, je me pencherai.

Et une fois penché, occupé à fouiller les poches de ses jeans troués, j'aurai conscience de la proximité de ses seins, si près de mon visage. *Je n'aurais qu'à lever la tête un peu…* Nerveux, ne trouvant pas, je finirai par me relever avec les pantalons, espérant que rien ne me trahira dans les miens. Et quand, enfin, je trouverai le feu, j'allumerai sa cigarette et la lui tendrai.

« On va prendre un break anyway. Moi aussi, je commence à fatiguer », dira Hélène une minute trop tard.

Ça pourrait être un bon moment pour m'allumer une cigarette devant elle puisque, d'ici là, j'aurai bel et bien recommencé à fumer – en cachette, comme un ado. J'espère vraiment que je m'allumerai une cigarette à mon tour pendant que Lorraine, déjà debout, enfilera un peignoir d'homme qu'elle ne prendra même pas la peine d'attacher. En se dirigeant vers Hélène :

« Je peux voir ? »

À ma grande déception, Hélène ne passera aucun commentaire en me voyant fumer. Elle aussi n'aura d'yeux que pour Lorraine.

« T'as vraiment énormément de talent », complimentera Lorraine.

« Merci. J'ai surtout un modèle incroyable. »

Hélène jettera un coup d'œil gourmand à sa muse avant de daigner me regarder. C'est en la voyant froncer les sourcils, et Lorraine à son tour, que je réaliserai que j'ai en main la petite culotte de cette dernière, sans doute cueillie par inadvertance en cherchant du feu dans ses jeans.

Lorraine gloussera.

«T'as une idée précise de ce que tu vas faire avec ça ?» ajoutera Hélène.

Et le rire des deux filles.

Je l'entends d'ici.

•

À la cuisine. Hélène et Lorraine préparent le souper. Souriantes. Heureuses. Dérangeantes. Dans un large bol, elles broient des tomates à mains nues. Devant la purée rouge, Christian, qui vient tout juste d'entrer dans la pièce, devient livide.

Hélène ne s'aperçoit pas de l'état de son ami et déclame :

— Spaghettis tomate basilic. Et salade du jardin. À la Lorraine.

Elle sourit à sa compagne puis, souhaitant faire partager l'expérience à Christian, sort ses mains du bol et attrape les siennes, les couvrant de purée. Dégoûté, il se dégage rapidement de la poigne de son amie. Hélène est surprise par sa réaction.

— Ça va pas, toi ?

Christian secoue la tête.

— Vaut mieux pas m'attendre pour souper.

Il embrasse Hélène sur le front et s'éloigne, non sans jeter un étrange regard à la salade verdoyante qui trône au centre de la table déjà mise. Le visage d'Hélène s'assombrit : elle est inquiète. Une mèche blonde retombe devant ses yeux troublés ; elle la repousse de ses doigts sanguinolents, marquant par la même occasion son front d'une longue traînée de sauce. Même de l'extérieur, on arrive à percevoir le trop-plein d'anxiété, la boule d'émotions qui s'est mise à peser sur sa frêle poitrine. Hélène fixe le vide créé par le départ de Christian, ses deux mains rouges tendues mollement devant elle, comme un médecin qui vient de perdre un patient après une longue et difficile chirurgie.

— Hey..., fait très doucement Lorraine.

Hélène se retourne et force un sourire. Lorraine s'approche un peu de l'oiseau blessé.

— Bouge pas..., souffle-t-elle en essuyant à l'aide de son avant-bras l'empreinte laissée par la sauce tomate sur le visage d'Hélène.

Les deux femmes sont maintenant très près l'une de l'autre.

Je les observe sans être vu. Ou en croyant ne pas l'être. Je les observe en fumant mon joint, seul sur la véranda, seul avec le ciel qui n'en finit plus de se déverser. Il fait froid et, même si la pluie ne me touche que rarement, protégé comme je le suis par le toit, lorsqu'elle le fait, c'est pour me glacer jusqu'aux os. Dans la poche arrière de mes jeans: le journal de mon père. Dans ma tête: ses mots.

On raconte à nos enfants que l'homme est bon.

L'orgueil, l'avarice, la colère, la luxure. L'envie. À croire que ça serait rien d'autre qu'un dérapage. Quelque chose de pas naturel.

Lorraine lèche son doigt et sourit. Elle tend la main à Hélène, qui goûte à son tour.

Pourquoi d'abord que c'est ce que je vois, dans les yeux des enfants? Pas de la vertu. Surtout pas de l'innocence. La «bonté», ç'a été inventé pour les lâches pis les menteurs. Pour les peureux qui ont pas le courage de voir ce qu'ils sont vraiment.

Depuis que le monde est monde qu'on s'entretue, qu'on se ment pis qu'on se vole. On trahit son voisin, on crache sur son père, on tue son frère. C'est ça, la vraie nature de l'homme.

De toute façon, on survit pas fort en faisant le bien.

Christian

Elle avait une voiture. C'est elle qui a conduit. Je n'ai pas trop compris pourquoi elle avait ressenti le besoin de m'avoir à ses côtés, mais je suis monté dans le corbillard sans rien dire et me suis laissé conduire jusqu'au cimetière.

Comme je ne savais pas ce qu'on attendait de moi et que je n'ai jamais aimé me sentir inutile, j'ai fait la seule chose que je croyais être de circonstance : j'ai cueilli des fleurs. Trois bouquets : marguerites, chrysanthèmes, immortelles. J'aurais aussi pu amener des narcisses, mais quelque chose m'en a empêché. Quelque chose me disait qu'ils n'appartenaient qu'à la maison et à ses habitants, à personne d'autre.

Je n'ai pas été surpris par la présence de William sur les lieux. De ma main libre, je tenais le bras de la vieille comme nous déambulions le long des allées du cimetière.

Les marguerites servent habituellement à dire adieu. Les chrysanthèmes, les blancs, sont symboles d'amour terminé. Aussi d'éternité. Les chrysanthèmes sont les fleurs de cimetière par excellence.

La vieille m'a pris des mains le bouquet d'immortelles.

— C'est joli, hin.

— Immortelles. Regrets éternels. Une douleur qui n'arrive pas à mourir.

Elle a tendu le bouquet à l'enfant qui, sans hésitation, s'en est emparé et s'est mis à courir entre les pierres tombales.

— On dirait qu'il aime ça, le cimetière, ai-je dit, espérant en apprendre un peu plus sur lui.

— Tu m'aides, hin.

La vieille s'était arrêtée devant une stèle sur laquelle on pouvait lire: *Jean Schreiber 1921 – 1975/ Rosa Schreiber 1928 –* … Je l'ai aidée à se pencher *sur* son mari.

Elle s'est alors mise à désherber le lopin de terre. Ses mains, rongées par l'arthrite, tremblaient. Je lui ai offert de la libérer de cette tâche ingrate.

Elle a refusé de but en blanc, sans rien dire. Tout était dans le regard qu'elle m'a lancé par-dessus la monture de ses lunettes sales. C'était son labeur à elle. Sa croix. Je me suis relevé et me suis éloigné: je n'avais plus rien à faire ici.

En marchant vers l'église, je me suis retourné une fois. La vieille s'était étendue par terre, sous son nom, et ne bougeait plus. J'ai eu la chair de poule. Dans la voiture, elle m'avait expliqué que son mari avait été incinéré, puis enterré au cimetière du village. Elle avait aussi cru bon de m'avertir que, dans un avenir très prochain, ce serait à nous de faire la même chose avec son vieux corps à elle. Je doutais fortement que les cendres de feu Schreiber père soient là où on lui avait dit qu'elles étaient. Depuis combien de temps ça durait au juste, ces prétendues crémations ? De la voir étendue comme ça sur le sol réanimait en moi l'éternel sentiment de culpabilité que je tentais d'étouffer sans jamais totalement y parvenir. Je me rabattais sur les arguments de Dimitri : « Il s'en crisse, le cadavre, Christian, d'être enterré ou incinéré ou balancé aux cochons. Il est mort. » Ça, je le comprenais. Mais on oubliait ceux qui restaient, ceux qui croyaient : ceux pour qui les rituels sacrés comptaient.

Même si je n'avais pas personnellement participé à la mise en terre des défunts, mon statut de complice me rendait aussi fautif que les deux autres. Pire : je me cachais sous une fausse innocence, ne m'insurgeais que mollement.

J'étais un lâche. C'était loin d'être une grande nouvelle, et pourtant, ça achevait de m'écraser.

•

J'ai erré autour de l'église. Le temps s'étirait. J'avais envie de pleurer. Mon spleen s'alourdissait et j'en avais oublié la présence de l'enfant. William est passé à côté de moi à toute vitesse, sans me voir. Ou en m'ignorant. Vu la futilité de mon existence, je le comprenais.

J'ai suivi le gamin à l'intérieur de l'église. Malgré mon empressement, comme j'entrais, il disparaissait déjà derrière la minuscule porte de la sacristie. Alice et son lapin blanc.

Un peu partout dans la chambre – car la sacristie faisait vraisemblablement office de chambre –, des objets épars avaient été déposés sur les meubles, à même le sol, les murs, en guise de décoration : crucifix, vieux jouets sales et brisés, pipes, bijoux, bouteilles d'alcool, calices, une photo de Jean-Paul II sur laquelle un condom usé pendouillait. Un petit lit avait été installé et, en guise de couvertures, des aubes jaunies, des dalmatiques qui avaient dû appartenir au curé de la paroisse. Le bouquet d'immortelles reposait sur un prie-Dieu transformé en table de chevet. D'autres plantes recouvraient la surface plane du meuble liturgique, la plupart mortes et sèches, enveloppées d'une couverture de poussière. Une forte odeur d'humidité et de moisissure régnait dans la pièce sans fenêtre, éclairée seulement par quelques cierges. Il était tout juste midi ; on se serait cru au beau milieu de la nuit.

Le garçon s'affairait, feignant toujours l'ignorance. Une fois près du lit, je me suis agenouillé.

— William ?

Il s'est retourné vers moi.

— Salut, William. Tu te souviens de moi ?

Il avait le regard nerveux d'un rongeur, passait de la porte à moi, au lit, au mur derrière, à la porte.

— On s'est vus, avec Lorraine, chez M. Schreiber. Au bar aussi. Tu jouais avec ta poupée.

J'ai fait un mouvement vers la poupée cul-de-jatte qu'il tenait contre lui. Il l'a rapidement dissimulée derrière son dos. Je me suis ravisé et lui ai adressé un grand sourire.

— Est-ce que t'aimerais voir un tour de magie ?

Les yeux du gamin se sont fixés sur moi. Il a froncé les sourcils.

— Regarde.

J'ai agrippé le premier objet à me tomber sous la main et l'ai sorti de ma poche avec un souvenir de nausée. Il s'agissait du rosaire trouvé là veille, dans le potager.

Un vieux truc que mon père nous faisait, à ma sœur et à moi, quand nous étions enfants. Rien de bien extraordinaire. Ça a marché pour moi jusqu'à mes dix ans. Je me suis émerveillé par politesse jusqu'à treize. Après, c'était le commencement de la fin.

Le tour a eu un effet bœuf sur William. Lorsqu'il a vu le chapelet sortir de derrière son oreille, un cri aigu s'est échappé de sa gorge. Il a agrippé rapidement la babiole et me l'a arrachée des mains. J'avais l'impression qu'il était à deux doigts de m'adresser un grand sourire lorsque le plancher s'est mis à grincer et, me retournant, j'ai aperçu Jojo.

William s'est éloigné de moi pour s'accrocher aux jambes du nabot. L'empressement du garçon ne semblait pas prescrit par la joie. William avait peur, et moi aussi.

— Qu-qu'est-ce tu… fais là, toé ?

— Je voulais juste parler un peu avec William.

Mauvaise réponse.

— Parler ? Tuuu… voulais pa-parler ? C'est ça ? Ça que tu… voulais ? Çaaa… adonne bien, parce… que moi aussi, j'ai quelqu-que ch-chose à te dire, o-ostie de t-tapette ! O-o-osss-tie de fifff du cr-crisse !

Furieux, Jojo s'est avancé vers moi. Je commençais à m'imaginer le scénario dégueulasse qu'il mettait en scène dans sa petite tête. La meilleure chose à faire était de ne rien faire. De rester calme.

— C'est pas ce que tu penses : il était tout seul, je voulais juste m'assurer…

C'est à ce moment-là qu'il m'a poussé. J'ai été franchement étonné par sa force.

— T'a-aa-assurer ? T'aa-assurer de quoi ? Qu'il di-ii-rait rien à per-personne ? Osti-ie de ta-aa-pette ! Peux pa-as t'en prendre à quelqu-qu'un de ta taaaa-taille ?

Quelqu'un de ma taille ? Jojo parlait évidemment de lui-même. Je n'ai rien dit, pas passé de remarque, mais j'entendais jusqu'ici Alex déconner.

Je n'ai rien dit. Pas trouvé ça très drôle non plus. Qu'on ne m'aime pas, c'était une chose. Qu'on me traite d'ostie de tapette, ça me faisait chier, mais rien de dramatique : mon père avait trouvé de bien meilleures insultes que celle-là. Mais qu'on m'accuse de pédophilie, c'était autre chose.

J'avais envie de gueuler de rage et de lui sauter à la gorge, de casser la gueule du nain arrogant, même devant l'enfant qui nous regardait, même si je risquais fort de me faire massacrer. J'avais envie de m'en foutre et de frapper, juste ça. Défendre mon honneur ; sortir couvert de sang, mais, pour une fois dans ma vie, la conscience tranquille.

J'avais envie d'être Alex. Je n'ai été que moi. Je n'ai rien dit, je ne me suis même pas défendu.

— Tu-uu te tiens loin de l-lui, le fi-fif. Clair ?

Rien. Je les ai laissés sortir de la pièce : une larme frappait au pas de mon œil et, même si c'était difficile à croire en me voyant, il me restait un peu de fierté.

— Pis tu te-te tiens loin de mo-moi aussi.

J'ai attendu un moment comme ça, sans bouger. Être bien certain qu'il n'y avait plus personne. Puis je me suis laissé tomber sur le lit.

J'ai pleuré. Ce n'était pas brave, mais ça avait le mérite d'être honnête. Quand j'ai eu le courage de sortir de l'église, la voiture de la vieille n'était plus là et j'en ai été en quelque sorte soulagé.

Les yeux bouffis de chagrin, je me suis mis à marcher, sans hésitation. J'ai repensé aux cendres, au four, aux dernières semaines, aux mensonges : il ne me restait qu'une chose à faire.

Hélène

La bouteille était presque finie. S'il m'avait demandé depuis combien de temps j'attendais là, toute seule sur la véranda, au beau milieu de la nuit, j'aurais pu répondre : « Une bouteille de rouge. » Je buvais en grimaçant, sans en avoir vraiment envie. C'était une de ces soirées où le vin a mauvais goût, mais j'avais une conscience et un cœur triste à noyer.

Il était vanné. Crevé. Sale et malodorant. Mélange désagréable de charogne, de transpiration et de cigarette. Il s'est laissé tomber lourdement à côté de moi, sur la balançoire, à contrecœur. A soupiré et jeté un rapide coup d'œil à la bouteille et au verre. Moi non plus, je n'avais pas envie de parler, mais on n'avait plus vraiment le choix.

— J'suis crevé, Hélène.

— Je comprends. C'est épuisant, une crémation.

La nuit était chaude. Il y avait le chant des grenouilles au loin et celui du vent qui soufflait sur nous. Ç'aurait pu être une belle soirée.

— Christian t'a parlé.

— Hum. Mais je le savais déjà. Je pense que j'attendais que tu me le dises toi-même. C'est naïf, hein ?

— Qu'est-ce tu veux. J'suis un sale.

Ailleurs. Dans d'autres circonstances. Avec quelqu'un d'autre. Ou à une autre époque. Ç'aurait en effet pu être une belle soirée.

— Restait juste toi, a-t-il repris. La dernière personne qui pouvait encore voir Dimitri Cross là-dedans. Le ti-gars de Mourial un peu tout croche, mais pas si pire que ça… J'voulais m'acheter du temps. Je trouve que le nouveau Dimitri prend un peu trop de place un peu trop vite dans ma vie…

— Christian est parti.

Il a serré le poing, tenté de garder captive cette vague soudaine d'agressivité qui l'envahissait. Puis il a pris une grande inspiration :

— Qu'est-ce que tu fais encore ici ?

Il s'est levé et s'est avancé vers le trou dans le garde-fou, celui laissé par la chute de Christian quelques semaines plus tôt. La nuit tirait à sa fin. C'était maintenant ou jamais.

— Je suis enceinte.

Il a fermé les yeux et dit, sans hésitation :

— Ben là, Hélène, qu'est-ce que tu fais à boire dans ce cas-là ?

— Tu peux pas être sérieux…

Il s'est retourné vers moi. Il était sérieux.

— On a déjà la chambre.

Il a souri. Il s'est approché de moi et s'est agenouillé. J'ai eu peur. Il a pris ma main. J'ai eu peur. Il a embrassé mes doigts…

— J'en ai pas pour longtemps.

Dimitri a collé sa bouche sur la mienne et s'est éloigné. Il est monté dans la voiture, a démarré le moteur et est disparu.

Figée, j'ai laissé le temps passer un peu avant de jeter un regard à la bouteille presque vide. J'ai sincèrement pensé à la balancer dans le jardin, mais me suis ravisée. Au point où j'en étais… J'ai vidé le reste dans mon verre.

Alex

… l'inviter à descendre de son char, à monter, à me suivre à l'intérieur. Je pourrais même la prendre ici, dans la voiture qu'elle a garée à l'arrière, à l'abri. La prendre une première fois avant de rentrer…

Puis, j'aperçois Hélène. Là-haut. Elle s'acharne sur la fenêtre de sa chambre, bloquée par la vigne qui couvre à présent une bonne partie du mur extérieur. C'est sombre et je suis un peu loin, mais je serais prêt à jurer qu'elle pleure. Ma voiture n'est pas devant la maison : Dimitri est parti. Elle est seule.

Lorraine n'a pas vu Hélène. Je lui souris, elle me fixe intensément. Elle attend.

— Qu'est-ce qu'on fait ? me demande-t-elle en plaquant son dos contre la portière et en étirant sa jambe sur son banc, un peu comme si elle lisait à retardement dans mes pensées.

Je pose ma main sur sa cuisse.

— Je vais me coucher. Merci pour le lift.

— Pardon ?

— Je t'appelle.

Et je sors de la voiture. Entre par le sous-sol. L'odeur dégueulasse de parfum est à couper le souffle et je commence à me trouver con. Je ne comprends pas trop ce que je suis en train de faire. À quoi je m'attends. Ostie d'innocent.

Du sous-sol, j'entends déjà les sanglots d'Hélène.

Mes jambes montent toutes seules les marches et, en moins de deux, me voilà là-haut. Hélène, en sueur, camisole et petite culotte, s'acharne toujours sur la fenêtre. Sa respiration est saccadée et bruyante. Je ne l'ai jamais vue comme ça. Triste, blessée, tragique : ça oui. Là, elle est bouleversée. Hystérique. Dangereuse.

Je devrais intervenir, mais mon cerveau ne répond plus : émerveillé devant la créature affolée, je la regarde briser la fenêtre, et ce, dans un silence quasi religieux, sans bouger. Il émane de toute cette scène une beauté brute que je ne saurais expliquer. Sa vulnérabilité, sa fragilité malsaine m'allument à un point...

J'ai tout de même la lucidité de lui saisir les mains par-derrière avant qu'elle ne se blesse sérieusement. Elle sursaute, crie et m'attire avec elle vers le sol. Son bras gauche, fuyant et glissant à cause du sang, m'oblige à utiliser le poids de mon corps entier pour l'immobiliser par terre. Je la tiens comme ça, contre moi, un long moment. Jusqu'à ce que ses larmes sèchent. Jusqu'à ce que sa respiration se calme. Jusqu'à ce que je me dise que j'arriverais peut-être à m'endormir comme ça…

… puis on se lève et je soigne sa blessure. Au bras, ce n'est rien : seulement une coupure qui, une fois nettoyée, ne fait plus bien peur. Ça guérira vite. Pour le reste, c'est autre chose.

La nouvelle me jette par terre. *Tabarnac, Hélène…*

Dimitri

Il est assis sur le banc, devant le casse-croûte, seul dans le village qu'on croirait désert. J'imagine sans peine des tumbleweeds rouler dans les rues, un peu de Morricone en trame sonore. Ses valises à ses pieds, immobile, la tête baissée : il ne me voit pas venir ou ne le laisse pas paraître. Je pose les fesses à côté de lui. J'ai roulé comme un maniaque pour arriver à temps et, maintenant que je suis là, j'ignore ce que je suis venu lui dire. Même si je fais toujours semblant du contraire, je ne suis pas sans savoir que la seule personne pouvant le convaincre de rester, c'est moi. Ce n'est certainement pas sain ni honnête. Déjà que j'ai fait le coup à Hélène…

Au-dessus de nos têtes, un vieux haut-parleur gueule *Les portes du pénitencier.*

— As-tu faim ?

Il secoue la tête.

— Toi ?

— Non. Manqué ton bus ?

— Je suis juste pas monté. Ç'avait pas ben ben de sens. Au moins ici, il y a toi.

— Christian…

— Je le sais, Dimitri, je le sais. J'ai pas l'intention de te faire chier avec ça. C'est mes affaires à moi, mes problèmes.

— C'est un peu malsain, non ?

Il éclate de rire.

— Veux-tu rire de moi ? C'est excessivement malsain !

Ô mères, écoutez-moi / Ne laissez jamais vos garçons / Seuls la nuit traîner dans les rues / Ils iront tout droit en prison.

Merci, merci Johnny.

— Ça sent pas le bonheur ici.

— Ça sent rien, le bonheur, Dimitri. Ici ou ailleurs. C'est juste une excuse facile pour se sauver.

J'allume une cigarette. Il y a Johnny qui s'éternise et je commence à avoir franchement hâte qu'il finisse sa vie comme d'autres gars l'ont finie.

Un autobus s'arrête devant nous. Personne n'en descend. Personne n'y monte. Et Johnny se la ferme en laissant la place à une certaine Eileen – un nom qui sonne beaucoup trop comme « Hélène » à mon goût – et à ses bottes qui sont faites pour marcher. L'autobus repart avant la fin de la chanson.

Un couple passe devant le casse-croûte en nous dévisageant. Je reconnais la fille de la pharmacie. Elle chuchote quelque chose à l'oreille du garçon qui l'accompagne, quelque chose qui lui fait secouer la tête, l'air désapprobateur. Je sens Christian se crisper :

l'impression qu'il voudrait disparaître, se liquéfier et couler entre les lattes du banc. Je passe mon bras par-dessus ses épaules, m'approche de lui et l'embrasse dans le cou en prenant soin de m'assurer que le couple nous observe toujours. Je leur envoie la main, juste avant de faire pivoter le visage de Christian et de poser ma bouche sur la sienne.

— On va leur donner un peu de viande, aux vautours, je chuchote en redressant la tête. Au moins, là, y vont avoir de quoi jaser pour la semaine.

Christian respire, rit même un peu. On reste enlacés un bon moment, son front appuyé sur mon épaule, tout ça pendant qu'Eileen n'a de cesse de m'avertir qu'il faut me méfier, qu'à jouer avec le feu, je vais finir par me brûler. Et qu'elle mettra ses bottes un jour ou l'autre pour me quitter.

Ce n'est rien que je ne sais pas déjà.

Hélène

— Je prends la liberté de pas t'offrir de café.

J'ai souri à Alex comme il passait sa main sur ma nuque, un mouvement rapide et doux avant de s'asseoir sur la chaise de cuisine qu'il avait sortie. J'avais la balançoire pour moi toute seule. J'aurais aimé qu'il s'installe à côté de moi.

Alex a déposé sa tasse par terre et s'est penché vers moi, a pris ma main bandée dans la sienne.

— Ça élance ?

J'ai acquiescé. Ça élançait. Ça brûlait un peu aussi. Comme tout le reste.

— Ça va passer, m'a-t-il dit avant de, très doucement, redéposer ma main sur ma cuisse.

— Ça finit toujours par passer, c'est ça ?

— Tu veux une réponse de médecin ?

On a ri. Un rire d'épuisement. Le genre qu'on fait quand il n'y a plus rien d'autre à faire ; un rire de salon funéraire.

Alex buvait son café en regardant ailleurs. Je commençais vaguement à comprendre comment cet amour que Dimitri avait pour son « frère » était possible.

— Merci.

Il s'est contenté de hocher la tête. Je le sentais à des milles de moi, songeur. J'avais bien vu le nuage passer dans son regard lorsque je lui avais dit pour le bébé. De sa part, je me serais attendue à de la colère, à de la haine, même à du dégoût. Tout ce qu'il m'avait laissé percevoir, c'était de la tristesse. Il avait fait la même tête déçue qu'un enfant de dix ans tourmenté par un premier chagrin d'amour.

Mes pensées se bousculaient et ma phrase était déjà bien entamée lorsque j'ai réalisé que je parlais à voix haute.

— J'vous suis pas là-dedans. C'était pas une bonne idée, Alex. C'est pas une bonne idée. Ça finira pas bien, cette histoire-là. Merde… Toi, à la limite…

— À la limite ?

— S'cuse-moi… Je veux pas…

— C'est correct, Hélène. T'as pas à t'en faire avec ça.

— Ça te fait vraiment rien ? Tu te lèves au beau milieu de la nuit pour aller enterrer des morts, pis… Rien ?

Il a haussé les épaules et souri. Il a souri.

— Entre les brûler pis les enterrer…

— Wow : tu te sens même pas un peu mal.

Il s'est retourné vers la route pour mieux fixer le vide et a bâillé. J'avais l'impression que c'était le retour du Alex auquel on m'avait habituée. Il s'est allumé une cigarette. A bu un peu de café. Et, juste comme je croyais vraiment l'avoir perdu :

— Le cours d'anatomie… Fuck. La première fois, tu rentres, pis là, tu les vois : la trentaine de corps qui t'attendent, bien cordés. Ça fait crissement weird, même pour un grand tough comme moi, Hélène. C'est vraiment bizarre parce que là, tu rentres, pis là tu vas vers le tien. Bon, il faut que tu le partages, mais quand même… Fa'que c'est ça, là t'es à côté du tien, *ton* mort. *Ton* corps. C'est drôle parce que c'est exactement comme ça que tu te sens, comme en transe, tu lévites genre. Anyway, un ostie de feeling fucked up… Oh shit… Là, t'as droit au fameux discours : « Un don pour la science… whatever, le respect des corps… » T'écoutes pas ben ben anyway. C'est comme un mélange d'excitation, de peur pis de stress… T'es pas là pantoute. Toi, t'es déjà en dessous du drap. T'es crissement ben préparé, mais, pour de vrai, tu te le demandes en ostie, si tu vas être capable, quand tu vas y voir la face. Mais sont sweet au début. Les premiers que t'as sont froids, gris-bleu, la face en dessous d'une taie d'oreiller… Genre… Même pas l'air humain. T'en viens vite à plus y penser : ça devient juste une belle grosse pièce de viande dans laquelle tu t'entraînes à sauver des vies. Ça doit être pour ça qu'ils nous le répètent sans arrêt, leur ostie de discours sur le respect des corps pis le don de la vie. Essayer de nous *re*sensibiliser…

Il s'est arrêté de parler soudainement. Sa cigarette avait brûlé toute seule entre ses doigts. Il l'a lancée dans une plate-bande et s'en est allumé une autre.

— Fait que plus ça va, plus les corps ont l'air en vie. Y sont chauds, couleur peau… Mais ça te fait plus rien. T'es comme immunisé. C'est drôle. T'es là pour apprendre à sauver des vies, mais à force de te pratiquer sur des morts, vient que tu sais plus trop…

Alex s'est tu à nouveau. Il semblait perdu dans ses pensées. Il a fumé. J'ai attendu. Mes démons étaient silencieux. Je suis restée là, à observer Alex se débattre avec les siens.

— C'était à l'examen. Hey, j'en avais coupé, du macchabée, j'étais prêt. Ça fait qu'on est là, belle gang d'épais, tous installés à côté de nos civières, la couverte sur le corps pis l'ostie de discours hypocrite une dernière fois. J'ai levé le drap : elle avait rien de comme les autres ; ceux d'avant, tous les morts qui m'avaient laissé me pratiquer sur eux. J'sais pas, a devait avoir à peu près vingt ans, max. Les joues encore roses, les lèvres comme prêtes à embrasser. La Belle au bois dormant enceinte de cinq mois. Les autres autour avaient commencé. Pas moi. Pas ma gang. C'est moi qui donnais le coup d'envoi, fait que… J'ai mis la main sur son ventre… C'est con, ça se peut pas, mais quand j'y repense, ostie, même aujourd'hui j'suis prêt à jurer que j'ai senti quelque chose. J'devais avoir l'air d'un crisse de fou, avec les autres qui attendaient après moi...

Il a soupiré bruyamment et a souri.

— Je repense à ça, était pas juste morte. C'était plus que ça. Une double morte. Doublement décédée, mais l'air tellement en vie... Tellement plus en vie que le prof d'anatomie avec son crisse de discours fake. Tellement plus en vie que tous les apprentis docteurs qui découpaient du cadavre autour de moi. Tellement, mais tellement plus en vie que moi. Y'ont pas réussi à y toucher, avec leurs scalpels: je les ai pas laissés faire. Ils ont appelé la sécurité, obligée de me sortir de force, mais tant et aussi longtemps que j'ai été dans la salle, personne y a touché.

Alex s'est retourné vers moi. Il souriait toujours, une pointe d'arrogance au fond des yeux: le preux chevalier avait sauvé la fille-morte. Un mystère planait sur les raisons de son renvoi de la faculté: personnellement, j'ai toujours cru que ça avait à voir avec l'armoire à pharmacie.

— Fait que, tu vois, j'suis rendu là. J'ai trente et un ans, au-dessus de cent mille piasses de dettes parce que j'ai pas fini mes études pis fait le con en masse, pas de job, perdu au beau milieu de nulle part, personne dans ma vie... Ouin. J'vais les enterrer, les morts de Courtval. Pis tu peux être certaine que j'me poserai pas de questions.

— T'as raconté ça à quelqu'un d'autre?

— Non. Si je l'ai dit à quelqu'un, je devais être soûl parce que je m'en souviens pas. Ah! J'en ai peut-être glissé un mot à une Américaine conne qui comprenait rien de ce que j'disais. Ouin... C'est vague, mais...

— Pas à Dimitri ?

— J'ai sauté une coche, Hélène. C'est loin d'être une fierté, mon affaire.

À lui voir l'air satisfait, j'étais plutôt convaincue du contraire.

— C'est triste.

— C'est comme ça, Hélène.

Sa main tremblait. Je le sentais nerveux, sur la défensive.

— Je suis désolée.

— Pourquoi ?

— Pour toi. T'étais censé sauver des vies. Pas enterrer des morts. C'est pas comme ça que ça aurait dû finir.

— Qu'est-ce que t'en sais ? C'est peut-être exactement comme ça que c'était supposé finir. Ici. Comme ça.

— Non, ça se peut pas. Ce serait comme un mauvais film.

Alex s'est penché en se mordant la lèvre et en secouant la tête. Je n'aurais pas su dire s'il riait ou soupirait. Il tentait de camoufler le tremblement de sa main en la tenant collée contre son ventre. J'avais aussi remarqué des perles de sueur sur son visage émacié. L'armoire à pharmacie : c'est ce que j'avais toujours cru, et je continuerais à le croire. Je l'avais vu jeter des coups d'œil furtifs dans ma direction, ou plutôt celle de sa veste, qu'il avait galamment posée sur mes épaules un peu plus tôt. J'avais aussi reconnu le bruit des contenants de plastique s'entrechoquant, celui des comprimés, comme un hochet pour adulte brisé au fond de sa poche. Il s'est levé en faisant mine de s'étirer.

— C'est vraiment cave, ton affaire, Hélène. Crisse que c'est cave.

Il m'a sorti ça durement, sèchement, sans me regarder. Il fixait la route. Je ne comprenais pas très bien ce que j'avais pu dire pour mériter ces mots durs.

Après s'être allumé une autre cigarette, il s'est adossé à l'un des poteaux qui maintenaient le toit de la véranda en place, fumant d'une main, frappant frénétiquement sur sa cuisse de l'autre, à la manière d'un jazzman complètement défoncé. Il s'est mis à rire.

— Tu sais pas ce que tu dis. Dans un mauvais film, Christian aurait ouvert sa grande gueule depuis loooongtemps. On aurait peut-être même été obligés de le tuer. Lui ou l'aut' vieux crisse. Dans un film, à l'heure qu'il est, on aurait déjà tué quelqu'un. Sûr. Pis dans un film, je pense pas que tu serais amie avec Lorraine. Déjà que, dans la vie, c'est pas crédible, ça passerait pas pantoute à l'écran. Oublie ça. Même dans un très mauvais film t'arriverais pas à être conne de même. Même dans un navet, tu garderais pas le bébé d'un gars qui t'aime pas. C'est n'importe quoi. C'est pas le genre de conneries que tu ferais dans un film. C'est trop gros, trop con pour être de la fiction. On y croirait pas. Le genre de conneries que tu ferais dans un film, ce serait genre, je sais pas, tomber en amour avec moi. C'est plus ça. Si c'était un film, un mauvais film on s'entend, un scénario de marde, là, tu tomberais en amour avec moi avant la fin. On est pas dans un film.

Il a terminé sa cigarette sans rien ajouter. Je n'ai pas parlé non plus. Des vacheries d'Alex, j'avais toujours réussi à faire la part et j'étais presque convaincue qu'il ne pensait que très rarement ce qu'il disait. Mais cette fois-ci, c'était différent : j'étais d'accord avec lui.

Ç'a recommencé à se crier après dans ma tête.

C'est l'arrivée de la voiture, avec à son bord Dimitri et Christian, qui a fait bouger Alex. Immobile, il ne m'avait pas lâchée des yeux depuis la fin de sa tirade.

— Tabarnac.

Il a repris sa veste et s'est dirigé vers les arrivants. Dimitri a à peine eu le temps de sortir que déjà Alex occupait sa place derrière le volant, sans répondre à ses interrogations.

Avant que Dim et Christian n'aient atteint la maison, la Corolla avait disparu.

Dimitri

Menton fourchu,
Bouche d'argent,
Nez can can,
Joue bouillie, joue rôtie,
'Tit œil, gros œil,
Sourcillon, sourcillette,
Cogne, cogne la caboche !

La tête contre le miroir de la salle de bain, le front collé à son reflet, les yeux qui n'arrivent plus à fixer quoi que ce soit. Tant mieux, je n'ai plus envie de voir ce visage que je ne reconnais pas. Ou que je connais trop bien. Va savoir. Tout est embrouillé. Son contraire et lui-même à la fois.

Ça me fait vraiment chier de ne plus être un enfant. C'était peut-être pas mieux, mais au moins, je n'avais pas encore conscience de toute la merde. Je suis vieux. J'ai trente ans comme d'autres en ont cent.

Ça commence à faire un bout que je ne suis pas sorti, à part pour mes balades en forêt. Il faudrait que je me rase, mais j'angoisse juste à penser au visage qui se trouve sous cette pilosité monstrueuse. Je pourrais aussi me couper les cheveux. Une fois que j'en aurai fini avec le pétage de crâne, je m'y mets.

Alex est disparu. «Les rats quittent le navire.» C'est tout ce que Christian a trouvé à dire pour me remonter le moral. Ça m'a fait rire, venant du gars que j'avais repêché au terminus deux jours plus tôt. Et lorsque je l'ai questionnée, Hélène est demeurée évasive ; j'ignore si elle en a contre moi ou contre Alex. Sans doute un peu des deux.

La dernière fois qu'Alex a pété un plomb et décidé de lever les voiles, ça a duré deux mois, chez les Cajuns, et il m'a traîné avec lui. La Nouvelle-Orléans.

Ce coup-ci, il s'est poussé sans rien dire. Pas un mot. Pas un reproche. Pas la moindre idée de ce qui s'est passé. Hélène m'a donné l'impression que ça avait à voir avec mon demi-moi en chemin. Donc plus d'Alex et plus de voiture. Super.

Ça fait deux jours que je suis à l'affût, espérant, attendant le moindre signe de vie de sa part. Parce que c'est un peu ça, ma peur. Pas tellement qu'il ne revienne pas ; ça, ce n'est qu'une question de temps. C'est surtout l'état dans lequel il rentrera qui m'inquiète. Ça me tuerait d'avoir à l'enterrer avec les autres. Fred…

Je pourrais toujours le mettre à côté de mon père…

Je suis sur le qui-vive. Nerveux. Inquiet. Chaque craquement, chaque coup de vent me fait sursauter.

Un oiseau s'envole.

Une feuille tombe d'un arbre.

Schreiber s'est invité dans ma remise.

Schreiber ?

Fuck.

Je descends comme une balle. Aucune envie que le vieux fou se rince l'œil dans notre foutoir. Les bâches, les pelles, les cordes. Il y a même un seau rempli de cendres là-dedans. Rien qui nous incrimine vraiment, mais ça pourrait certainement lui mettre la puce à l'oreille.

Je descends, sors dans la cour en me foutant pas mal de ne porter qu'un vieux boxeur troué et le peignoir sale de mon père, grand ouvert, pas de ceinture. Pieds nus.

Je n'ai pas encore ouvert la bouche. Le vieux est bien caché dans la remise et j'espère arriver à le surprendre, avec un peu de chance lui causer un infarctus, quelque chose qui, sans le tuer nécessairement, arriverait à lui faire oublier ce qu'il a vu…

Je marche d'un pas ferme et décidé, dans l'herbe trop longue qu'on n'a pas encore pris la peine de tondre, quand soudainement une douleur aiguë naît et grandit dans mon pied gauche. Je fige net. Et je crie. Schreiber sort de la remise et, en m'apercevant, s'élance vers moi. Je tombe à la renverse, mon pied ensanglanté entre les mains. Je tire fermement sur le morceau de vitre en grimaçant, ce qui doit être stupide puisque le sang se met aussitôt à couler abondamment. Je suis pris d'un malaise en réalisant que le verre a complètement transpercé la plante de mon pied: le sang s'en échappe des deux côtés. Je commence à voir des étoiles.

Je tente de me relever, les jambes molles, m'appuyant sur mon orgueil, rien de bien solide, et Schreiber doit m'empêcher de retomber par terre. Je le repousse, jouant les durs; en réalité, je me sens prêt à passer aux abonnés absents.

— C'est pas beau, ça, garçon. Non. Tu devrais aller te faire soigner...

— Ça va.

— T'es blême, mon Demi.

— Fatigué. Mais vous, vous, ça va? je demande sèchement en repoussant sa poigne glaciale.

Il sourit sans répondre à ma question.

— Sérieux, garçon. Vas avoir besoin de soins. Tu devrais au moins désinfecter ça...

— Est-ce que je peux vous aider?

— Si tu veux mon avis, pas vraiment en état d'aider personne, mon Demi. Va voir ton médecin en dedans, là. Je t'attends. Pas de presse.

Le vent glacial qui pénètre ma blessure me donne l'impression qu'on s'amuse à passer une lame froide au travers de mon pied.

— Me sauverai pas, garçon. Pas peur...

— Vous trouvez ce que vous cherchez?

Schreiber sourit à nouveau. J'ai l'impression qu'il rit. Il hausse les épaules en fermant les yeux. Le vieux chien s'amuse. Je me vide de mon sang devant lui et il trouve moyen de s'amuser...

— Parce que, si vous me disiez ce que vous cherchez, peut-être que…

Ma tête se met à tourner et je perds pied. Tout s'embrouille. Schreiber insiste pour que je rentre, j'insiste pour qu'il me dise enfin ce qu'il est venu chercher. Puis il y a la voix de Christian.

•

— À quelle heure tu t'es fait ça ?

Je hausse les épaules. Aucune idée de l'heure qu'il est. Aucune idée de l'heure qu'il était.

— J'aimerais mieux te faire des points. Ça va faire un peu mal, mais au moins…

— Non, non, non, non, non…

— … au moins ça va tenir. Les points de rapprochement, ça vaut pas de la marde. Pas pour une blessure comme ça. Pas en dessous du pied. Dès que tu vas marcher, ça va rouvrir.

— Fuck ça, j'te laisse pas rentrer une aiguille dans mon pied. T'as encore de la misère à marcher. No way que tu commences à me coudre. No fuckin' way.

— OK ! Falloir que tu te tiennes tranquille, quasiment sûr que ça va rouvrir. C'est sûr que ça va rouvrir…

— Ouin, parlant de ça… On a une certaine Mme Bertrand, dans la cave. Je pensais m'occuper d'elle à soir, mais là… Faut vraiment faire ça à soir : ça commence à urger.

Alex ne dit rien.

— Je pourrai pas m'en occuper avec toi, Fred.

Il regarde mon pied, comme hypnotisé. Sans doute encore soûl ou high. Il boit son café, les cheveux mouillés par la douche froide que Christian et moi l'avons forcé à prendre, une fois Lorraine partie. C'était vraiment de toute beauté de me voir, estropié, tenter de porter là-haut un grand ivrogne de six pieds deux qui semblait avoir perdu chacun de ses os.

Schreiber était enfin parti et j'étais déjà dehors, seul sur la véranda à lire un cahier de mon père, quand la voiture s'est arrêtée devant la maison. Trop fier, j'avais refusé l'aide d'Hélène et de Christian. Je m'étais improvisé infirmier, avais nettoyé ma plaie du mieux que je pouvais et bandé grossièrement mon pied dans un t-shirt. Ça saignait moins, mais ça saignait toujours. J'ai fouillé la chambre d'Alex de fond en comble à la recherche de n'importe quoi qui m'aiderait à calmer l'élancement. Je n'ai rien trouvé : que des flacons vides et des aspirines. La posologie indiquait deux comprimés aux quatre heures, au besoin. J'en ai pris quatre aux deux heures.

Lorraine est descendue. En me levant, j'ai réussi à apercevoir la silhouette d'Alex, couché sur la banquette arrière.

Elle s'est assise sur le capot et s'est allumé une cigarette en attendant. Je me suis approché d'elle avec grâce, en sautant sur un pied, sous son regard amusé. Je me suis installé à ses côtés.

Dans la voiture, Alex cuvait son vin, sa bière, son whisky, sa dope. Les fenêtres étaient fermées et, pourtant, ça sentait le fond de tonne jusqu'ici. Lorraine m'a tendu une cigarette en regardant mon pied. Je me serais attendu à des questions, mais rien.

— Il était avec toi ? ai-je finalement demandé, ne sachant pas trop quoi dire.

— Des fois. Mais je l'ai perdu des grands bouts de temps.

— Ostie…

— Toi, t'as pas eu le goût de venir le chercher?

Que je ne savais pas où il était, que je n'avais pas de voiture, pas de lift, qu'il devait avoir besoin d'être seul, qu'il avait juste à demander: c'étaient des excuses merdiques et les seules que j'avais, alors je me la suis fermée.

— Il est venu fêter la grande nouvelle.

En la regardant, ça m'est revenu: la grande nouvelle.

— Félicitations. C'est ça qu'on dit, hein?

— J'imagine, oui.

Était-ce de la colère, de la rancune ou de la tristesse que je décelais dans sa voix? Et s'il n'y avait rien dans sa voix? Si c'était seulement moi qui souhaitais y trouver quelque chose?

— Merci de l'avoir ramené.

— Comme je t'ai dit, je l'ai perdu des bons bouts.

— C'est Fred, ça, faut pas trop s'en…

— Justement. J'pense que tu peux t'en faire un peu.

Je m'en faisais déjà beaucoup. Deux jours que je m'en faisais. Des années que je m'en faisais.

— Alex a passé pas mal de temps avec mon frère.

— Ton frère?

— Jojo.

Une ondée, marée haute. Mon cœur fait un bond et le sang me monte à la tête… Son frère?

— Ah! Tabarnac! Tu me niaises, là? C'est ton frère?

— La question est pas là.

— Tabarnac…

Qu'elle soit la fille de l'autre, déjà, mais qu'elle nous ait caché être la sœur de Jojo ? Je ne comprenais pas pourquoi la nouvelle me choquait à ce point, mais j'avais l'impression d'avoir été trahi. On m'avait menti. On me mentait depuis le début. L'image de Lorraine embrassant Jojo, au bar, le premier soir, m'est revenue. J'avais de plus en plus le sentiment désagréable qu'elle se jouait de moi.

— C'est pas une bonne chose, Demi. Jojo aime pas Alex. Toi non plus d'ailleurs. Si en plus il y a une question d'argent là-dedans…

— De quoi tu parles ?

Elle m'a adressé un grand sourire amusé.

— Voyons, Demi. Tu t'es jamais dit que ç'avait pas d'allure, toute cette histoire-là ?

— Peux-tu être plus vague s'il te plaît ?

— Ton père. Ton père que t'as jamais connu qui réapparaît subitement d'outre-tombe : la maison, la business. Les papiers que mon père t'a fait signer ? Les as-tu lus, les papiers ?

— Viens-en au fait…

— Ton père t'a pas légué la maison, Demi, a-t-elle dit, découragée par mon manque de perspicacité. Pour une raison obscure, c'est mon père qui a tout arrangé. Disons que Jojo pensait se retrouver ici. La maison, le four, on s'entend : ça lui revenait tout à lui. Mais mon père voulait rien savoir. Mon père a jamais voulu que ses enfants soient mêlés à sa business. Ça fait qu'il t'a retrouvé. Il t'a ressorti des boules à mites. T'étais comme de la famille. L'excuse parfaite pour fermer la gueule à Jojo. L'affaire, c'est que Jojo est rancunier. Tu lui as pris ce qui lui revenait de droit.

Qu'est-ce que j'aurais pu dire ? Je n'avais rien à voir avec leurs ostie d'histoires de famille de consanguins et je commençais très sincèrement à avoir peur. Je ne voulais pas en savoir davantage.

— Tout ça pour dire que moi, à ta place, j'essaierais de garder Alex loin du village. Loin de Jojo en tout cas. Il se la joue ben friendly avec son nouveau chum *Fred*, mais moi j'y crois pas. Jojo est pas du genre friendly.

— Pis les affaires d'argent là-dedans ?

— Ça fait quoi ? Deux jours que t'as pas vu Alex ? Il s'est pas mis dans cet état-là en faisant des beaux yeux à Jojo.

Je lui en voulais. Ses secrets, ses révélations : tout me la rendait de plus en plus méprisable. Et comme j'étais aussi vil qu'elle, je la désirais toujours autant.

— T'en as encore beaucoup, de belles cachotteries comme ça ?

— Des cachotteries ? a-t-elle dit en riant. Je te cache rien, moi, Dimitri. Je suis un livre ouvert. J'en dirais pas autant de toi.

Elle s'est levée et je l'ai imitée maladroitement.

— Bon, moi, faut que j'aille travailler. Je te dépose ça où ? a-t-elle dit en parlant d'Alex.

— Laisse-le là, je vais m'arranger avec.

Elle a ouvert la portière et attendu que je le sorte, mais il était lourd et moi, sur un seul pied, je n'arrivais pas à garder l'équilibre. Lorraine s'impatientait.

— Je vais avoir besoin d'aide, ai-je fini par dire.

Elle a soupiré puis m'a poussé. Elle a saisi les deux mains d'Alex et a tiré. Le long corps de mon frère a coulé hors de la voiture. Seule cette mollesse impressionnante permettait de présumer qu'il était toujours en vie. Lorraine l'a laissé tomber par terre sans la moindre délicatesse. J'ai eu mal pour lui en entendant le bruit de sa tête qui heurtait le sol. Elle a refermé la portière et est retournée s'installer au volant.

— On se voit ce soir. On va fêter la grande nouvelle, nous autres aussi, a-t-elle dit avant de démarrer le moteur.

— Non, non, pas ce soir. J'suis pas tellement...

— On a des choses à se dire. Je finis à minuit. Je vais t'attendre, Demi. J'aime pas ça, attendre.

Et elle est partie comme ça, nous laissant seuls, réunis : la loque et l'éclopé.

— Va falloir que tu t'en occupes sans moi, je répète à Alex qui, visiblement, est encore stone.

J'ai l'impression de lui jouer dans le dos. C'est vrai, en quelque sorte : je n'arriverais pas à traîner le cadavre à travers les bois, à creuser, à pelleter, à tirer, à pousser... C'est vrai : Alex devra œuvrer en solo ce soir. Mais il va y avoir Lorraine, Lorraine qui m'attendra. Et je n'ai pas l'intention de le mettre au courant de notre rendez-vous.

— Vas-tu être en état ?

— Arrête, j'ai vu pire, dit-il en me lançant un regard impatient.

Je me mords les lèvres. Mon pied me fait souffrir sans bon sens et je suis fiévreux. Alex a commencé le bandage et serre trop fort. Je grimace sans me plaindre. Il fait tout ça vite et en silence. Professionnel.

— Est-ce que tu veux quelque chose pour la douleur ?

— Mets-en.

Alex me lance un sac ziploc rempli de pilules. Puis il s'occupe un peu de lui-même, étudie l'étendue des dégâts dans le miroir.

— T'es-tu pété la tête dans le miroir? il me demande.

— Quoi?

— Une grosse tache de gras de front, ici. Me semble que c'est ton genre.

Je sors deux comprimés du sac. Il doit y avoir l'équivalent de dix prescriptions là-dedans.

— T'es sûr que t'en manqueras pas?

Je ne suis pas certain qu'il m'entende. Sans se retourner, il me dit:

— J'pourrais lui en faire un, moi aussi. À Lorraine.

J'avale les deux cachets, la gorge serrée en pensant à Lorraine qui termine à minuit. À Hélène aussi, un peu.

— C'est con, ça, Alex.

— Non, c'est vrai: penses-y. Les deux filles s'aiment tellement. On ferait une crisse de belle famille. On pourrait tous vivre ensemble. Je sais pas: ça rachèterait p't'être même le fait qu'on les aime pas.

Il me regarde dans le miroir, en souriant. On fait peur à voir.

La philosophie d'Alex: des remords, mais pas de regrets. Moi, j'ai toujours eu de la difficulté à faire la distinction entre les deux.

— Tu vas avoir besoin de béquilles.

— Ben non.

— Fais donc comme tu veux, tabarnac.

Alex ramasse son linge par terre et sort de la salle de bain. Son dos est lacéré. Et Lorraine qui termine à minuit.

— J'vas aller retrouver mon char, moi. Souhaite-moi bonne chance.

Hélène

Je me suis reculée d'un pas pour mieux observer le tableau. C'était pas censé être lui. J'avais commencé par les yeux. Puis la bouche, le nez. Fini par le contour du visage émacié. Le portrait était déjà terminé lorsque j'ai été forcée d'admettre que c'était le sien.

— C'est le avant ou le après ? m'a-t-il demandé.

Je n'ai pas trop compris ; j'étais toujours ailleurs, concentrée sur ma toile.

— Après quoi ?

— Laisse faire ça.

Il a hésité, ouvert la bouche pour dire quelque chose puis s'est ravisé. De toute façon, je ne m'attendais pas à ce qu'il me dise que c'était beau. C'était hyper ressemblant. C'était loin d'être beau.

— OK, a-t-il dit en s'éloignant vers la porte.

— Qu'est-ce que tu fais ?

— Chercher mon char. Paraît que j'étais pas en état de conduire à matin.

Il a souri et, comme il ouvrait la porte :

— Attends-moi. Je t'accompagne. J'ai des courses à faire.

C'est sorti tout seul et je m'en suis voulu aussitôt. Je n'avais pas particulièrement envie de marcher avec lui. Un peu comme je n'avais pas voulu faire son portrait.

La route déserte était tranquille et je me suis étonnée d'apprécier autant ce moment. Je ne le lui aurais pas confié – des plans pour qu'il m'assomme à grands coups de sarcasmes –, mais j'étais contente de le voir. Il fumait une cigarette en tentant maladroitement de m'épargner la fumée. Le vent lui rendait la tâche difficile.

— Fais-toi-z'en pas avec ça. On virera pas fous…

— C'est pas pour toi que je le fais.

Alex a lancé son mégot sur la chaussée puis s'est étiré en bâillant bruyamment.

— Il est où, ton char ?

Il a souri sans répondre. Puis a machinalement sorti une autre cigarette de son paquet, l'a remise dedans, nerveusement, avant de cacher celui-ci dans la poche intérieure de sa veste.

— Ça fait que je t'ai manqué ? a-t-il murmuré sans me regarder.

— Pourquoi tu dis ça ?

— De même.

Il a cédé à la tentation et a ressorti son paquet.

— C'était con, ton affaire, Alex.

Il a plissé le front, un sourire en coin.

— Ma dérape ? a-t-il fièrement lancé. Ouin. Je l'sais. C'était un peu con. Mais ça aurait pu être pire. C'est sûr qu'y m'en manque encore des bouts, mais à date, j'ai l'impression que la seule chose que j'ai perdue, c'est mon char. Peut-être un peu de dignité aussi. Mais ça on s'entend que c'était juste une question de temps. C'est quoi, Hélène ? T'étais inquiète ?

— Ça t'étonne ?

Alex s'est empressé d'enchaîner :

— Pendant que j'y pense, tu ramèneras des béquilles pour ton chum. C'est surtout pour lui que tu devrais t'inquiéter.

On a continué à marcher sans parler.

Dimitri

Bridge over Troubled Water. Dans la voiture, en route vers le village, je trouve : la berceuse, celle du mobile, qui cogne sans cesse contre les parois de mon crâne depuis tout à l'heure. *Bridge over Troubled Water.* La mélodie se tient bien au chaud dans ma tête depuis l'après-midi que j'ai passé dans ma chambre d'enfant.

Pendant l'absence d'Alex, j'ai décidé que j'en avais assez et qu'il était à peu près temps que je visite enfin la pièce interdite. Je suis monté à l'étage armé d'un coffre à outils archaïque trouvé à la remise, sans trop savoir comment j'allais m'y prendre. Je n'ai jamais été très manuel, même pas débrouillard ; la preuve : toutes les autres tentatives avaient échoué. Christian m'a suivi, m'interrogeant. Selon lui, la porte n'était pas fermée à clé : Hélène l'avait déjà trouvée grande ouverte.

J'ai tout de même entrepris de la sortir de ses gonds. J'avais un combat à finir. Comme je ne l'écoutais pas,

Christian a fini par redescendre. Contre toute attente, la porte n'a montré aucune résistance.

La décoration datait, mais tout y semblait neuf. Rien n'avait bougé depuis notre départ, à ma mère et à moi, je l'aurais juré, et pourtant, pas la moindre trace de poussière sur les meubles. La fenêtre était ouverte. Heureusement, les intempéries n'avaient causé aucun dégât et un arôme frais embaumait la pièce, rien à voir avec cet étouffant parfum qui empoisonnait le restant de la propriété.

Le petit lit était fait. Dire que j'y avais dormi. J'ai machinalement actionné le mobile et l'ai regardé tourner, à plusieurs reprises, en pensant à ce qui grandissait dans le ventre d'Hélène. En imaginant mon fils couché là à son tour, j'ai essayé de me voir penché sur lui, attendri, paternel, veillant sur son sommeil.

Like a bridge over troubled water, I will lay me down. C'est ça, la chanson.

Lorsque je stationne enfin devant le bar, mes yeux sont remplis d'eau. Il est un peu passé minuit. Qu'est-ce que je fous ici ?

Je pense à Hélène, que j'ai furtivement embrassée sur le front avant de partir.

À Christian, à ses côtés, qui joue seul aux échecs.

À Alex, quelque part dans le noir, qui s'éreinte à traîner le cadavre dont j'aurais dû m'occuper.

Je hais Simon & Garfunkel.

Je sors de la voiture et me rends en sautillant au dépanneur pour m'acheter un paquet de cigarettes. C'est fermé. Évidemment.

Je prends une pause. Le soleil n'est pas à' veille de se lever et moi, je suis loin d'être assez en forme pour me claquer un marathon de pelletage.

Le bruit provient de derrière. D'abord, je pense que c'est moi, ma tête. Puis un animal. Avant la fin de ma cigarette, j'ai la désagréable conviction qu'on m'observe. Je me retourne et quelque chose s'agite, le bruit se transforme en pas rapides. Je cherche sans trouver la lampe de poche, la lampe de poche que j'avais laissée là. Juste là !

— Tabarnac…

C'est mon corps entier qui me trahit : mes yeux fatigués, mes mains affolées, mes membres désarticulés… Quand je réussis à agripper enfin la lampe, je n'entends plus rien. Je marche un peu, éclaire en vain devant moi, inquiet.

Qui ? quand ? comment ? – tout ça. Mais surtout : *qu'est-ce qu'il a vu ?*

J'ai envie de gueuler, mais ça ne servirait à rien. Ma main vache badtripe. Ça ne va pas du tout ; dans une minute, ce sera pire.

Je cherche nerveusement mes « prescriptions », mais dans l'énervement j'ai laissé ma veste avec la morte, au trou. Pas le temps d'y retourner. Je m'effondre, le souffle court, comme si une force invisible m'étranglait. Je tombe à la renverse, une main accrochée à ma poitrine. Autour de moi, il n'y a que le vide et dans mes oreilles, et dans mes tempes, les battements de mon cœur. Je suis seul, seul avec cette sensation de mort accrochée au dos, cette impression d'être en train de crever que je connais si bien. Il faut que je me contrôle.

Je réussis à me mettre à genoux tout en gardant ma tête au niveau du sol. Ça ne sert à rien d'essayer d'en faire plus pour le moment. D'abord, retrouver mon souffle.

Lentement… Respirer… Res… pi… rer…

Je passe un bon dix minutes à reprendre mes esprits. Et, comme je m'apprête à retourner au chevet de ma belle en putréfaction, je l'aperçois. Par terre. Démantibulée et laide et sale. Encore plus mal en point que Mme Bertrand : la poupée du petit muet.

Une fois la catin dans la poche de ma veste et un comprimé sur ma langue, je me sens nettement mieux.

Oh ! oui ! Ça va de mieux en mieux.

Dimitri

J'entre dans le bar et en descends les marches gauchement, bien agrippé à la rampe. Tant qu'à être rendu, aussi ben…

Je ne vais pas tellement loin, incapable de passer le hall d'entrée.

Elle, elle fait exactement ce qu'elle avait dit : elle attend. Une bouteille de scotch posée devant elle. Deux verres. Un plein.

Je reste planté là. Mon pied gauche me fait souffrir et je grimace en faisant tourner ma cheville. J'aurais dû marcher sur ma fausse fierté de gars deux secondes et accepter de prendre les béquilles qu'Hélène m'avait apportées.

Lorraine ne m'a pas encore vu. Le peu que j'aperçois d'elle suffit à me tourmenter. Sa nuque, ses cheveux attachés. Cette main qu'elle passe sur ses épaules, en étirant légèrement le cou. Elle doit avoir les yeux fermés... Un peu fatiguée de sa journée de travail. Je suis en retard ; elle doit déjà faire mon procès dans sa tête.

J'imagine qu'elle prépare l'offensive avec quelque chose comme : «T'es en retard.» Je devrais lui répondre, empli d'une assurance en Jell-O : «J'aurais pu pas venir.» Elle aurait évidemment le dernier mot, avec : « Garde tes mensonges pour ta blonde.»

Je fais demi-tour. Je remonte les marches, sans me retourner. J'ai encore le regard triste d'Hélène en tête. La chanson de Simon & Garfunkel aussi.

Je rentre, je l'avoue, un peu à reculons chez moi.

Deux mots tournent dans ma tête : *remords* et *regrets*. Ni l'un ni l'autre n'a de sens.

4

Alex

Deux heures à m'emmêler dans mes draps, les yeux qui ne veulent pas se fermer. Je ne vais pas mieux. Je vais pire. Pas encore eu ma jasette avec l'enfant. Pas encore reparlé à Lorraine depuis ma virée. Plus un sou en poche. Bientôt à sec. Un comprimé de Valium dans un flacon transparent, et quelques Vicodin et Ambien dans un sac de plastique. Je me doute que la recrudescence de mes crises a quelque chose à voir avec ma peur du manque. Un crisse de beau cercle vicieux. Mauvaise nouvelle : suis dû pour une autre descente aux enfers, une autre tournée au village. Tabarnac… Je garde peu de souvenirs de ma dernière dérape et je suis presque certain d'avoir laissé des comptes ouverts là-bas. Demander de l'argent à Dimitri est hors de question : le peu de cash qu'il doit avoir accumulé pour la prétendue réparation du four n'arrivera pas à couvrir grand-chose. Sans oublier que ça risque fort de l'inquiéter et qu'il a déjà trop donné sur ce plan-là. Christian? Une joke. Hélène? Il est temps que je donne un break au peu d'amour-propre qu'il me reste.

•

Après avoir tué la journée à tripoter ma maigre pharmacie dans mes poches, je me suis décidé. Passé dix heures le soir, assis seul au comptoir devant un bartender que je ne connais pas, mais qui semble très bien me connaître. On dirait même que ma présence l'amuse. Sweet. Lorraine arrive une demi-heure plus tard. J'avais demandé à parler à Jojo. Je ne suis pas certain d'être soulagé que ce soit finalement elle qui se pointe, même si elle est nettement plus agréable à regarder.

Je lui demande de l'argent. Elle m'offre un emploi. Je cite Richard Desjardins en me trouvant drôle. Le regard qu'elle m'assène me fait vite comprendre que j'aurais dû ben dû donc dû...

— J'en ai une, job.

— Ah ouin?

Je ne réponds pas, bois mon verre, celui en face de moi; celui que je n'arriverai même pas à payer. J'en commande un autre pendant qu'elle m'explique la situation: l'arrangement qu'elle a réussi à prendre avec Jojo, l'argent que je dois déjà; il faut que je fasse montre de bonne foi... Un ostie de beau paquet de niaiseries.

— Est-ce que je peux avoir une avance?

— Aaaah! Alex, Alex, Alex...

— Regarde, j'ai même pas d'argent pour payer le verre que je viens de boire.

Elle en commande deux autres.

— Combien tu veux ?

— Je sais pas, moi. Cinq ?

— Pousse pas ta luck.

— Quatre ?

Pas de réponse.

— OK, trois cents. Ç'a-tu de l'allure, ça ?

Elle boit son verre d'une traite.

— Pis tu commences à soir.

— Quoi ? Non, non.

— Training.

— Fuck ça, j'ai pas besoin d'un training, crisse, j'ai plus d'expérience que toi. Servir des grosses bières à des gros caves…

— C'est deux cents que tu voulais, c'est ça ? dit-elle, menaçante.

— Tabarnac…

Je me lève et la suis derrière le bar.

— Pis l'attitude de marde, on va s'en passer, *Fred*.

Dimitri

Elle a l'air d'un de ses tableaux, couchée comme ça sur le lit, nue. Elle a pris un peu de poids. Les hanches. Les seins aussi. Beaucoup les seins. Elle en est où, dans sa grossesse ? Elle en était où au fait, quand elle m'a annoncé l'heureuse nouvelle ?

J'ai tenté de barricader la fenêtre brisée à l'aide d'une boîte éventrée et de tape électrique. Tout ce que ça a réussi à bloquer, c'est le soleil. La vigne et le vent, eux, vont et viennent dans la pièce à leur guise. C'est un peu comme vivre au Jardin botanique. La vigne court le long du mur, jusqu'au plafond. J'ai voulu la tailler, mais ça lui a donné de la force et de la vigueur. Je ne sais pas si je suis le seul à avoir remarqué, mais je jurerais que les pièces de la maison ont rétréci. L'espace me semble plus restreint qu'à notre arrivée, j'ai même l'impression que le plafond s'affaisse. Je ferme quand même ma gueule avec ça. J'aurais l'air complètement fou et, pas la peine de me conter des histoires, je le suis probablement.

Je suis étendu à ses côtés. Elle ne me regarde pas et lorsque je lui demande ce qu'elle fait, elle me répond simplement qu'elle a chaud. J'entreprends de caresser son sein du bout des doigts. Elle n'est pas réceptive, mais me laisse faire, comme résignée. Ça devrait me dégoûter, et pourtant je continue. Son mamelon durcit et je le prends dans ma bouche, le mordille.

Lorraine est à la maison. Je le sais parce que tout ce qu'on entend, c'est ses halètements en provenance de la salle de bain. Juste à côté de notre chambre.

Je ferme les yeux en espérant que ça m'aidera à ne plus entendre. Peine perdue. Un de ses seins dans ma bouche et l'autre dans ma main, je serre fort et Hélène gémit, de plaisir ou de douleur.

Son corps est chaud et collant. Salé. J'introduis mes doigts dans son vagin et m'excite en découvrant qu'il est déjà bien lubrifié. Je retire ma main d'entre ses jambes, étends sur son ventre un peu de sa propre moiteur. Ma langue suit le parcours de mes doigts. Je m'apprête à détacher mon pantalon quand :

— Pourquoi on retourne pas à Montréal, Dimitri ?

Aussi étrange que cela puisse paraître, retourner à Montréal n'a jamais fait partie des options que je me suis données. Quant à savoir pourquoi... J'ai beau me dire qu'il serait sans doute préférable de partir d'ici, retourner là-bas est impensable. Je lève les yeux sur Hélène qui me regarde, et tout ce que je trouve à dire, c'est :

— Je t'aime.

Elle ferme les yeux et se tourne sur le ventre, se met à quatre pattes. Je baisse mes jeans et m'agenouille derrière elle.

Je viens avant Alex.

Alex

Je réussis à ramener mon boss dans mon lit. J'ai vu pire pour un premier shift. Faut dire que c'est une fille assez facile.

Je la baise comme d'autres assassinent. D'abord dans la voiture devant le bar, dans le lit, puis sous la douche. Je suis tellement en crisse contre elle... Je lui compte au moins cinq orgasmes ; moi, je n'arrive même pas à jouir, pas une fois.

Je la laisse vider le réservoir d'eau chaude toute seule. C'est le matin et je me sens extrêmement mal. Mon bras gauche est engourdi et ma gorge se resserre à chaque inspiration. Je descends jusqu'à ma chambre, découragé à l'idée d'avoir à chercher mes jeans dans tout ce bordel.

Si seulement je pouvais crever pour de vrai, qu'on en finisse.

Je retrouve enfin mon pantalon et sors un sac de la poche. Ma main vache, traîtresse, est tellement agitée que le contenu s'étale sur le plancher déjà couvert de mes traîneries. J'en ai les larmes aux yeux. Je respire, réussis à calmer un peu le tremblement, juste assez pour saisir un comprimé par terre et l'avaler. Je rince le tout avec une gorgée de Jack, la bouteille que moi et mon boss avons ouverte en arrivant.

Je m'écrase sur le lit. Tout nu. Mon souffle redevient régulier. Ma main et ma tête mettent plus de temps à se calmer. Je ferme les yeux : j'aimerais tellement arriver à dormir. *Dormir…* Puis je l'entends. L'éclat de rire. Franc. Sec. Fort. Le rire d'un enfant.

Assis en Indien devant un cercueil à moitié ouvert, l'enfant idiot rit. On croirait que le cadavre malodorant vieux de deux jours vient de lui raconter une bonne histoire. Ce doit être ce même mort qui l'avertit de ma présence, parce que tout à coup, même si je suis silencieux comme une tombe, l'enfant se retourne et me dévisage. Son regard, d'abord frondeur, se transforme rapidement et devient craintif. Je souris. *Promenons-nous, dans le bois, tandis que le loup n'y est pas…* L'enfant se lève d'un bond vif mais, heureusement pour moi, perd aussitôt pied. J'en profite pour l'attraper solidement par le bras.

— Oh, oh, oh ! On s'en va où comme ça ?

Apeuré, il se jette par terre en chignant, tirant, grognant ; tentant en vain de dégager son maigre bras de ma poigne rigide. Il a beau me ruer de coups de pied, je ne sens absolument rien. J'ai même un peu envie de rire. Mais voilà qu'il se met à gueuler. C'est un étrange son qui sort de sa gorge : le couinement d'un cochon qu'on éventre. Précipitamment, avant qu'il n'arrive à alarmer la maisonnée entière, je plaque ma main vache sur sa bouche et appuie. Il est maintenant étendu de son long sur le dos et je me vois dans l'obligation de bloquer ses jambes sous le poids des miennes. Il pleure, il chiale, il tente vainement de se déprendre, ne réussit qu'à s'épuiser.

— Chut ! Chut ! Je te ferai pas mal… Arrête de pleurer ! Crisse ! Te ferai pas mal, je te dis !

Mais je lui fais déjà mal.

Les pas au-dessus de nos têtes me font sursauter. Le regard du gamin est terrorisé. Qu'est-ce que je suis en train de faire au juste ?

Je relâche un peu mon étreinte : le petit saisit aussitôt sa chance et s'enfuit en direction de l'étage. Fou comme je peux me détester. Pas le temps de réfléchir, pas le temps de reprendre mes esprits : je monte derrière lui.

Il est suspendu à ses jambes, en larmes. Elle, elle est nue et ses cheveux, toujours gorgés d'eau, lui collent à la peau. Ensemble, ils ont l'air d'un de ces tableaux de la Renaissance, quelque chose qui me fait penser aux peintures dans les livres d'Hélène. Lorraine me lance un regard mi-inquisiteur, mi-accusateur. Je feins l'innocence.

— Il se cachait en bas.

Elle s'agenouille devant l'enfant, qui cache son visage dans le creux de son épaule.

— William, fait-elle très doucement. William? Qu'est-ce qui t'est arrivé?

— J'sais pas. J'ai entendu du bruit. Y'était comme ça, en bas. J'ai essayé de l'aider, mais y'a eu peur de moi.

— Pas à toi que je parle, Alex, me dit-elle en le serrant contre elle.

— Je veux juste aider, moi...

William se retourne vers moi. Un peu de sang coule de son nez et sa lèvre est déjà enflée. Lorraine soupire.

— Mais qu'est-ce qu'il fait ici? Qu'est-ce qu'il faisait en bas?

Je ne trouve rien à dire. Que je l'ai surpris en grande conversation silencieuse avec un de nos crevés? Lui raconter ça? Premièrement, je passerais pour un illuminé. Deuxièmement, les cadavres qui entrent dans notre sous-sol sont supposément incinérés dans les heures qui suivent.

— Je peux faire quelque chose? je lui demande d'un ton dévoué.

L'enfant se blottit à nouveau contre elle en se remettant à chigner.

— Quelqu'un s'en est pris à lui...

— Mais il est p't'être juste tombé; les enfants, tsé?

Elle ne prend même pas la peine de me regarder.

— Non, Alex, «j'sé» pas. Je suis mieux de rentrer, j'pense.

Après son départ, il y a ma tête qui se remet en mode manège. Contre le mur du salon traîne le portrait affreux qu'Hélène a fait de moi. Tout est déjà là, dans la peinture : la folie, la mesquinerie, l'abject, l'ignoble, le bas, le vil… J'ai beau ne pas avoir fait ma psycho, dans ma tête de médecin un diagnostic tombe : fou furieux. Un danger pour lui-même et pour les autres.

Et c'est reparti pour un tour. Je suis obligé de prendre appui contre le mur, le temps que la crise passe. J'arrive à saisir un des derniers bonbons qui traînent dans les poches de mes jeans et l'avale à sec, en rouvrant les yeux. J'aperçois alors ma main entièrement rouge et faiblis. Du sang ? Le sang de qui ? De l'enfant ? Le mien ? Mes jambes me lâchent et je me laisse tomber le long du mur. J'examine à nouveau ma main ensanglantée ; la gauche est dans le même état, tout comme l'arrière de mes bras et le dos de mon chandail. Et le derrière de ma tête aussi. Je lève les yeux vers le mur sang-de-bœuf. En écho, dans mes souvenirs, la voix de Christian : « Comme si ça ne voulait pas sécher. »

Christian

Un bardeau en plein dans la gueule. Littéralement. C'est sur la tête qu'il m'était tombé en laissant une bonne ouverture dans mon front, juste au-dessus de mon œil droit. Rien de dramatique. Un peu douloureux. Mais je survivrais.

J'ai essuyé le sang et ai levé les yeux au ciel, d'où il me semblait venir. Ce n'est que lorsque j'ai redescendu le regard que j'ai remarqué les autres. La maison perdait des plumes : une bonne dizaine de bardeaux étaient tombés du toit et gisaient sur le sol, là où les jonquilles avaient enfin, à mon grand bonheur, fini par mourir. J'ai déclaré la zone sinistrée et ai décidé d'aller jardiner pour de l'argent. Le plus tôt j'y arrivais, le plus tôt j'en repartais.

C'était toujours la même chose : j'angoissais à mort avant de me rendre là-bas. Pas que le travail était exigeant, mais je m'attendais toujours à tomber sur quelque chose… Quelqu'un. Je m'attendais toujours à tomber sur un de nos morts. Donc je négligeais le sol et me concentrais sur les plants. Schreiber ne s'était pas gêné pour m'en faire la remarque : il commençait à y avoir beaucoup de mauvaises herbes dans le potager. Tôt ou tard, je devrais me salir les mains.

À cela s'ajoutait la peur constante de croiser Schreiber ou sa mère. L'homme m'était hostile et désagréable. La vieille, quant à elle, avait cette manie de m'observer qui me rendait mal à l'aise. Si elle n'était pas derrière moi, silencieuse, à étudier chacun de mes mouvements, c'est qu'elle se cachait derrière les rideaux pour le faire en catimini.

Comme je marchais, ce matin-là, pour me rendre chez ceux que j'avais affectueusement surnommés « la famille Addams », j'essayais de m'encourager en me répétant que Schreiber avait été absent toute la semaine et que sa timbrée de mère avait préféré demeurer à l'abri. J'ai réalisé que mes espoirs de tranquillité étaient vains dès que j'ai aperçu le corbillard de Schreiber devant la maison, le coffre arrière ouvert, un cercueil dans son ventre.

Le vieux n'était pas loin.

En réalité, il était juste derrière moi.

— Garçon, a-t-il fait sèchement.

J'ai sursauté. Ce que je pouvais le détester !

— Pas besoin de toi aujourd'hui.

— Vous m'avez fait peur, ai-je dit en tentant de sourire.

— Tu peux rentrer chez vous.

— Heu… OK, ai-je murmuré sans comprendre ce qui se passait.

À l'abri derrière sa fenêtre, la vieille fouine nous espionnait.

— Bon… Je reviens demain dans ce cas-là.

— Non.

— Non ?

— Non, tu reviens pas demain. Tu reviens pas.

Il a fermé le coffre avec fracas. La vieille avait disparu.

— Plus besoin de tes services, garçon. Bonne journée.

Schreiber est monté dans sa voiture. Il devait se rendre exactement au même endroit que moi, mais mon petit doigt me disait qu'il valait mieux ne pas lui demander un lift.

Il a démarré le monstre et m'a reculé dessus. Je me suis écarté de justesse. Avant de disparaître, il m'a lancé un dernier coup d'œil, le visage taché d'un sourire si mesquin que j'en ai eu la chair de poule. Oh ! Qu'il aurait aimé me passer dessus avec sa Cadillac !

Je ne comprenais pas très bien ce qui venait de se passer, mais une chose était certaine : j'avais perdu mon emploi. L'envie m'a pris, deux secondes, de monter demander des explications à la vieille. Deux secondes, puis j'ai tourné les talons et suivi la route qu'avait prise Schreiber. La seule.

Lorsque le vieux cinglé est repassé en sens inverse, il m'a semblé préférable de me jeter dans le fossé, comme ça, au cas où l'envie de m'écraser le prendrait à nouveau. J'ai attendu patiemment, bien camouflé dans le feuillage, que le bruit du moteur de son corbillard ne devienne plus qu'un murmure, puis je suis sorti de ma tranchée.

•

Quelque chose n'allait pas. On ne s'était pas tellement parlé, Hélène et moi, depuis l'annonce. J'étais tout à fait conscient que ce silence qui existait dorénavant entre nous deux ne venait que de moi. Elle le gardait; la nouvelle m'avait grandement ébranlé. J'étais d'avis que c'était pire qu'une mauvaise idée – un crime, assurément – et je préférais le silence aux reproches. Il y avait aussi les allégations d'Alex qui n'avaient jamais cessé de me tourmenter. Il avait raison: on m'aurait offert l'ombre d'une chance et j'aurais volontiers volé le chum d'Hélène. J'aurais tellement aimé lui voler son chum…

J'ai tout de suite compris que quelque chose n'allait pas lorsque je l'ai vue à la cuisine, armée d'un immense sac à ordures, s'en prendre au contenu du réfrigérateur. Elle avait déjà fait disparaître la douzaine de gâteaux avariés dont personne n'avait voulu, et c'était maintenant au tour des légumes périmés. Une odeur de pourriture régnait dans la pièce. Ses mouvements étaient rapides, emplis d'une agressivité que je ne lui connaissais pas.

— Hélène ? ai-je dit très doucement pour ne pas la faire sursauter.

Elle s'est arrêtée net et a regardé autour d'elle, comme si je venais de la sortir d'une crise de somnambulisme, réveillée en terrain inconnu. Elle s'est tournée vers moi et m'a souri.

— Christian, ça va ? m'a-t-elle demandé avant de se remettre un peu plus calmement à sa besogne.

— Qu'est-ce que tu fais, Hélène ?

— Ça s'appelle du ménage, Christian. C'est ça que je fais.

— Mais tu fais pas de ménage. Tu fais jamais de ménage.

Elle s'est mise à rire. Nerveusement.

— Je l'sais. Je me reconnais plus…

— Est-ce que ça va ?

— Ils appellent ça *nesting phase*. Je sais pas c'est quoi en français.

— Tu fais ton nid, c'est ça que t'es en train de me dire ?

— Je le sais, c'est tellement con.

Je l'ai regardée sans bouger. Une fois son sac plein, elle a refermé la porte du réfrigérateur.

— Ça va me prendre un autre sac, a-t-elle dit en nouant celui qu'elle avait dans les mains.

Il était surchargé et la pauvre peinait à le lever. Je me suis placé devant elle en tentant de lui prendre le sac des mains. Elle m'a repoussé.

— Ça va, j'suis capable.

— La question est pas là, ai-je dit en posant une main sur son bras, l'autre sur son ventre.

Mon geste me surprenait moi-même.

— Hélène… Arrête. T'es ben trop de bonne heure pour faire ton nid.

— T'en sais quoi, toi, au juste ? T'as déjà été enceinte ?

— Vu que t'en parles, justement…

Elle s'est mise à pleurer et à rire en même temps. J'ai ri à mon tour en la serrant contre moi. Quelques jours plus tôt, Alex était venu me trouver alors que je lisais au salon. Dimitri s'était encore une fois enfermé au sous-sol, pris par son étude sérieuse des journaux de son père. Alex devait vraiment trouver le temps long. Il s'était assis à côté de moi sans rien dire. Il m'avait même apporté une bière. On avait bu silencieusement avant qu'il ne se lance :

— T'es-tu prêt à être papa ?

Je ne comprenais pas trop ce qu'il voulait dire et m'étais contenté de le dévisager.

— Ça va lui prendre un père, à cet enfant-là.

— Il en a pas ?

— Dimitri ?

Dimitri ? Ça me peinait de comprendre exactement ce qu'Alex insinuait, mais être père n'avait jamais fait partie de mes plans de vie. Il avait continué :

— On s'entend pour dire que je suis loin d'être un meilleur candidat que lui. Il reste toi.

— Moi ? Une grande tapette, tu penses que c'est mieux ?

— On se le cachera pas, c'est loin d'être idéal, mais faut ben faire avec ce qu'on a.

— C'est n'importe quoi, ton affaire, Alex, avais-je dit en retournant à ma lecture.

Alex ne bougeait pas. Une fois sa bière vide, il s'était levé :

— Pis tant qu'à faire, tu devrais la sortir d'ici.

— Hélène partira pas sans Dimitri.

— Ouin. Ben, tu devrais pas lui donner le choix.

Je n'avais rien répondu, obnubilé par la tristesse qui maquillait son visage. C'était peut-être une question d'éclairage : tout avait l'air plus triste une fois à l'intérieur de la maison.

— Faut que j'aille travailler.

Et il était parti.

Dimitri

Christian a décidé de mettre un portrait de lui juste au-dessus de sa commode. Il s'agit d'un gros plan de son visage au centre d'une toile immense. La portraitiste l'a représenté les yeux fermés. Comme ça, en gris et noir, il a un petit quelque chose de l'inconnu qui repose au sous-sol. L'artiste est avec lui, étendue sur son lit, et supervise l'accrochage du tableau.

— C'est pas droit…

— Ben voyons…

Quand j'entre, ils se taisent.

— Je vous dérange ?

Ils se consultent du regard, prennent leur temps, et Christian dit, sans conviction :

— Ben non.

— Sûr ?…

— Voyons, Dimitri, est-ce qu'on aurait une propension à la paranoïa par hasard ? demande Hélène en riant.

Je ne l'aime pas, quand elle est comme ça. Confiante. Un brin insolente. Heureusement, ça ne dure jamais très longtemps.

— J'ai pas trop compris ce qu'il s'est passé, je dis en m'adressant à Christian, mais Schreiber est passé…

— Et…, lâche sèchement Christian.

— Justement, et ?…

Il hausse les épaules.

— Moi non plus, Dimitri, j'ai pas trop compris.

— Il s'est sûrement passé de quoi ?

— Pas que je me souvienne, non.

— Non ?

— Je sais pas…

— Quoi ? Qu'est-ce que tu sais pas ?

Christian s'assied sur le bureau en prenant une grande inspiration. Je l'exaspère. Je ne l'aime pas, quand il est comme ça : quand il arrive à croire qu'il pourrait se passer de moi.

— Rien, Dimitri. Il s'est rien passé. Hier tout allait bien. Aujourd'hui, c'est autre chose. Point.

Juste avant de partir, Schreiber m'avait baragouiné quelque chose du genre : « Ton ami, ça faisait pas pantoute. Lui ai donné son congé. Pis pour être franc, mon Demi, pense pas que ça va faire nulle part ailleurs au village. Des *dans son genre*, on essaie de les tenir loin de nous autres. »

Puis il était monté dans son corbillard.

J'ai d'abord pensé qu'il faisait allusion à Alex et à sa job au bar, même si je me doutais fortement que Lorraine était assez grande pour congédier son staff toute seule. Alex dormait toujours, peut-être même avec Lorraine, si je me fiais aux mégots tachés de rouge dans le cendrier de la cuisine – je n'arrive pas à croire qu'elle ait toujours le culot de fumer à l'intérieur : pas après le long discours que nous a fait Alex sur les méfaits de la fumée secondaire sur le fœtus. Depuis sa fugue, Alex se tient tranquille ; même que je ne l'ai jamais vu comme ça.

Si Schreiber ne parlait pas d'Alex, il ne pouvait s'agir que de Christian. Je ne voyais pas ce que ce dernier, un beau petit garçon poli, avait pu faire pour provoquer la colère du vieux. J'en suis vite venu à isoler deux hypothèses.

Un : le cas classique d'homophobie. La chose ne m'étonnerait pas tellement de la part de Schreiber : il est vieux jeu, archaïque et, par-dessus tout, mesquin. Le seul geste tendre que je l'ai vu poser, c'est tâter le cul de sa fille.

Deux : quelque chose ne tourne pas rond avec le jardin et Schreiber a découvert le pot aux roses. Je ne suis pas dupe : il doit être au courant de ce qui se passe sur ses terres, sinon il ne m'aurait pas fait venir jusqu'ici pour me salir les mains à la place de son adorable fils. Et pourtant, je ne me résous pas à jouer franc jeu avec lui, comme si je désirais conserver l'illusion d'avoir moi-même décidé de reprendre le flambeau allumé trente ans auparavant par mon père. Mais Christian ? Mon ami honnête, mon ami clean ?

Qu'est-ce que Schreiber insinuait avec son « des dans son genre » ? Des ostie de tapettes ou des grandes crisses de gueules ?

Je préfère de loin la théorie de l'homophobie. Entouré comme je le suis de traîtres et de manipulateurs, j'ai besoin d'avoir encore confiance en mes amis. J'aurais aimé que le principal intéressé puisse me fournir davantage de renseignements.

— Non…, murmure Hélène.

Christian soupire et se retourne vers la toile en tentant de la redresser.

— Je pense que c'est la maison qui est croche, dit-il, exaspéré.

Moi, je suis de plus en plus convaincu que c'est nous…

•

Quelques jours ont passé. Toujours pas de nouvelles de Schreiber. Hélène a réussi à me convaincre qu'il était temps que je sorte de la maison ; moi, j'ai réussi à convaincre Christian de m'accompagner.

Je décide d'aller encourager Alex au bar. Comme dans le temps. C'est ce que je dis à Christian : « Comme dans le temps. » J'ai l'impression qu'il y a déjà des années…

Mon pied ne va pas mieux. Alex avait raison : la plaie s'est rouverte, et même plusieurs fois. Je crois que ma blessure est plus douloureuse de jour en jour. Je fais semblant de rien et endure en silence.

On gare la voiture devant l'église. J'y reconnais celle de Lorraine et songe sérieusement à rebrousser chemin. Le bar est à un coin de rue. Ici, tout est toujours à un coin de rue, anyway.

Notre visite-surprise n'enchante pas Alex. Les premiers mots qu'il nous adresse ressemblent à :

— Vous devriez pas être là.

— Content de te voir aussi.

— Je déconne pas, Frank : Jojo s'en vient. Allez-vous-en.

Tous les clients de l'établissement nous dévisagent. Je reconnais au fond, debout, l'air menaçant, l'affreux qui accompagne toujours Jojo.

— C'mon, ajoute Alex, inquiet.

— Qu'est-ce qui se passe, Fred ?

— Hey ! La grande visite ! clame une voix que je connais trop bien.

Un nuage passe dans le regard d'Alex.

— Demi !

Lorraine m'embrasse puis jette un coup d'œil à Christian.

— Hum... Je pense qu'on va avoir un problème, Demi, me dit-elle en s'installant sur le tabouret à côté de moi.

Elle pose sa main chaude sur ma cuisse, un peu trop près de mon entrejambe.

— Toi, ça va. Ton ami, par exemple, il pourra pas rester.

— Quoi ?

Je ne comprends pas très bien. Que Schreiber soit un demeuré d'homophobe passe encore. Mais Lorraine... Vraiment ?

— Alex ! ordonne-t-elle sèchement.

Celui-ci hoche la tête, résigné, et lui apporte une bouteille de single malt avec deux verres.

— Il y a quelqu'un qui a fait mal à William, dit-elle, sa jolie bouche à deux doigts de mon visage.

— William ? s'enquiert Christian, intrigué.

— C'est quoi le rapport ?

— On l'a retrouvé dans votre sous-sol. On l'avait maltraité.

— Wooo… Attends, je te suis pas, je souffle, de plus en plus incommodé par la présence de sa main sur mon entrejambe. Dans notre maison? Chez nous? C'est quoi, cette histoire-là?

— Faudrait demander à Christian, je pense, chuchote-t-elle en souriant méchamment.

— Hein?

Je me retourne vers Christian; il est rouge de colère. Lorraine continue:

— Disons qu'on a vite fait le lien. Surtout que Jojo l'avait déjà pogné dans la chambre du p'tit.

Je commence à voir où elle veut en venir. Christian ne se défend pas, mais moi, je le sais totalement incapable d'un tel acte. Totalement incapable… *pas vrai, Christian?* Je me retourne vers Alex, cherchant un peu d'appui. Il baisse les yeux.

— Tabarnac! Tu peux pas croire ça!

Alex hausse les épaules et Christian pose sa main sur la mienne.

— C'est correct, Dim. J'vais y aller.

— No way, man. Tu bouges pas d'ici. On s'en va pas.

— Moi je m'en vais, répète Christian.

— Attends-moi.

Je suis décidé à le suivre, juré, mais il m'arrête.

— Non, c'est correct. J'ai besoin d'être seul.

Il sort. Même si je veux, juré, mon pied m'empêcherait de le rattraper. Je me retourne donc vers Alex, qui le regarde s'éloigner en mâchouillant l'intérieur de sa joue.

— Ostie, man, j'arrive pas à croire que tu dises rien.

— Qu'est-ce tu veux que je dise, Frank ? Je l'sais pas, moi, ce qui s'est passé.

Ses paroles manquent de conviction. J'ai l'impression qu'il me ment.

— Ostie ! C'est ton chum !

— Wô là ! C'est plus ton chum que le mien, pis anyway, tu veux tout le temps que je me tienne tranquille. Ben c'est ça : j'me ferme la gueule. Tu devrais être content.

Il jette un regard à Lorraine, qui sourit. Elle l'a bien dressé, son bel animal. Elle se lève en s'excusant, promet de revenir vite. Alors qu'elle s'éloigne en se déhanchant à outrance, Alex l'assassine en pensées. Visiblement, il la déteste encore plus que moi à présent.

— Ça fait combien de temps que t'es au courant de ça, toi ?

— Quoi ?

— C'mon, Alex. Tu me fais chier.

Il hausse les épaules.

— Une semaine ? Je sais pas.

— Pis tu comptais garder ça pour toi ? Tabarnac, Fred ! C'est pas ça que ça fait, des amis, c'est pas...

Il me regarde droit dans les yeux.

— Hey, je me demandais ça justement, Dimitri... Toi, ça fait combien de temps que t'es au courant que Lorraine, c'est la fille du vieux crisse ?

Je ne dis rien. Il attend en souriant avant d'ajouter :

— Ouin. C'est ce que je pensais : c'est exactement ça que ça fait, des amis.

— Qu'est-ce que ça peut te faire ? Ç'a rien à voir.

— Fuck you que ç'a rien à voir. Avoir su...

— Avoir su, quoi ? Tu te serais retenu de la baiser ?

Il ne dit rien. Je vide mon verre et me lève.

— Qu'est-ce que tu fais ?

— Qu'est-ce que j'ai l'air de faire ?

Un vieux débris de taverne complètement soûl fait de grands signes à Alex, qui l'ignore ouvertement depuis une bonne minute.

— Tu pars sans dire « bye »... Lorraine sera pas contente.

— Pourquoi tu dis ça ? je lui demande, carrément sur les dents.

Il soupire.

— Pour rire, Dimitri. Tu trouves pas ça drôle ? Tout ça, c'est juste une grosse câlisse de joke anyway.

Le soûlon s'est mis à gueuler en frappant le bar de sa bouteille vide. Alex me laisse seul et se dirige en jurant vers son client.

Christian

Mon plan était d'attendre Dimitri dans la voiture. J'ai marché vers l'église. La bande d'adolescents que j'avais remarquée avant d'entrer dans le bar était toujours là. J'en reconnaissais un, celui qui se tenait un peu en retrait, le grand blond sur lequel je m'étais excité à notre arrivée. Il devait avoir seize ans. Top. Seize ans, et j'étais de plus en plus convaincu qu'il était gai. Cette façon qu'il avait de me dévisager, de m'observer de loin, de me suivre, d'apparaître dès que je mettais un pied au village...

Je marchais toujours, le regard fixé sur lui, une copie conforme de Kurt Cobain. La voiture n'était plus tellement loin et j'étais en train de me convaincre que peut-être il valait mieux marcher, que Dimitri me ramasserait en passant, quand on m'a interpellé :

— Hey !

Un jeune s'avançait vers moi. Les autres sont demeurés derrière en rigolant.

— Hey ! a-t-il encore fait, maintenant tout près de moi.

Je n'ai rien dit ; il était gelé comme une balle. Vite comme ça, j'aurais dit de la bonne vieille mescaline, mais je ne savais pas si ça se faisait encore. Ses amis gloussaient. J'étais prêt à parier qu'il s'était préparé une bonne blague. Je n'aurais pas dû m'arrêter.

— Hey, a-t-il fait plus doucement. C'est vingt piasses si tu veux me sucer.

Les autres se sont mis à rire de plus belle. J'ai jeté un coup d'œil en direction de mon fantasme, qui souriait aussi, mais avec moins de conviction, en évitant mon regard.

— Dégage, lui ai-je lancé.

Il s'est approché davantage, m'a frôlé, et je me suis reculé, les mains en l'air.

— Arrête.

— C'est quoi ? Chu trop vieux pour toé ?

Nouveaux éclats de rire. Je me suis retourné et j'ai continué mon chemin comme il répétait :

— C'est ça, hein ? Chu même pas majeur, man ! C'mon !

Je marchais en espérant que Dimitri ne prenne pas trop son temps.

— Y'é z'aime pas de poil, ostie de fucké ! Hey ! Si tu veux, quarante piasses pis je me rase la poche !

— Hey ! Mike, t'aurais p't'être des chances avec !

— Ta gueule !

— Hey ! Hey ! R'viens, man ! On en a un que t'aimerais icitte, j'pense ! Pis y pourrait p't'être même te le faire pour gratis !

Je ne me suis même pas retourné. Je savais exactement de qui ils parlaient. Pauvre Mike.

Dimitri

Je conduis trop vite en pensant à Alex. À Fred, mon frère. Je conduis trop vite en pensant à La Nouvelle-Orléans, à leurs cocktails trop forts qui goûtent bizarre, servis dans une grenade en plastique vert fluo : rhum 150 proof, un gros sept dollars US pour quatre onces. Hurricanes Kool-Aid style de Pat O'Brien en plein après-midi, le soleil cajun qui me tape sur la tête, en direct de Bourbon Street, question que je perde la map avant même d'atteindre Canal Street, sortir du Quartier français. *Be Nice or Leave !* C'est ce qu'ils disent tous, là-bas. C'est même écrit dans la vitrine des magasins. *Be Nice or Leave…*

Je conduis trop vite pour mon pied handicapé, trop vite pour un gars qui dort en moyenne trois heures par nuit depuis des semaines. Je roule à toute allure en me disant que rien ne nous empêche de foutre le camp, et cette fois peut-être bien pour de bon. De retourner dans ce bout de pays trop humide, y boire jusqu'à plus soif, des mois de débauche pas propre comme juste là-bas c'est possible. Retrouver cette ville où l'alcoolisme fonctionnel est ni plus ni moins qu'un mode de vie.

Je passe en trombe à côté de Christian sans même le voir, déchiré entre l'idée que, cette fois, c'est différent et celle que ce ne l'est pas du tout. Que c'est différent parce qu'il y a Hélène, qu'il y a le bébé. Que c'est différent parce que je viens d'avoir trente ans et que je suis censé être un homme. J'ai maintenant des responsabilités, des gens à ne pas décevoir.

Et que c'est toujours pareil parce qu'au fond, je reste exactement la même personne qu'il y a quatre ans. Le même gars lâche qui choisira toujours la solution facile, la fuite. Je m'entends déjà me dire qu'Hélène sera bien mieux sans moi et que, de toute façon, elle aura toujours Christian qui, entendons-nous, même s'il est gai, reste un bien meilleur parti que moi pour une fille.

Je me dis tout ça parce que j'ai peur. Parce que je sens que quelque chose est en train de me péter entre les mains. Parce que jamais, depuis que j'ai volé cette veste il y a un peu plus de vingt ans, jamais je n'ai été aussi seul qu'en ce moment.

J'arrive à la maison en un temps record, la tête remplie de projets de valises, de billets d'avion et de fin à moitié heureuse. Je regarde la maison qui me dévisage, ses fenêtres illuminées comme deux yeux grands ouverts. Et je réalise que je ne ferai rien, rien de tout ça.

Je suis pris d'un malaise comme cet étrange pressentiment m'envahit : je ne vais jamais quitter cet endroit.

Plus de toile vierge. Elles étaient toutes noires. Par terre, les unes sur les autres, recouvertes de mes cauchemars, de mes visions et de mes peurs. J'ai refait le tour au moins cinq fois, incertaine. Laquelle sacrifier ? Ce n'était pas que je les affectionnais particulièrement depuis mon arrivée ici. Chacun de ces tableaux par terre avait de quoi effrayer. Et pourtant…

Une nouvelle image s'était formée en moi et était littéralement en train de me dévorer : il fallait à tout prix que je la sorte de ma tête.

J'y suis finalement allée au hasard, m'emparant de la première toile à me tomber sous la main, et, comme ça, le portrait de Lorraine s'est retrouvé sur mon chevalet. J'ai fixé un temps la peinture de la superbe brune. Je ne lui en voulais pas, même si je savais qu'elle y était pour beaucoup dans l'écroulement de mon couple. Tout ce malheur était inévitable, avec ou sans elle. Dimitri aurait réussi à se trouver une autre excuse ; Lorraine lui en avait offert une sur un plateau d'argent, c'est tout. Je ne lui en voulais pas tellement, même si je la trouvais vache et sans-cœur, et un peu salope. Quelque part, j'irais jusqu'à dire que je l'enviais. Sa désinvolture me fascinait. Je me doutais bien que c'était simplement un jeu – un masque camouflant quelque chose de trop laid, un baume sur une blessure purulente –, mais je m'imaginais que ça devait faire moins mal de vivre comme ça.

J'ai caressé du bout des doigts les lèvres de ma muse avant de cacher son visage sous un épais trait d'huile noire.

Alex

Je reste immobile. Respire à peine. Elle, elle se tourne de tous bords tous côtés. Elle lutte pour trouver le sommeil. Moi, j'ai abdiqué : j'ai perdu il y a longtemps la bataille et suis beaucoup trop las pour continuer à faire la guerre. Quand finalement elle se lève et commence à s'habiller, je joue les grands endormis qu'on réveille.

— Hey..., je bâille. Qu'est-ce que tu fais ?

— Je m'en vais chez nous. J'arrive pas à dormir.

Sa poitrine danse comme elle enfile ses jeans. Je saisis son bras et l'attire vers moi. Elle retombe sur le lit.

— Je connais le meilleur des remèdes contre l'insomnie, lui dis-je en me saisissant d'un de ses seins.

— C'est tentant, docteur, mais je vais passer mon tour ce soir.

Elle se retourne en me repoussant. Le temps de le dire et elle est à nouveau debout, enfilant un chandail.

— Tant pis pour toi, je souffle en cherchant mes cigarettes.

Je me lève, nu comme un ver, ouvre la fenêtre et m'en allume une. Lorraine me dévisage en frissonnant.

— Prends mon manteau.

— Merci, oui.

J'ai transféré ma trop maigre pharmacie dans la poche de mes jeans. La veste n'a donc, pour ainsi dire, plus la moindre valeur.

Lorraine sort. J'ignore comment tuer le reste de la nuit. J'entends Dimitri qui s'affaire sous moi, dans la cave. J'ai une envie folle d'aller le rejoindre. Traîner ma bouteille de Jack, nous soûler comme des rois et rire de nos différends, comme d'habitude. Mais pour réussir à rire de quelque chose, il faut au moins savoir de quoi rire, et j'ai beau me creuser la tête, je n'arrive pas à mettre le doigt sur les raisons qui nous poussent à nous en vouloir comme ça.

Donc je reste en haut, dans ma chambre, et je bois la bouteille tout seul. J'essaie aussi de me masturber, mais ça non plus, ce n'est pas très concluant.

Christian

J'aurais voulu être un enfant. Être au-dessus de toutes ces histoires de cul, de cœur et de queue. Pleurer dans les bras de ma mère et ne pas savoir qu'elle me ment en me disant que quoi que je fasse, elle sera toujours là. Croire mon père lorsqu'il me console en prétendant que je suis la plus belle chose qui lui soit arrivée. Ce soir-là, j'avais besoin de croire en l'amour inconditionnel.

On m'accusait d'avoir agressé un enfant.

J'avais déjà perdu pas mal de plumes en affirmant qui j'étais. J'avais fait face aux insultes, au dégoût des gens que j'aimais, à la déception de ceux qui avaient cru en moi, ma famille. J'étais une carence émotive de cinq pieds onze. Un pauvre gars amoureux de son meilleur ami. Une belle tapette célibataire qui n'avait pas baisé depuis trop longtemps et qui les aimait parfois, seulement parfois, un peu trop jeunes… Mais abuser d'un enfant ? Comment aurais-je pu ? Comment pouvaient-ils le penser ? C'était le comble. J'étais entouré de gens qui ne voyaient en moi qu'un monstre ignoble, un être abject et vicieux.

Un enfant. C'est tout ce qu'il était, lui aussi, du haut de ses seize ans. Alors que le village entier m'accusait de pédophilie, tout ce que je trouvais à faire, c'était fantasmer sur un mineur.

Comme je pensais à Kurt Cobain, *all apologies*, j'ai joui. Fort. J'ai éjaculé en pleurant. Je ressentais la douleur partout dans mon corps. Je suis resté comme ça, allongé sur les couvertures, les pantalons descendus à la mi-cuisse, dans ma dèche qui refroidissait.

Au-dessus de moi, deux yeux clos me jugeaient : les miens. Même mon propre portrait refusait de me regarder tant j'étais misérable. *What else should I be…*

Hélène

Lorraine ne faisait pas un bruit, ne bougeait pas, ne respirait peut-être même plus, mais je la savais juste derrière moi, entre la cuisine et le salon, là, immobile, à regarder la toile que je terminais.

— Qu'est-ce que t'en penses ?

Elle a sursauté. Je ne l'ai pas vue faire, mais ça aussi, je l'ai deviné. J'étais sensible au moindre mouvement de l'air.

— Je… Je connais pas grand-chose à l'art, moi…

— Ah ! ai-je fait en riant. Mais ça, Lorraine, ça… ça a plus rien à voir avec l'art.

C'était moi, sur le tableau, moi : *La Vierge à l'Enfant*. Mes traits étaient tirés et mes yeux, cernés. Partout sur ma peau, des ecchymoses. Et dans mes bras, l'enfant. L'enfant sans yeux : que deux trous béants. Et la bouche grande ouverte aussi. Nos visages couverts de plaies.

Lorraine est partie. C'était mieux pour elle. Nous étions tous malades ici. Peut-être même contagieux. Moi, je suis restée là, prise de nausées, à regarder l'horreur que je venais de créer. Christian m'avait conseillé les biscuits soda. Selon lui, ça faisait des miracles, les biscuits soda.

Dimitri

Alex gardait au chaud, dans la poche intérieure de son veston, les deux billets d'avion qui nous ramèneraient à Montréal, trois jours plus tard. Trois jours avant de monter dans l'avion qui décollerait de l'aéroport Louis Armstrong à cinq heures trente du matin, direction YUL, escale à Chicago. Trois jours avant le retour à la normale, donc le retour à pas grand-chose. Trois jours avant les questions de Christian. Avant les « Et puis ? »

Et puis ? Ben, rien. Nada. Pas une page, pas une photo, pas une tôle. Rien, si ce n'est une étampe sur mon passeport, un foie en phase terminale, une ou deux MTS, une VISA découpée en petits morceaux et l'envie de dormir pendant les quarante-huit prochaines heures.

Trois jours à se balader, sans bagages, sans attaches, sans chambre d'hôtel. En évaluant nos finances, on en était vite venus à la conclusion qu'il faudrait faire des compromis. Notre alimentation consistait uniquement en muffulettas et po-boys à cinq dollars, on arrivait à survivre avec deux repas par jour et l'alcool était pour ainsi dire donné : c'était de dormir qui nous ruinait. Alex et moi avons donc, d'un commun accord, quitté l'hôtel du Garden District dans lequel nous ne finissions la soirée, de toute façon, qu'une nuit sur deux.

On était débarqués à La Nouvelle-Orléans avec l'ambition. L'ambition de visiter un peu la Louisiane, qui fut un jour le bout de notre pays français. L'ambition, pour moi, de trouver l'inspiration : une idée, un personnage, un lieu, un esprit, n'importe quoi. En gros, j'avais juste suivi Alex qui, lui, suivait son instinct de gars perdu. Peut-être qu'il voulait prendre assez de recul pour arriver à retourner à l'université en septembre y finir sa médecine, mais j'en doute. Il s'était mis le restant de son prêt dans le nez, la balance de sa carte de crédit et mon système de son avec. J'avais eu peur. Je lui avais proposé la désintox, il m'avait relancé avec La Nouvelle-Orléans. J'avais acheté deux billets avec ma carte de crédit, sorti tout l'argent que je pouvais en sachant très bien que j'allais buster ma limite. Je n'ai jamais su si c'était lui qui avait une mauvaise influence sur moi ou bien moi qui le poussais à faire le con, comme s'il voulait me protéger : à côté de lui, j'avais toujours l'air droit.

Comme une fille laide qui se tient avec une grosse pour bien paraître.

Je m'étais entiché de Simone, une Américaine qui attirait les touristes dans un bar pas propre de Bourbon Street en montrant un peu trop de ses seins refaits et de son cul bombé, un immense boa autour du cou. Un vrai, pas une cochonnerie en plume. Elle était tellement fière de son nom français, vestige de sa culture créole, même si tout ce qu'elle arrivait à baragouiner ressemblait vaguement à: «Bonjour, comment vous allez?» Elle n'avait pas une once de classe et je m'en foutais éperdument: pas l'intention de la marier. Et puis la fille n'était pas totalement conne. De ce que j'avais compris, son père était mort et elle devait subvenir aux besoins de sa famille dans une ville où le taux de pauvreté frisait l'indécence. Je me doutais fortement que ce n'était pas seulement avec son salaire d'hôtesse qu'elle arrivait à joindre les deux bouts: elle devait, de temps en temps, faire «de l'overtime». C'était le moindre de mes soucis: pourvu qu'elle ne me charge rien, à moi, le reste m'était égal.

J'ai joué avec Simone une bonne partie du voyage, seulement avec elle, alors qu'Alex faisait son enfant d'école avec toutes ses amies. Je ne l'enviais même pas.

Elle m'avait raconté un tas de trucs sur le vaudou, m'avait même traîné sur la tombe de Marie Laveau. Elle avait beau prétendre le contraire, j'étais persuadé qu'elle croyait dur comme fer à ces histoires de fantômes et de magie. Trois jours avant le départ, elle m'avait donné un gris-gris: j'aurais besoin de protection si je décidais de retourner d'où je venais.

— *You should not go back. Whatever you think you're going back to, believe me, it's not there. You don't belong there.*

Elle m'avait proposé de rester, de m'aider à trouver une job. Je pourrais même vivre un peu avec elle, en attendant. L'offre était tentante et j'avais promis d'y réfléchir. Mais dans ma tête, tout ce que j'entendais, c'était : *I don't belong here either.*

On a passé les deux derniers jours à faire ce qu'on n'avait pas pris le temps de faire avant : visiter. Simone nous a emmenés sur les rives du lac Pontchartrain, là où vivaient sa mère et ses deux jeunes frères. On a bouffé comme des rois dans une maison qui tombait en ruine, ri et bu de la bière jusqu'à ce que je m'endorme sur le divan. Une bonne soirée, peut-être même notre meilleure.

Je suis allé pêcher avec les frères de Simone le lendemain matin. On est montés dans leur vieille camionnette rouillée et, même s'il n'était que cinq heures et que j'avais la gueule de bois, je me sentais bien. J'ai regardé le soleil se lever sur le Mississippi en me disant que, finalement, je n'avais encore rien vu de la Louisiane. La proposition de Simone me travaillait et je considérais de plus en plus l'idée de m'installer, du moins pour un temps. Le temps d'apprendre les rudiments de la pêche, pourquoi pas ?

J'étais complètement inutile sur le bateau, ce matin-là. Mais j'ai au moins réussi une chose : faire rire les deux autres avec ma gueule de citadin endurci. Nous avons bu beaucoup trop de bière, encore, et sommes arrêtés dans un petit resto en chemin, là où la copine d'August, l'aîné, travaillait. Bière et écrevisses à volonté ! J'aimais vraiment ces deux gars-là. Ils riaient de moi, mais c'était sans malice. En fait, je crois même que c'était leur façon à eux de me dire qu'ils m'aimaient bien aussi. C'était simple et beau, facile comme dans les pubs de bière.

Sur le chemin du retour, complètement soûl mais tellement lucide, j'avais pris une décision. J'aurais voulu que la voiture roule à deux cents milles à l'heure tant j'avais hâte de retrouver Simone dans son lit pour lui annoncer la nouvelle. Et après, je la ferais jouir.

J'étais tellement excité que je n'ai pas remarqué qu'Alex ne dormait pas au salon. J'ai marché sur la pointe des pieds jusqu'au bout du corridor, là où se trouvait la minuscule chambre de Simone, en tentant de ne pas réveiller la maisonnée. Mais Simone ne dormait pas.

À cheval sur lui, cambrée, ses seins pointés vers le plafond. Son bassin, qui bougeait à une vitesse folle, s'est brusquement arrêté quand elle m'a vu. Alex s'est aussi retourné vers moi.

J'ai eu l'impression que le temps s'arrêtait. Alex s'est accoudé dans le lit. Simone, sans la moindre hésitation, m'a tendu la main.

— Frank…, a-t-elle soufflé doucement.

J'avais toujours été Frank pour elle, jamais Dimitri. Tout le long du voyage, on avait été Frank et Fred. C'était plus simple comme ça. C'était étrangement plus honnête aussi.

Ce soir-là, je me suis avancé et j'ai pris la main que me tendait Simone. Et je l'ai baisée. La main, puis Simone. On l'a baisée, tous les deux, toute la nuit.

À cinq heures trente, l'avion décollait. Fred et Frank étaient à bord. Tout ce que je ramenais de ce bout de pays, c'était le gris-gris, la petite poupée affreuse investie de pouvoirs obscurs. Je l'ai offerte à Christian en guise de cadeau de voyage. Il avait l'air pas mal déçu et je serais étonné qu'il l'ait conservée.

On n'en a jamais reparlé, Alex et moi. Après un temps, j'ai arrêté de croire que j'aurais dû rester. J'ai rencontré Hélène la journée où Katrina est allée rager là-bas. *Be Nice or Leave*: mon œil. J'ai pensé aux histoires de vaudou de Simone et me suis dit que ça devait être un signe.

Alex

— Congé ce soir.

— Quoi? Mais hier tu m'as dit...

— C'est correct, c'est moi qui viens de décider ça.

— Crisse, j'ai marché, moi, pour me rendre!

— Assis-toi, j'te paye un verre.

— Non, pas envie de t'en devoir plus. Je m'en retourne chez nous.

— C'est moi qui offre. Sérieux. Tu me dois rien.

— Ya right! Comme s'il y avait quelque chose de gratuit avec toi.

— Alex!

— Ah! OK, c'est ça. C'est un ordre. Ça te ressemble plus, aussi.

— Qu'est-ce que tu bois?

— Whatever.

— Johnnie Walker ? OK. Je te laisse la bouteille ?

— Si tu le dis.

— Ostie que tu me fais chier.

— Si tu le dis.

Je bois mon verre d'un trait. Elle m'en sert aussitôt un deuxième. Déjà un mois que je travaille sans avoir eu la moindre paye. Même mon maigre pourboire disparaît dans ses poches et celles de Jojo. Remboursement de ma dette. Dette dont j'ignore le montant. Fred commence à avoir le goût de mordre en ostie.

Je me retiens de lui demander pourquoi elle désire tant me soûler. Si je me fie à son air, c'est préférable. Je bois en silence, rapidement.

Le bar est quasiment vide. Je reconnais ma pharmacienne au fond, dans un coin sombre, qui se fait tripoter par un mec baraqué. Quand elle voit que je les épie, elle lui murmure quelque chose à l'oreille ; il se retourne vers moi en riant. Je crois une seconde qu'ils vont partir, mais non. Au contraire : ils reprennent du service, s'en donnent à cœur joie, m'offrent un spectacle devant lequel, j'imagine, je devrais baisser les yeux. Non seulement je suis pervers, mais Johnnie commence à me faire tourner la tête : je prends un malin plaisir à les regarder transgresser dangereusement les lois de la décence en me disant à regret que la pharmacienne aurait franchement été un meilleur parti que Lorraine. Beau gâchis. Je l'aurai payée cher en ostie, ma pipe dans les toilettes.

Hélène

J'étais complètement nue devant la glace, fraîchement sortie de la douche, les cheveux humides. Les yeux aussi.

Dehors, le soleil se levait. La vigne qui avait envahi notre chambre couvrait dorénavant les murs latéraux. La lumière n'arrivait plus à pénétrer par la fenêtre de la salle de bain, ce qui amplifiait la sensation constante d'étouffement dont j'étais victime.

J'avais un ventre. Tout petit, mais bel et bien là. J'avais beau essayer de retenir mon souffle, de le forcer à rentrer à l'intérieur, rien à faire. Peut-être qu'il voulait se sauver, poussait vers l'extérieur en espérant arriver à venir à bout de cette membrane qui le retenait prisonnier. Peut-être qu'il se sentait tout simplement aussi à l'étroit que moi, dans moi.

Je n'avais qu'une envie : celle de le frapper, frapper jusqu'à ce qu'il disparaisse. Comme si tout ça n'était qu'un mauvais rêve, un de plus, rien de plus.

Je ne voulais pas de cet enfant. Pas ici, pas maintenant, pas comme ça. Surtout pas comme ça. Je ne voulais pas voir mon corps changer, engraisser, avoir des vergetures, les seins qui s'affaissent. Je ne voulais pas accoucher, souffrir le martyre. Je ne voulais pas être une mère. Et puis je m'inquiétais moi-même déjà assez comme ça.

Surtout, je ne voulais pas être coincée à Courtval.

Je ne voulais pas de cette vie que Dimitri me promettait comme d'autres menacent.

•

À peine avais-je ouvert la porte que l'odeur m'avait frappée de plein fouet. L'air était rance et nauséabond, ce qu'un lourd parfum, une eau de toilette bon marché, tentait de camoufler. J'ai pris une profonde inspiration avant de descendre.

Dimitri passait beaucoup de temps au sous-sol, de plus en plus. Ça faisait déjà au moins une semaine qu'il ne montait plus dormir avec moi.

L'escalier grinçait sous chacun de mes pas. Pourtant, je marchais du bout des pieds, les orteils se déposant d'abord sur le sol, suivis, très lentement, de la plante et du talon. Je me suis souvenue de mes cours de ballet: «légère comme une plume». Je n'étais descendue ici qu'une seule fois, en visitant la maison à mon arrivée. L'endroit m'avait donné la chair de poule. Mais j'avais pris une décision. Et je devais descendre dans son antre pour parler à la bête. Une dernière fois.

Il était assis sur une chaise, les pieds dans le four, comme sur un pouf. Sur ses cuisses gisait un cahier ouvert. Ses béquilles étaient tombées par terre. Derrière lui, la présence de deux cadavres à peine dissimulés sous une bâche bleue expliquait l'odeur poignante de putréfaction que j'arrivais à goûter sur ma langue. Il a à peine levé les yeux vers moi. Ma présence l'incommodait.

Il s'est retourné, a empoigné une des bouteilles de parfum qui se trouvaient sur le pupitre à ses côtés et en a aspergé un des cadavres.

— Faut excuser Mme Tardif, elle sent un peu fort, a-t-il chuchoté.

— Dimitri…

— Hélène, avec mon pied, j'arrive pas à les traîner, pis Alex, ben, je peux plus ben ben compter sur lui, ça fait que c'est ça. Ça pue.

J'ai secoué la tête : je n'en avais rien à faire, de ses histoires de cadavres. Je n'étais pas ici pour lui parler de ses morts.

Dimitri tapait nerveusement son cahier du bout de son crayon en se mordillant les lèvres. Il voulait me demander de partir, mais ignorait comment s'y prendre pour ne pas me blesser. Il perdait son temps : j'étais déjà cassée et inconsolable.

Il était terriblement maigre, avec un teint grisâtre et maladif. J'ai jeté un autre coup d'œil à ses béquilles par terre et pensé à ce pied qui ne guérissait pas. Il ressemblait de plus en plus à ses morts en attente d'une sépulture. S'il continuait comme ça... *Ah... Dimitri...*

— J'ai du travail, Hélène..., a-t-il fini par souffler.

— T'écris ?

Il s'est gratté la tempe.

— Ton roman ?

— Si seulement...

Il souriait tristement.

— J'ai pris un rendez-vous. Dans une clinique.

— Déjà ?

— Je suis un peu tard, justement... C'est une clinique d'avortement.

Il s'est contenté de hocher la tête à répétition, presque aussi expressif que le soir où je lui avais annoncé que j'étais enceinte.

— Au village, ça ?

— À Montréal.

— À Montréal ? Tu vas revenir après ?

Je me suis contentée de sourire. Il m'a imitée. On s'est regardés en silence et, l'espace d'une fraction de seconde, j'ai cru l'apercevoir : le jeune con dont j'étais tombée amoureuse.

Je me suis retournée, prête à monter l'escalier, à disparaître, à faire mes valises et à partir. Presque.

— Hélène ?

Je me suis arrêtée net. Il y avait toujours cette part de moi qui souhaitait qu'on me retienne, qu'on me supplie. J'aurais sans doute flanché encore une fois s'il m'en avait donné l'occasion.

— Je suis désolé. Vraiment.

Ah... Dimitri...

Il n'y avait rien d'autre à dire. J'ai commencé mon ascension.

— Hélène ?

Stop. Ça devenait ridicule.

— Je t'ai aimée... Je t'aime encore.

Je n'ai pas pu retenir les larmes. De toute façon, pleurer était une des rares choses qui me faisaient toujours du bien.

— Non, ai-je dit en secouant la tête. Non, Dimitri. Mais au moins, tu y crois. C'est presque la même chose. Mais c'est pas assez.

Je suis sortie avant de me mettre à y croire, moi aussi.

Christian

Je suis descendu au village avec Alex. On a marché en silence les huit kilomètres. Je savais qu'il travaillait et j'avais besoin de sortir de la maison. Je lui avais demandé un lift, mais il m'avait sèchement répondu qu'il préférait marcher. Il faisait ça pour m'écœurer. Alors on a marché en silence, rapidement. Très rapidement. Il avait un cardio impressionnant pour un gars qui fumait au-dessus d'un paquet de cigarettes par jour.

On s'est perdus à l'entrée du village, là où il a accéléré le pas. Il ne tenait probablement pas à être vu en ma compagnie. Préserver ce qui lui restait de bonne réputation…

Je me suis retrouvé devant l'église, sachant exactement ce que je venais y faire.

J'ai balayé du regard les alentours : le stationnement était vide, tout comme le parvis et, j'étais prêt à le parier, la maison de Dieu. Le village aussi était désert. C'était un mardi, pas encore la soirée, plus tellement la journée : l'heure où les gens ordinaires soupent en regardant la télé.

J'ai marché jusqu'au dépanneur, où j'ai eu droit à un accueil glacial, et me suis acheté une bière, que j'ai pris soin de camoufler dans un sac de papier, comme quand j'avais quatorze ans et aucune idée de ce qu'« avoir de la classe » signifiait. Je suis sorti, toujours à l'affût. Ça devait faire deux jours que *Rape Me* me tournait dans la tête. Si le reste du monde se laissait aller à ses bas instincts, je ne voyais pas pourquoi moi, je devrais m'abstenir. J'ai erré sur le trottoir de Courtval, en buvant ma grosse bière dégueulasse, à la recherche d'une tignasse blonde.

Alors que le doute allait me faire rebrousser chemin – faut dire que c'était stupide comme plan, rien ne me garantissait que le garçon allait sortir –, je les ai aperçus.

La bande s'engageait dans le cimetière. Mon fantasme d'adolescent n'était pas du groupe, mais je les ai quand même suivis un moment, en gardant mes distances. Le ciel était gris-noir, et je n'aurais pu dire si cette couleur inquiétante était causée par l'arrivée de la nuit ou la menace d'un orage. Je les ai laissés s'aventurer dans la forêt de pierre. Soulagé et déçu à la fois, je me suis préparé à rentrer à la maison.

— Salut.

Depuis quand était-il derrière moi ?

— Tu me cherchais ?

Son aplomb m'a déstabilisé. Il m'avait toujours semblé un garçon discret et un peu timide. On ne s'était même pas encore touchés et, déjà, c'est lui qui me montait dessus. Comme j'allais nier mes intentions premières, il m'a coupé :

— On d'vrait pas rester icitte.

Je me suis contenté d'acquiescer et l'ai suivi jusque dans l'église. À l'intérieur, Mike a ralenti et, une fois assuré que personne d'autre ne s'y trouvait, s'est retourné vers moi en souriant. Il s'est allumé une cigarette avant de me prendre la bière des mains.

— Je commençais à penser que tu te déciderais jamais, a-t-il dit après une généreuse gorgée.

— Je commence à croire que c'est pas la meilleure idée au monde, aussi…

J'ai regardé autour de moi : belle image apocalyptique. La saleté du lieu se mariait à merveille avec mes envies sordides.

J'ai repris la cannette et bu pour me donner du courage, celui de partir, et j'ai regardé le bel adolescent. Lui non plus n'avait plus l'air si sûr tout à coup. Il semblait même inquiet.

— Que'que chose qui va pas ?

J'ai ouvert la bouche, pas encore très certain de ce qui allait en sortir, quand un bruit de klaxon nous a fait sursauter. Mike a empoigné ma main et m'a traîné jusque dans le confessionnal, en prenant soin de refermer la porte derrière nous. Je n'ai pas eu le temps de protester qu'il avait déjà plaqué sa main contre ma bouche. Ses doigts sentaient la cigarette.

Des voix sont parvenues jusqu'à mes oreilles. J'ai reconnu celle de l'adolescent qui s'était moqué de moi. J'ai aussi reconnu le bégaiement de Jojo. Bientôt, ces deux voix familières se sont perdues dans la marée des autres, de plus en plus nombreuses. J'ai interrogé Mike du regard, mais il s'est contenté de hausser les épaules et de plonger sa main dans mes jeans. J'ai eu un mouvement de recul. L'espace était trop restreint et je suis tombé à la renverse sur le banc de bois, me demandant s'il s'agissait de celui du curé ou du pécheur. Mike a souri et s'est accroupi devant moi. Avant que j'aie eu le temps ou l'intention de protester, il avait sorti mon sexe déjà dur et l'enfouissait dans sa bouche. Pris de vertige, je me suis accroché d'une main au grillage qui séparait les deux cabines, et de l'autre à sa crinière blonde.

Il tirait trop fort et n'avait pas vraiment de rythme. Ses dents me faisaient un peu mal, mais j'appréciais la douleur. J'avais eu des amants plus vieux et plus expérimentés qui pourtant m'avaient donné beaucoup moins de plaisir que lui à ce moment-là. J'ai eu de la difficulté à retenir mon cri lorsqu'il a fermement entré ses doigts dans mon anus. De sa main libre, il se masturbait : je le devinais au mouvement de son épaule.

Il y avait de plus en plus de gens à l'intérieur de l'église, de plus en plus de bruit. Moi qui me laissais faire sans trop oser bouger, de peur d'alerter les masses, j'ai finalement fait glisser ma main jusqu'à sa nuque et l'ai solidement empoignée, forçant mon amant à se relever. Son sexe s'élevait fièrement sous mes yeux. J'ai rapidement fait glisser ma langue sur son scrotum. Il a gémi. Puis je l'ai fait pivoter. Il était maintenant dos à moi, ses mains prenant appui contre la porte du confessionnal.

J'ai agrippé ses fesses et ai fait glisser ma langue entre elles. Sa respiration avait changé. Je l'ai masturbé un peu et il a joui presque aussitôt. Un enfant…

J'ai craché dans ma main et lubrifié mon sexe, qui était déjà presque sec. J'ai tassé un peu plus Mike contre la porte et l'ai pris fermement, violemment. J'allais et venais rapidement, ne laissant pas le temps au pauvre de reprendre son souffle. Je me doutais bien que je lui faisais mal, mais c'était tellement excitant… Il ne criait pas, gémissait à peine, mais je le sentais prêt à fondre en larmes.

Ce fut à mon tour de plaquer ma main sur sa bouche. Il m'a mordu et je suis venu.

Je n'ai remarqué le sang dans ma main qu'une fois dans la salle, avec tous les autres, pendant que celui d'Alex coulait sur le sol. Un mélange de la merde de Mike et de sang, quelque chose que j'avais dû ramasser sur mon sexe comme je l'enfournais dans mon pantalon avant de sortir du confessionnal. Je ne savais pas s'il s'agissait du sien ou du mien. Il m'avait salement mordu après tout…

Dimitri

Je reste sans bouger un moment. Depuis l'accident, je sens toujours mon cœur battre dans mon pied. C'est pourquoi j'ai pris l'habitude de le tenir surélevé, la plupart du temps perché dans l'ouverture du four.

Hélène partie, je le redescends. J'attends que ça revienne, sceptique. Contre toute espérance, le battement, peu à peu, se fait sentir. Je me concentre sur lui, rassuré. *Il faut croire que t'es toujours en vie, Dimitri.*

Comme le sang se remet à circuler dans mon pied, je prends conscience de ce qui m'entoure, de l'odeur écœurante qui règne dans la pièce, de mes ongles en deuil, de ma barbe trop longue et de mes cheveux sales. Je prends aussi conscience que j'ai perdu Hélène, peut-être bien Christian et sûrement bientôt, Fred.

Il y a aussi Dimitri Cross que j'ai perdu quelque part en chemin, et pour lui aussi j'ai bien peur que ce soit trop tard.

Je me retourne vers les cadavres, qui pourrissent en silence. Il est hors de question que je les trimbale jusqu'au potager. Et creuser une fosse assez grande pour les y enterrer tous deux m'apparaît impossible. Aussi bien en creuser une pour trois. Reste la piscine : le plan d'hiver de mon père.

Je me lève et entreprends de ficeler les corps dans la bâche. Le plus difficile, c'est de les sortir du sous-sol. Je me résigne finalement à me coucher par terre et à ramper en me poussant à l'aide de ma jambe saine, tirant un cadavre à la fois.

Traverser les quelques mètres qui séparent la porte du sous-sol et la piscine est éprouvant. J'espère qu'Hélène ne me voit pas, de là-haut, et, pour la première fois, je bénis l'envahissante présence de la vigne.

Je dois par la suite faire au moins cinq voyages jusqu'à la remise, bondissant sur un pied, ne réussissant qu'à porter deux briques à la fois. Je ne dois pas courir de risques : d'après les écrits de mon père, un minimum de dix briques par cadavres est nécessaire afin de les maintenir bien au fond. Pourtant, en plein cœur de l'action, épuisé, je me contente de la moitié.

Le premier disparaît plus rapidement que le deuxième, que je dois aider en le poussant du pied. Je suis crevé, impatient et agressif : je contrôle très mal mes mouvements. Comme le mort se décide enfin à couler, le bas de mon corps, sans résistance, le suit dans les profondeurs. Je réussis de justesse à m'accrocher au rebord de la piscine. De grosses bulles remontent à la surface. L'eau est chaude.

J'ai énormément de mal à me sortir de là. J'ai beau tenter de me calmer, de régulariser ma respiration, de faire les choses tranquillement : rien à faire.

Ne pas réveiller l'eau qui dort... Je me les imagine tous, dans cet abîme, se défaire de leurs cordages, s'étirer et s'agripper à mes jambes.

Alors que j'allais abdiquer, presque soulagé que toute cette histoire soit terminée, je réussis par miracle à me tirer hors du Styx. Je voudrais rester étendu là, reprendre un peu mon souffle, mes forces, mais la peur m'en empêche. La surface du bassin est toujours agitée par de gros bouillons : les cris silencieux de ceux à qui on a refusé une véritable sépulture. Je rampe, affolé, jusqu'à l'intérieur.

Au deuxième, une envie impossible de me laisser tomber dans les bras d'Hélène me prend. Je voudrais la supplier de ne pas partir : j'ai besoin d'elle. Je l'aime.

Je l'aime. Et c'est exactement pour ça que je m'interdis de le lui dire, de lui faire encore une fois des promesses lâches. Je m'empêche d'aller la retrouver dans notre chambre où elle doit préparer ses valises. Je me traîne plutôt dans la salle de bain. L'odeur écœurante de putréfaction me suit comme une ombre.

Une fois sous l'eau chaude de la douche, je me dévêts en empoignant solidement le rideau. Je retire aussi mon pansement, que je dois normalement refaire chaque jour. La plaie suinte. Un mélange de sang et de pus a taché les bandelettes, et l'enflure donne à mon pied des allures monstrueuses. Je suis pratiquement certain que la moindre pression le percerait et qu'une pâte jaunâtre s'échapperait de l'ouverture. Sans doute est-il préférable de ne pas y toucher, de le cacher sous un nouveau pansement, de tenter d'oublier...

Puis je me rase la barbe et les cheveux. Le résultat est troublant; j'ai l'air crissement fou. D'autant plus que ça ne réussit même pas à venir à bout de l'odeur de charogne. Je laisse mon linge dans la douche et claudique, complètement nu, jusqu'à la chambre.

Hélène n'y est plus, mais ses valises, si. Elle n'est pas encore partie. Elle doit attendre Christian. Ou simplement le matin.

J'enfile du linge moins sale et plus sec et force mon pied à entrer dans mon Converse.

Je m'admire une dernière fois dans la glace en me demandant ce que je vais faire maintenant. À voix haute.

— Qu'est-ce que tu fous, là, Demi?

Je ne me réponds pas, pas besoin: tu parles d'une belle complicité! Ce n'est pas ma meilleure idée, loin de là, mais c'est ce que j'ai envie de faire depuis mon arrivée ici. De toute façon, je n'ai plus rien à perdre.

Hélène est à la cuisine. Elle se retourne vers moi, l'air consterné. Je me rappelle la gueule que j'ai vue dans le miroir et sympathise avec elle.

— Ouin…, dis-je en passant ma main sur mon crâne.

Elle ne répond pas et retourne à son café. Elle a pleuré et c'est de ma faute. Une seconde, je crois qu'il vaudrait mieux que je reste avec elle, puis je l'aperçois. Dans l'entrée. La voiture d'Alex. Je n'aurai même pas à ramper jusqu'au village.

— T'as-tu vu mes béquilles?

Elle secoue la tête.

— Doivent être en bas.

Comme mes lèvres se posent sur le dessus de son crâne, son corps est traversé d'un grand frisson. Je me recule de peur d'être électrocuté à mon tour.

— Je vais faire un tour, je murmure d'un ton désintéressé. Je te rapporte quelque chose ?

Elle se retourne vers moi, toujours dégoûtée par mon apparence.

— Il est passé minuit. Je vois ben mal ce que tu pourrais me ramener.

Mes béquilles sont bel et bien à la cave. Dans mon empressement, j'ai laissé la porte arrière ouverte et une longue traînée humide suit le trajet que j'ai emprunté un peu plus tôt. La boîte contenant les journaux a été renversée et les confessions de mon père s'étalent sur le sol. L'odeur est toujours aussi poignante et, même si la pièce est à présent vide de cadavres, je la sens pleine de mort comme jamais auparavant.

Soudainement, l'endroit où je passe pourtant le plus clair de mes soirées m'inquiète.

Hélène n'est plus à la cuisine lorsque je remonte. Dehors, le vent est fort et chaud. La maison me regarde partir, immobile, comme si elle m'approuvait.

Alex

J'aurais dû prendre mon char. Je ne suis pas en état de conduire, mais entre me tuer sur la route et être pogné ici, je préfère encore la mort.

Lorraine coupe le moteur devant l'église. Malgré la centaine de mètres qui nous séparent, j'ai reconnu sans peine l'imposante présence de Jojo et de ses hommes de main.

— J'aimerais mieux rentrer.

— Pourquoi ? Tu vas me faire accroire qu'il y a quelqu'un qui t'attend ? crache-t-elle d'un ton arrogant en détachant sa ceinture.

Salope.

Je ne réponds pas, ça ne sert à rien. Elle a un plan bien précis en tête et refuse de me dire quoi que ce soit. Je connais la chanson et sais que ça n'augure rien de bon. J'ai pourtant l'impression d'avoir été bon garçon depuis ma dérape.

— Je peux t'attendre dans l'auto ? je lui demande.

— Non.

Plutôt bon garçon... Peut-être mis l'argent d'une ou deux bières dans mes poches. Peut-être trois. Sans plus. Par inadvertance.

— J'suis fatigué, je feel pas pour ça.

— Pour quoi au juste ?

Me suis aussi peut-être bien trompé en faisant ma caisse, lundi soir. Mais ce n'était rien d'autre qu'une erreur. Au pire : un emprunt...

— J'attends que tu me le dises justement.

— On va dire que c'est une surprise, fait-elle sèchement.

— Fuck les surprises.

J'ai pas toujours fini mes shifts très à jeun. Mais ça, c'est surtout la faute de la dope merdique que Jojo m'a refilée... et que j'ai pas encore payée, d'ailleurs. Mais pour ça, je m'inquiète pas trop : l'enfoiré se sert déjà sur mes payes.

— Est-ce qu'il y a quelque chose que t'aimerais me dire, Fred ?

— Vu que tu demandes : j'aime pas tellement que tu m'appelles Fred.

— C'est pas vraiment ce à quoi je pensais… Est-ce qu'il y a autre chose que t'aimerais me dire, Fred ? Ça serait pas mal le temps, là…

Je me retourne vers Lorraine. Elle est vraiment belle. Surtout en colère. Je la regarde sans rien dire jusqu'à ce qu'elle perde patience. Elle ouvre la portière de la voiture. Je lui souffle :

— Attends, sans pourtant avoir la moindre idée de ce que je vais lui inventer.

— J'attends.

Je prends une profonde inspiration. Je suis soûl. Mes derniers verres de whisky étaient de trop et la tête me tourne de plus en plus. C'est qu'avec la dope de Jojo… Avec la quantité astronomique que je dois prendre seulement pour assagir ma main vache, l'alcool me rentre dedans comme si j'étais un adolescent puceau. Toutes ces années d'entraînement pour en arriver là. Ostie.

— J'suis pas tellement bon là-dedans…

— Je te suis pas, Fred.

— Les… rapports humains…

Elle se contente de froncer les sourcils.

— Je suis juste pas… Le genre de gars qui tombe en amour. C'est pas moi, ça. Faut pas que tu le prennes personnel.

Wow, j'ai de la difficulté à parler. Il faut que je prenne de l'air. Je me retourne à nouveau vers Lorraine : elle semble un peu moins triste, un peu plus en crisse.

— Mais on a du fun ensemble. T'es vraiment hot… Je veux dire, ici, dans le village, vous êtes quoi, genre, dix, quinze filles ? Au moins ! Pis c'est vraiment toi le meilleur coup, aucun doute là-dessus.

Et vlan ! Son regard me tranche la gorge. J'ouvre ma portière. Va savoir pourquoi, plus ça va, plus je m'amuse.

— C'est pas ce que tu voulais entendre, hein ? je dis en me retenant de rire.

Elle ne se donne pas la peine de me répondre et sort. Je la regarde s'éloigner : un cul d'enfer. Elle s'arrête et, impatiente :

— Qu'est-ce tu fais ? On nous attend.

Jojo s'est retourné vers nous. Sa bande aussi. On dirait bien que je suis attendu, en effet.

— Hey, Lorraine ?

Elle soupire.

— Tu commences à me faire chier.

— J'imagine, oui, mais je vais avoir besoin de ton aide pour marcher jusque-là…

Mon orgueil préfère de loin demander de l'aide à Lorraine plutôt que de me voir m'étendre de tout mon long par terre, devant Jojo et ses cons.

Son visage s'adoucit. Elle semble en proie à un dilemme intérieur, déchirée par quelque chose. J'ai beau ne pas lui faire confiance et passer le plus clair de mon temps à la détester, je n'arrive pas encore à la croire complètement pourrie. Pas comme son frère. Ou son père.

C'est sans doute naïf de ma part, mais je suis convaincu que si ce n'avait pas été d'elle, ce qui est sur le point de se produire serait arrivé bien avant ce soir.

Je passe mon bras autour de sa taille et tente de l'embrasser. Elle recule, nerveuse.

— C'est vraiment pas le moment.

On commence à marcher.

— Toi ?

— De quoi tu parles, Fred ?

— T'as rien à me dire, toi ?

— J'ai rien à te dire, moi.

— Tu m'as bien soûlé.

— Je te ferai remarquer que tu t'es pas débattu.

J'envoie la main à Jojo, ne reçois aucune réponse.

— Ouf, c'est tendu ici...

— T'es vraiment crétin, hein ?

— Crétin ? C'est tout ce que t'as à me dire ? Fuck...

— Tu penses quand même pas que je vais te faire une déclaration d'amour ?

— Non, ça me rendrait mal à l'aise. Moi, je t'aime pas. C'est toujours « malaisant » dans ce temps-là.

— Qu'est-ce que tu veux que je te dise ? Dis-le-moi, ça va aller plus vite...

— Bof, si ça vient pas du cœur, j'aime mieux que tu laisses faire.

Dangereusement près des marches. Presque prêts à monter.

— Ta... Tabar... nac, Lorrrrrraine. C'ééé-tait ben... ben long, cââålice !

Jojo tient quelque chose dans sa main, mais d'où je suis, et avec ma vision qui se dédouble et se quadruple, je n'arrive pas à voir ce que c'est. Lorraine ignore son frère et on commence à monter. Je m'accroche à son cul et son cou en me concentrant sur l'objet que tient Jojo.

— Un… uuuun ve-verre, on avait di-it. Paaas trente ta… tabarnnn…

— Ça change quoi, Jojo ? Hein ?

— I-iiil est même pus ca-capable de maaarcher. Qu'èèè-ce tu veux qu'on fa-fasse a-avec ça ? O-oostie de femme deee pu-ute in-incap-p-pable…

— Wow…, je fais, pas certain de parler vraiment à voix haute. Tu te laisses parler comme ça ?

— Je pense que c'est le temps que tu fermes ta gueule, réplique Lorraine en rentrant ses ongles dans ma peau, ses doigts dans mes côtes.

Je m'arrête. Lorraine tire un peu sur mon bras en m'interrogeant du regard. Moi, c'est Jojo que je regarde, Jojo et la poupée démantibulée qu'il tient.

— Arrête de faire chier, me souffle Lorraine en tirant.

Je ne bouge pas. Jojo se met à réciter la Bible, impatient, en faisant signe à un de ses clowns de venir me pêcher. Moi, je commence à comprendre un peu plus ce qui m'attend et pourquoi Lorraine tenait ferme à me bourrer d'alcool : ça va faire crissement mal.

— Fuck les surprises, je dis en souriant.

Le singe s'approche. Lorraine se raidit. Jojo ronge son frein. Et moi, je passe du macaque à Lorraine à Jojo à la poupée cul-de-jatte.

La poupée cul-de-jatte que j'ai trouvée au potager. Que j'ai laissée moisir dans ma veste. Ma veste que j'ai donnée à Lorraine. Pauvre Fred.

— Toujours rien à me dire ? je demande une dernière fois à Lorraine. J'pense que ça serait le moment, là.

Le gorille m'agrippe au collet et, en moins de deux, je suis devant Jojo. Avant qu'on me fasse entrer dans l'église, je revois la poupée démembrée, avant-goût de ce qui m'attend. Un aperçu de la gueule que je vais avoir en sortant de là, si jamais j'en sors.

•

J'ouvre les yeux : la première chose que je vois, c'est mon sang sur le plancher. Avant même de ressentir la douleur. Deux coups seulement, un dans le ventre, un sur la gueule, et déjà je suis à quatre pattes à cracher du sang, sonné.

Ils sont deux sur mon cas. Pas Jojo ; lui, il se rince l'œil en tripotant une Lorraine plus farouche qu'à l'habitude. Elle n'a pas l'air d'apprécier particulièrement le spectacle. J'avais raison : elle est un peu moins vicieuse que son frère.

Je remarque alors leurs pieds. À tous ceux qui se sont déplacés pour voir le cirque. Mon exécution est le show de l'année. J'espère qu'on leur a chargé un bon prix…

Mes oreilles se remettent en marche et j'entends leurs voix, leurs cris, leurs encouragements. Les ossements de ma gueule qui craquent comme je replace ma mâchoire. Le rire désagréable de Jojo qui m'écorche le tympan.

Après le retour de l'ouïe vient la douleur. Celle qui accompagne les os cassés de mes mandibules. Mais surtout celle qui est en train de faire exploser mes côtes, là où le premier coup est tombé.

Ensuite, c'est la nausée. Les vomissements. Je n'ai pas le temps de me relever que le pied d'un géant s'écrase sur mon crâne, me faisant tomber tête première dans mon dégueulis. Pendant que je m'étouffe dans mon trop-plein de Johnnie et de bile et de sang, Jojo, lui, s'étouffe dans son rire.

Puis le géant empoigne mes cheveux pour me relever la tête : je ne résiste même pas un peu. Si j'en crois la hargne dans le regard de Jojo, je suis mieux de consacrer mes forces à ne pas crever. Je suis trop soûl, trop faible, trop seul pour me défendre. Rester en vie est la seule chose qu'il me reste à faire.

Et vient le tour des insultes. On me hue. La foule est déçue de ne pas me voir riposter. Il y a Jojo qui gueule encore après Lorraine, coupable de m'avoir soûlé. Comme ça, soumise, elle a l'air plus petite que lui. Ne pas être en train de me faire tuer, je rirais.

Juste avant qu'on me replonge la tête dans mon vomi en me ruant de coups de pied dans les côtes, j'aperçois Christian. Il m'observe, camouflé dans la foule, avec les autres. Christian : un gars que je connais, l'ami d'un ami. Un autre cave de Montréal, comme moi, qui ne bronche même pas quand les deux singes se remettent à cogner, et de plus en plus fort.

Il y a aussi la lumière et l'air, l'air qui ne se rend pas jusqu'à mes poumons. On frappe, plus seulement mes côtes, mais aussi mon visage, et mon ventre, mes jambes… Je perds le compte.

Après…

Après, il n'y a plus rien.

Dimitri

Je m'élance vers Jojo, prêt à le tuer. Fuckin' prêt à le tuer… Comme un animal enragé, pareil à une bête qu'on est sur le point d'abattre. Mais je ne me rends pas : le coup m'arrête sec. Je m'agenouille, le souffle court. Sur mes mains, le sang d'Alex. *Tabarnac, Fred…*

Je m'étais d'abord arrêté au bar. Ils n'y étaient plus. Ni lui ni elle. Le barman a ri un peu en m'en informant. Il avait l'air louche. J'ai refusé le verre qu'il m'offrait et suis remonté dans la Corolla. J'avais de la difficulté à conduire tant mon pied élançait. J'aurais volontiers pigé dans la pharmacie d'Alex.

J'ai reconnu sa voiture devant l'église et me suis arrêté. Un vacarme assourdissant émanait de l'endroit : c'était soir de grand-messe. J'ai monté les marches, aidé de mes béquilles, surpris de constater que je me débrouillais toujours aussi mal avec elles. Je m'étais si bien concentré sur mes pas tout le long de l'ascension que j'ai été étonné de voir Lorraine là, devant moi, une fois arrivé sur le porche.

— Qu'est-ce ?… a-t-elle dit, encore plus stupéfaite que moi.

Je me suis souvenu de la gueule que j'avais et, en passant une main sur mon crâne, comme je l'avais fait devant Hélène, j'ai lâché :

— Ouin… Ça repousse, qu'ils disent…

J'ai alors remarqué son visage défait, ses cheveux en broussailles, les larmes dans ses yeux. Je les ai remarqués et j'ai tout de suite pensé croche, pensé que c'était de sa faute à lui. *Tabarnac, Fred !* Je n'ai même pas soupçonné que ça pouvait être la sienne, à elle.

— Qu'est-ce qu'y'a fait encore ?

— Tu devrais t'en aller.

— Qu'est-ce qu'il t'a fait, Lorraine ? ai-je demandé sèchement, en posant ma main sur sa nuque.

Elle a passé ses cheveux derrière ses oreilles. Une larme s'est échappée de sa paupière inférieure.

— Va-t'en, Dimitri, c'est mieux…

— Y'est où, là ? ai-je dit en essayant de voir à l'intérieur de l'église.

— Dimitri !

— J'ai deux-trois choses à régler avec lui, j'pense…

Elle s'est mise devant moi, me bloquant le passage.

— Ça te regarde pas, Dimitri.

— Qu'il fasse chier la terre entière, c'est une chose, mais toi…

Je me suis mordu la lèvre. Je ne savais pas trop où je m'en allais avec cette phrase-là. J'ai essuyé la larme qui avait coulé sur sa joue. J'étais venu jusqu'ici pour la voir. Mais pour lui dire quoi au juste ?

J'ai plongé mon regard dans le sien, comme si j'espérais y trouver ce que j'avais à lui avouer. Il n'y avait pas grand-chose dans ses yeux. Des remords. Et c'est à peu près tout.

Je me suis à nouveau étiré le cou, espérant voir de quoi avait l'air la cérémonie, et ça m'a pris, soudainement : un sentiment de vertige et de vide dans le ventre. *Tabarnac, Fred.*

Lorraine m'a laissé passer. Comme j'avançais, je l'ai entendue dire mon nom, mais ne me suis pas arrêté, pas retourné, mû par un sentiment d'urgence insupportable. *Alex*…

Alex ne bougeait même plus. Il était par terre alors que les deux brutes lui assenaient simultanément des coups de pied dans les côtes et dans le dos. Il aurait pu être mort.

J'ai oublié ma jambe malade et ai sauté dans le ring. J'ai fait éclater une béquille sur la tête du premier gars, qui est tombé, sonné. Puis j'ai frappé le deuxième au visage: tout ce que j'ai réussi à casser, c'est ma main. J'ai eu droit à un bon coup sur la gueule. Avant que j'aie atteint le sol, on m'a attrapé par-derrière: le premier gars s'était relevé. Il tenait fermement mes deux bras alors que l'autre se préparait à frapper. Autour, ça gueulait. Puis ça a sifflé.

Le gars a baissé les poings. L'autre m'a laissé m'écrouler sur le sol. J'ai rampé vers le corps d'Alex.

Il respirait toujours et a tressailli lorsque je l'ai touché.

— Hey..., a-t-il fait, tout bonnement comme s'il me saluait.

La petite merde sourit. Rit. Jubile. Jojo s'amuse vraiment, lui. Il prend son pied big time. Je ne serais même pas étonné qu'il se soit venu dessus pendant qu'on martyrisait Alex.

Je m'élance vers lui, sur lui, prêt à le tuer. Je m'élance, comme un animal enragé, pareil à une bête qu'on est sur le point d'abattre. Le coup m'arrête sec.

Agenouillé, le souffle court. Sur mes mains, le sang de mon frère.

Tout est de ma faute. Je m'en veux à mort. J'aimerais arriver à pleurer comme Hélène. Ça me ferait du bien, de décharger autrement qu'en baisant. Jojo parle. En gros, il m'explique que je peux repartir avec Alex. Qu'il est prêt à me le laisser. Il me le vend le prix qu'il l'a payé : ses dettes. Même pas d'intérêts.

— Cééé pa-as un bon invesss-tissement, par exemple.

Il me donne une heure pour revenir avec l'argent et la foule commence à se disperser. Je retourne au chevet d'Alex, à quatre pattes. Avec mon chandail, j'essuie son visage doucement, surtout les yeux où le sang s'est coagulé. J'appelle doucement :

— Alex... Alex... Fred ?

— Hey... Ça va, man ?

J'en reviens pas.

— Comment tu te sens ?

— De quoi j'ai l'air ?

— Tu t'es pissé dessus.

— Fuck...

Je ris. Parce que je n'arrive pas à pleurer, je ris comme un cave.

— Peux-tu bouger ?

Alex referme les yeux sans me répondre.

— Fred !

— Hum ?

— Ouvre les yeux, man. C'mon.

Il ouvre un œil. Sa tête n'a pas été épargnée lors de l'assaut. Je ne peux pas le laisser dormir. Je ne peux pas le perdre... Je me sens coupable à en crever : je nous ai laissés tomber.

— Peux-tu te lever ?

Il tente de bouger. Moi, de mon mieux, pas terrible, j'essaie de l'aider. On tombe à la renverse et Alex hurle en touchant le sol. Il a plusieurs côtes de cassées. Vite comme ça, je parierais aussi sur le nez, la mâchoire et le bras gauche, qu'il tient contre lui comme une mauvaise aile. On ne réussira jamais à se rendre à la maison.

On ne réussira même pas à sortir d'ici.

Je tiens Alex contre moi pendant qu'il tousse et crache du sang par terre. Je n'y connais pas grand-chose, c'est son domaine à lui, mais je crains le pire. Il doit avoir un poumon perforé, une hémorragie interne : un truc qui ne sonne pas bien.

Je me mets à penser à nous vus de l'extérieur, à ce dont nous devons avoir l'air, au milieu de cette église décrissée, le gangréneux accompagnant le martyr dans son agonie. Sur les murs, une suite de toiles : un chemin de croix clairsemé au bout duquel Jésus n'a pas droit au miracle de la résurrection.

Je n'arriverai jamais à sortir Alex d'ici par moi-même, mais il est hors de question que je le laisse seul, même pas une minute, pour aller chercher quelqu'un.

Alors que je crois que tout est perdu, il apparaît, la main tendue vers nous : Christian.

Alex

Frank parle sans arrêt, tout le long du trajet. Je suis étendu sur la banquette arrière. La douleur est constante. Ça m'engourdit. Je suis fatigué. J'ai juste envie de fermer les yeux. Dormir enfin.

Dimitri parle sans arrêt, en conduisant mal et trop vite, et Christian, assis derrière avec moi, sous ses ordres, s'efforce de me tenir éveillé.

Dimitri interroge Christian: qu'est-ce qui s'est passé? Qu'est-ce qu'il a vu? Pourquoi? Christian dit qu'il n'a rien vu. Pas trop compris. Est arrivé un peu avant Dimitri, à peine. Ne sait pas pourquoi je me suis fait tabasser. N'est pas vraiment étonné. Mais ne sait pas exactement pourquoi. Ils en viennent à la conclusion que c'est une question d'argent, de dope, peut-être de femme: mon genre de connerie habituelle, rien de très surprenant en soi. Chiant, mais pas surprenant.

J'imagine que Christian dit la vérité et qu'il ne sait pas. Qu'il n'a pas entendu les murmures de la foule. Qu'il n'a pas entendu le nom de William être prononcé comme on a commencé à me frapper. Qu'il ignore que c'est de ma faute s'il a été injustement accusé par le village entier.

Il ne me laisserait certainement pas appuyer ma tête sur ses cuisses tout le long du trajet s'il savait. Il ne me laisserait pas saloper ses beaux vêtements avec ma vomissure ensanglantée.

Arrivés à la maison, ils me sortent de la voiture. J'essaie de les prier de me laisser là, de me laisser me reposer un peu, juste une heure ou deux, mais de ma bouche il ne sort que du sang. Ils me portent jusqu'à l'intérieur et m'installent sur une chaise, à la cuisine.

Hélène crie en me voyant. Christian s'est déjà éloigné de moi. Dimitri est fiévreux et faible. Il prend appui contre le mur et je crois un moment qu'il va s'évanouir.

Hélène se penche vers moi. Elle sent bon. Je ferme les yeux.

— Il faut l'amener à l'hôpital…, chuchote-t-elle, inquiète.

Je prends sa main. J'aimerais la rassurer avec des mots, mais dès que j'ouvre la bouche, je m'étouffe.

Christian, qui est resté jusqu'à maintenant plutôt silencieux, commence :

— Moi, je t'avertis, Dimitri : je donne pas une cenne. J'ai fait ma part. Me suis fait chier à jardiner dans votre terre pleine de morts. Ramasser de l'argent pour faire réparer le four, c'était une chose. Mais payer pour ses conneries...

Je sais qu'il va me faire mal, mais n'arrive pas à retenir le rire. Il passe à travers le caillot dans ma gorge et réussit miraculeusement à sortir. Pauvre enfant ! Il croit encore que l'enjeu est le four. Qu'on va le faire réparer et opérer une petite entreprise funéraire propre, propre, propre, comme Dimitri a dit. Wow. C'est drôle, parce que moi, je n'y ai jamais cru, aux histoires de Frank. Prêt à jurer que même Dimitri n'y a pas cru, aux histoires de Frank.

Sans grande surprise, je m'étouffe en riant. Hélène m'apporte un verre d'eau, tente de me faire boire : en moins de deux, l'eau du verre devient rouge et moi, je ris toujours. Elle serre ma main et, doucement :

— Arrête.

Alors j'arrête. Elle essuie mes lèvres avec la manche de sa chemise avant de monter à l'étage.

On reste comme ça un moment, les trois gars, sans rien dire, puis Dimitri se met à parler. Il tient son pied au-dessus du sol et sa main contre sa poitrine, recroquevillée. Sa voix tremble autant que sa jambe malade.

— On a pas plus que trois mille piasses, max.

— S'il a pas déjà pigé dedans, surenchérit Christian.

— Ta gueule ! dit sèchement Dimitri en tentant de retrouver le fil de ses pensées. Trois mille, ça devrait le calmer, je…

Il ferme les yeux et prend une profonde inspiration. Je m'en veux de lui faire ça à lui. Pas à Christian. Mais à Dimitri, oui.

— OK, fa'que t'es encore en train de le sauver, c'est ça ?

— Embarque pas là-dedans, Christian.

— Tabarnac, Dimitri ! Réveille ! C'est pas ton ami, ce gars-là !

— Tu l'as regardé se faire tabasser sans rien dire ! C'est ça, un ami, Christian ? C'est ça, un ami ?

— T'es aussi malade que lui…

Dimitri, oubliant la douleur, s'élance vers Christian et le plaque contre le mur. Un moment, je crois vraiment qu'il va le frapper. Christian a les larmes aux yeux. Dimitri s'arrête, respire.

— Je te demande de me faire confiance, c'est tout, murmure-t-il à Christian. J'te jure. Je vais arranger ça : tout va redevenir comme avant. OK ? Fais-moi confiance.

— Comme avant ? C'est n'importe quoi, Dimitri. Avant quoi ?… Avant quoi ?

Dimitri approche son visage de celui de Christian. Je vois mal, mais je crois qu'il tente de l'embrasser. Christian se détourne. Dimitri appuie son front contre la poitrine de Christian et souffle :

— Je l'sais que je peux compter sur toi. J'ai besoin de pouvoir compter sur toi. J'ai besoin de toi.

Il serre la nuque de Christian puis vient vers moi.

— Ça va aller, Alex…

Aucune idée de ce que ça peut vouloir dire. « Ça va aller, Alex… » Une question ? Une affirmation ? Une promesse ? Quant à moi, ça veut dire fuck all. Il sort. Il va claquer tout son cash pour sauver un gars déjà condamné. Ça veut dire fuck all… Je ferme les yeux en pensant qu'enfin, enfin… Je suis sur le point de m'endormir quand la voix de Christian m'oblige à rester éveillé dans mon corps à l'agonie.

— Moi, je les aurais laissés te tuer.

Je rouvre les yeux. Christian me fixe, le regard vide. Pas haineux, pas triste, même pas en colère. Juste vide. Il ne ment pas : il m'aurait laissé crever. J'ai envie de lui dire que s'il connaissait la moitié des raisons qu'il a de me détester, il m'aurait peut-être bien tué lui-même. Il sort en claquant la porte avant qu'Hélène ne revienne. Moi, je referme les yeux. Je dois être sur le point de disparaître quand je sens l'eau sur mon visage. La douceur, la moiteur, la tiédeur du chiffon avec lequel elle me nettoie.

— T'as pas à faire ça…, je souffle doucement.

— Bah, déjà que t'es chiant. Ça serait dommage que tu restes défiguré, dit-elle sur un ton faussement détaché.

Elle est inquiète – avec raison. Je me redresse sur ma chaise. Pas question que je lui fasse ça. Pas question que je meure dans ses bras à elle. Chaque recoin de mon anatomie me fait atrocement souffrir, mais, à elle, je souris. Je tuerais pour un peu de morphine. Mais je me contente de passer ma main vache sur sa joue, ma main vache qui ne tremble plus.

•

Hélène est assise sur la table, penchée sur moi, finissant de nettoyer mon visage. Sur une chaise, entre ses jambes fines, je profite sans bouger de la proximité de nos corps. Chaque parole que je dis me tue un peu plus. Mais elle s'approche davantage et je n'arrive pas à me retenir.

— Tu te colles pas mal…

Hélène rougit avant de répliquer, faussement découragée :

— Pendant deux secondes, j'me suis dit que t'étais pas si chiant que ça…

Je grimace un sourire. Parler me fait souffrir, mais m'empêche de passer aux abonnés absents.

— J'suis tout croche… Mais… pour ma défense, j'suis pas un salaud.

— Alexis Duchamp, come on !

Son rire est plus doux que l'eau tiède sur mon visage.

— Quoi ?

— Toutes les filles que tu ramènes, que tu rappelles jamais, à qui tu brises le cœur. L'homme qui n'a jamais été amoureux !

— Wow, t'as vraiment une mauvaise opinion de moi.

— Pour de vrai, t'as un bon fond d'salaud, Duchamp.

Elle parle avec sincérité, pesant chacun de ses mots. Moi, je la regarde. Je me casse le cou pour l'admirer. Je n'ai plus envie de jouer. Plus besoin de la repousser ou de la maltraiter. La game est finie. Elle baisse les yeux sur moi, embarrassée :

— Quoi ?

— Parce que toi, t'es amoureuse de Dimitri ?

Hélène se rembrunit et acquiesce.

— Pathétique, hein ? J'suis amoureuse d'un gars qui existe plus.

Sur ce, elle laisse tomber la lingette dans l'eau et je comprends à regret qu'elle a terminé de nettoyer mon visage.

— On va enlever ton chandail.

J'essaie de lui obéir, mais mon bras est cassé et je n'y arrive pas. Hélène va donc chercher une paire de ciseaux et s'agenouille devant moi.

— On se garde de commentaires désobligeants, monsieur Duchamp, s'il vous plaît.

Elle coupe mon chandail en commençant par le bas. Alors que les lames atteignent mon collet, nos yeux se croisent et je lève la tête à contrecœur. En voyant l'état impossible dans lequel ils m'ont laissé, Hélène soupire. Elle glisse délicatement les doigts sur une des plaies. Je dois grimacer, car elle retire la main aussitôt en murmurant :

— S'cuse…

Elle coupe ensuite les manches et laisse tomber mon t-shirt par terre. Comme elle se repositionne entre mes jambes :

— Tu sais que c'est pas vrai, hein ?

Elle lève les yeux.

— Que j'suis jamais tombé amoureux. C'est con, ça.

— Lorraine ? dit-elle, faussement candide.

— Non, pas Lorraine. Elle me ressemble trop. Je suis narcissique, mais pas à ce point-là.

Hélène sourit tristement. Je crois qu'elle a peur de ce que je m'apprête à dire.

— J'vais changer l'eau.

J'ouvre la bouche, mais me ravise, la regarde s'éloigner. Elle est penchée sur le lavabo. Ses doigts et sa chemise sont tachés de mon sang.

— Je l'sais que j'suis mal placé pour parler... Mais moi, à sa place, j'aurais tellement fait attention à c'que... J'aurais fait attention à toi.

Hélène entend mais ne me répond pas. Elle est toujours de dos ; j'en profite pour laisser mon visage se déformer sous l'emprise de la douleur. Je tousse à nouveau. Du sang sort de ma bouche. J'essuie en vitesse mes mains sur mon pantalon en tentant d'y camoufler le cerne d'urine. J'espère qu'elle ne l'a pas remarqué... J'aimerais fermer les yeux.

— Tu tiens le coup ?

Je prends une profonde inspiration et acquiesce silencieusement.

— J'en ai plus pour longtemps. Mais va falloir t'amener à l'hôpital.

— Non, ça va aller...

— Alex...

— Non. Ça va. Ça va aller. J'ai juste besoin de dormir.

Je ferme les yeux.

Christian

La pluie commençait à tomber. Je ne suis pas allé très loin. Pas à cause de la pluie : parce qu'il n'y avait nulle part où aller. Nulle part...

J'ai fait le tour de la maison, marché jusqu'au pommier. La pluie était douce et fraîche ; je la voulais battante et glaciale. Je voulais qu'elle me fouette, me réveille, me fasse bouger, agir, prendre enfin conscience qu'il était à peu près temps que... Qu'il était temps que... quoi ? Je tenais toujours l'anneau que Dimitri avait glissé dans ma main avant de partir. À quoi ça rimait, tout ça ?

J'ai frappé, frappé à m'en faire mal aux poings, à la tête, aux épaules. Frappé jusqu'à perdre complètement haleine, jusqu'à oublier de respirer. Frappé le tronc de cet arbre immense qui ne bronchait pas. Frappé jusqu'à ce que je tombe, en larmes, en sueur, en morceaux par terre pendant que la maison me dévisageait. Elle avait changé d'apparence, avec la vigne qui la recouvrait, mais elle ne m'intimidait pas moins qu'au premier jour.

J'avais cru être resté pour Dimitri. Parce que je l'aimais. Comme lui aimait Alex. Ça allait plus loin que le désir. Pendant tous ces mois, j'avais cru à tort que c'était ça qui me retenait ici. L'amour. Quelle naïveté... J'ai eu envie de lancer son jonc au loin ; je l'ai serré un peu plus fort.

Ça n'avait jamais été l'amour. C'était quelque chose d'autre. Une force obscure totalement extérieure à moi. Je croyais être resté pour les mauvaises raisons. Je réalisais soudain qu'il n'y avait jamais eu de raison. Je n'en avais pas eu besoin : c'était ça, la vérité.

J'étais venu sans raison.

J'avais fini de me poser des questions. Il n'y avait que cette maison qui me regardait. Cette maison et ce village et ses habitants qui se jouaient impunément de nous.

Au-dessus du sol, des lumières plus ou moins diffuses, gazeuses, bleutées, jaunâtres, flottaient. Des feux follets. *Ignis fatuus*. Je connaissais le phénomène, même si j'en étais témoin pour la première fois. Il donnait une étrange allure au domaine : quelque chose d'irréel et, surtout, de vivant. Une mouvance. Un pouls. Un souffle.

J'étais en train de me faire engloutir et je n'avais pas l'intention de me débattre.

Dimitri

Je la frappe. De ma bonne main. Lorraine s'avance vers moi, le regard inquiet, quelque chose à me dire de très important que je ne prends pas le temps d'entendre. C'est la première fois que je frappe une femme. Pas de quoi être fier, mais, étrangement, je ne m'en veux pas.

Derrière, ils applaudissent. Jojo et les autres. Ils sifflent et applaudissent comme Lorraine tombe par terre, à genoux dans une flaque d'eau, la lèvre fendue.

Je boite jusqu'à eux, lance l'enveloppe qui contient un peu moins de trois mille dollars par terre et me retourne, prêt à rentrer au chevet d'Alex.

— Cééé pas a-assez, Deeeemi.

Ils rient. Je m'arrête. Mon pied s'est remis à saigner et a taché mon Converse blanc cassé. Je n'arrive pas à bouger les doigts de ma main droite.

— Si tu me disais combien tu veux, ça serait plus facile !

— Plusss…, dit-il en souriant, l'air méchant.

— Ben y en a pas plusss. Ça va être ça en attendant.

— Si c'est des mo-orts dont t'a-as besoin pour gaaagner de l'ar-argent, ooon peut t'arran-anger ça.

Il sort son couteau.

— Qu'est-ce que tu me veux ?

Après ce que Lorraine m'a raconté à propos de la maison et de l'héritage, il n'y a plus tellement de mystère. Je suis d'ailleurs persuadé qu'il a tout orchestré lui-même : aider Alex à s'engouffrer un peu plus dans son vice et ses dettes pour me forcer à agir. Et moi qui n'ai rien vu venir. Pour ça, c'est Lorraine que je blâme.

Lorraine et moi.

La pluie prend de l'assurance. Jojo et ses acolytes se réfugient à l'intérieur de l'église. Avant de disparaître, l'enfant de chienne me conseille de bien réfléchir à ce que je pourrais lui donner en guise de paiement. Je reste quelques minutes sous la pluie à faire tourner tout ça dans ma tête. J'en ai même oublié la présence de Lorraine derrière moi.

Je crois que je n'ai jamais été aussi malheureux qu'ici, à Courtval. Il est pourtant hors de question que je quitte le navire : Jojo n'aura pas la maison. Personne n'aura la maison. De toute façon, je n'ai pas l'impression qu'elle m'appartient, mais plutôt celle de lui appartenir, à elle. Même si l'idée d'enfin m'en défaire me plaît, je sais bien que de refiler mon fardeau à quelqu'un d'autre ne m'en libérera pas. Je me suis déjà beaucoup trop sali les mains.

Lorraine n'a même pas pris la peine de se relever, les genoux et les mains dans la flaque d'eau. Je passe à côté d'elle sans vraiment la regarder. Au moment où j'ouvre la portière, je l'entends prononcer mon nom d'une voix brisée.

— Dimitri…

Je devrais monter en voiture et foutre le camp sans faire attention à elle. Mais je m'arrête. Et j'attends.

— C'était pas contre toi, Dimitri.

— N'importe quoi.

— Je te jure…

Elle pleure. N'importe quoi. Je ne la quitte pas, ne l'aide pas, ne la console pas non plus. J'ai encore trop envie de lui faire mal. Elle finit par se relever et s'avance vers moi en me demandant pardon. Je la repousse mollement une ou deux fois. Son dernier recours, c'est de m'embrasser. Pauvre Lorraine : elle serait vraiment démunie sans ses charmes. Alors qu'elle plaque son corps contre le mien, un plan aussi tordu qu'elle se forge dans mon esprit tourmenté.

Hélène

J'ai dû aider Alex à se relever. Il a passé un bras autour de ma taille alors que l'autre pendouillait le long de son corps. Nos visages étaient très près l'un de l'autre. J'ai fermé les yeux. On n'entendait rien, rien que nos respirations et la pluie qui tombait dehors. Alors qu'il s'approchait pour m'embrasser, j'ai murmuré :

— Faut pas faire ça pour les mauvaises raisons…

J'aurais voulu reculer, mais n'ai pas eu la force.

— Je fais toujours ça pour les mauvaises raisons. Mais pas avec toi…

J'ai ouvert les yeux, sincèrement touchée. J'ai ouvert la bouche pour lui répondre, mais rien n'en est sorti. Une larme solitaire s'est échappée de mon œil droit. Alex s'est encore penché vers moi, cette fois pour mieux appuyer son front au creux de mon épaule, ses lèvres dans mon cou.

Christian

J'ai dû m'assoupir, ou me perdre dans un autre de mes mauvais rêves éveillés. Je n'ai pas entendu William venir. Il m'observait. On aurait dit le visage d'un fantôme, mais je n'ai pas eu peur. Il était complètement détrempé et grelottait. Il était surtout sale. Malgré tout, il avait bonne mine. Meilleure mine que moi, que nous tous mis ensemble.

Je n'ai pas eu le temps de lui parler que, déjà, il s'éloignait en courant. Il ne s'enfuyait pas : il jouait. Il a couru jusqu'à la piscine pendant que je me relevais. J'ai cru un instant qu'il allait sauter et j'ai crié. Il s'est arrêté et s'est retourné vers moi, hilare, avant de s'agenouiller au-dessus de l'eau. Je suis allé le rejoindre.

Une odeur nauséabonde émanait du bassin. L'enfant avait à la main un jouet estropié qu'il s'amusait à plonger dans la marre brunâtre. L'eau s'animait, éveillée par la pluie et les mouvements brusques de William. Quelque chose se cachait sous elle. Prêt à sortir. *Ignis fatuus.*

Je me suis accroupi aux côtés de William et lui ai pris la main. Je ne me souviens pas de lui avoir parlé : de toute façon, je savais que les mots n'étaient pas son fort. Ce n'était pas un bel enfant. J'étais presque sûr que, même lavé et habillé, les cheveux peignés, même humanisé, ce ne serait jamais un bel enfant. Il y avait quelque chose de mauvais dans son œil gauche, une lueur…

William s'est un peu débattu quand je l'ai traîné avec moi vers la maison. Mais il m'a filé entre les doigts. Il voulait récupérer son jouet morbide qui flottait à la surface de la piscine, un peu trop loin du bord pour qu'il puisse l'atteindre. Je l'ai rattrapé comme il allait se jeter à l'eau. Il s'est mis à pleurer et à me frapper. J'étais à deux doigts de le laisser se noyer.

À la cuisine, il y avait un bol d'eau sanguinolente, une débarbouillette tachée, des pansements, un sac de glace qui commençait à fondre et à se répandre sur le plancher. Mais il n'y avait plus Alex. Ni Hélène.

Après avoir, du bout des doigts, lancé aux poubelles les vêtements infects de Dimitri qui étaient restés au fond de la baignoire, j'ai fait couler un bain chaud pour William. J'y ai même mis de la mousse : cacher les cernes de crasse et appliquer un baume sur ma honte.

Alex

Hélène m'aide à défaire mon pantalon et à me dévêtir. On est dans ma chambre, où elle m'a accompagné sans que j'aie à le lui demander. Moins je parle, mieux c'est : je vois bien qu'elle ne veut pas que je m'épuise avec des mots inutiles.

Elle m'aide aussi à m'étendre sur mon lit, nu. J'aurais besoin d'être baigné, douché, frotté. Mais je suis trop fatigué. C'est ce que je dis à Hélène, qui prétend me comprendre :

— Il est passé cinq heures du matin, dit-elle sans conviction avant de baisser les yeux.

Elle n'est pas conne, Hélène : elle sait pertinemment que mon état de profonde fatigue n'est pas dû à l'heure tardive. Elle s'occupe de moi comme une infirmière, comme une maman. Moi, j'ai de plus en plus de difficulté à respirer. J'essaie tant bien que mal de ravaler le sang qui ne cesse de me monter à la bouche. Elle a arrêté d'essayer de me convaincre d'aller à l'hôpital et je lui en suis reconnaissant.

Me suis remis à lui parler, sans être certain de ce que je raconte. À lui voir l'air amusé, ça doit être un beau paquet de conneries et pourtant, je n'en ai pas l'impression. J'entends ma voix de loin, comme si elle avait déjà déserté mon corps. Je m'écoute lui avouer quelque chose comme ma reconnaissance éternelle, mon admiration, mon amour et ça la fait rire. Je sais que l'heure fatidique approche, que bientôt elle sortira de ma chambre.

Je me sens de plus en plus léger, même si mon corps est encore plus lourd que celui des morts que j'ai eu à traîner à travers les bois. Je la fais rire encore un peu, à grands coups de promesses que, de toute façon, je n'aurai pas à tenir demain. Je pousse ma luck jusqu'à lui demander un baiser d'adieu. Avant qu'elle ne s'exécute, une nouvelle quinte de toux me force à replonger dans mon corps en souffrance. Elle tient ma main. Tout le long, je me dis que ça y est, que je vais crever là, comme ça, avec Hélène qui me tient la main… Mais ça passe. Elle me fait boire de l'eau. Je garde les yeux fermés, je prends le temps d'être bien certain d'arriver à parler sans lui mourir dans les bras et :

— Tu peux y aller.

— Je veux pas te laisser comme ça…

— À moins que t'enlèves ton linge pis que tu viennes me rejoindre sous les draps, tu sors.

Je pense que je l'entends sourire. Même que, deux secondes, je crois l'entendre considérer ma proposition. Juste ça, ça vaut tous les baisers d'adieu.

— Bonne nuit, Hélène.

Quand elle referme la porte derrière elle, j'ouvre les yeux. Mes jeans sont à portée de main, tout comme un plein flacon de bonbons caché dans la poche arrière.

Dimitri

Elle ne serait pas montée en voiture avec moi. Ne m'aurait sans doute pas accompagné jusqu'ici non plus. Si elle avait su. Je conduis sans rien dire. C'est un entre-deux heures qui, à force de routine, a perdu absolument tout de son charme. Je jette un coup d'œil côté passager : même l'irréel devient commun, à la longue.

Je suis soulagé de voir Hélène. Soulagé de voir qu'elle nous quitte. Soulagé de voir que Christian l'accompagne. Ils marchent en direction du village. Le regard de Christian me transperce. Mais je ne m'arrête pas. Ne regarde même pas dans le rétroviseur. Tout ce que je fais, c'est vérifier l'heure, m'assurer qu'ils arriveront à temps au terminus. Ne pas m'arrêter... Si je le fais, je les convaincrai malgré moi de rentrer avec nous.

Du coin de l'œil, je vois Lorraine qui s'interroge. Elle se retourne, regarde en arrière, veut me demander, mais se ravise. J'accélère. Plus il y a de distance entre ceux que j'aime et moi, mieux c'est.

Je coupe le moteur devant la maison. C'est la même maison blanche qu'à notre arrivée, pourtant elle me paraît à présent plus grande de l'extérieur et plus petite de l'intérieur. Comme chaque fois que je me retrouve ici à la fixer dans le blanc des yeux, ma volonté flanche : je passe à deux doigts de rebrousser chemin pour aller cueillir ceux qui m'appartiennent. Je suis sur le point de refaire tourner le moteur quand Lorraine murmure :

— J'aimerais mieux rentrer chez moi...

Je retire la clé du démarreur. « J'aimerais mieux rentrer chez moi... » Je descends et fais le tour de la voiture en claudiquant jusqu'à la portière, que j'ouvre pour elle. Elle lève les yeux sur moi sans bouger. Je lui tends la main, la bonne, qu'elle prend en réitérant sa requête :

— J'aimerais mieux rentrer...

— Je comprends, lui dis-je en l'aidant à sortir de la voiture.

Elle se blottit contre moi. Une sensation étrange : la proximité de son corps m'irrite, et pourtant, je n'arrive pas à la repousser. Même que je la serre un peu plus fort tout en glissant ma main sous son chandail, m'accrochant à sa peau de vache : il me faut quelque chose à quoi m'agripper si je ne veux pas me mettre à courir derrière les deux autres.

— On reste pas ici, Demi.

— Tu veux aller où ?

Va savoir pourquoi je le lui demande : nous n'irons nulle part.

— Chez moi ?

— Chez ton père, tu veux dire ?

Je glisse ma main, la bonne, dans sa culotte et ajoute :

— Tu penses vraiment que c'est une bonne idée ?

Elle ne répond pas. Je commence à peine à la caresser que déjà sa respiration change. La mienne aussi d'ailleurs. L'image d'Alex couvert de sang, de pisse et de dégueulis ne me quitte pas : j'arriverai pourtant à baiser cette salope sans problème.

Je retire tranquillement ma main et elle ouvre les yeux, me jette un regard affamé. Je m'allume une cigarette, hume le parfum de son sexe sur mes doigts à chaque bouffée.

Je me dirige vers la maison, à contrecœur. Je ne vérifie pas si elle me suit, ne lui tends pas la main. Je sais qu'elle est là.

Devant l'état de la cuisine, j'ai un mouvement de recul. Alex… Je voudrais me précipiter vers lui, le secouer, le réveiller, m'assurer que tout va bien.

Lorraine devient livide en voyant le sang, sur le sol, dans l'eau du bol, du verre, sur le chandail éventré d'Alex laissé par terre comme un cadavre de champ de bataille. C'est Alex que je veux tenir contre moi, mais c'est elle que j'attrape avant qu'elle ne me file entre les pattes. J'essuie ses larmes de crocodile sur mon épaule. Qu'elle ne se défasse pas de mon étreinte, qu'elle ne se sauve pas : je ne réussirais jamais à la rattraper. Je l'embrasse en pensant à Alex. Elle murmure : « nononononononononon… » à mon oreille tout en se lovant contre moi. Je lui retire son chandail et le laisse tomber sur le sol, qu'il éponge le sang et l'eau dans lequel je voudrais la noyer. Sa jambe monte le long de la mienne. Je défais ses jeans en essayant de ne pas perdre l'équilibre. Peine perdue : on se retrouve par terre. Elle monte sur moi, qui tente de me redresser, glissant sans cesse sur le plancher souillé. Elle retire mon chandail à son tour et prend le temps de me regarder. Je suis terriblement maigre et ma nouvelle tête me donne l'air d'un junkie, d'un sidéen en phase terminale. De quelqu'un qui va crever. Je libère son sein gauche de son soutien-gorge, le serre d'abord dans ma main et le mords fermement tout en caressant le mamelon avec la langue. Elle ferme les yeux et gémit. Je fais ensuite monter ma langue jusqu'à son cou et l'agrippe par les cheveux en maintenant sa tête par-derrière. De ma main libre, la vache, je commence à la masturber en grimaçant de douleur, priant pour que mon érection, que j'ai perdue en entrant dans la maison, me revienne. Je l'éloigne un peu de moi en espérant que de l'admirer comme ça, soumise, me fouettera les sangs… Et c'est tout ce que je vois : du sang. Celui de mon frère qui, suivant le parcours de mes mains, a barbouillé le corps de Lorraine.

Je n'arriverai jamais à bander.

Lorraine me glisse d'entre les mains et, en moins de deux, je me retrouve dans sa bouche. Je me laisse bouffer, la laisse prendre le dessus. Je sens le plaisir, la douleur grandir en moi à une vitesse folle, en pensant à Hélène et Alex et Christian et à La Nouvelle-Orléans, à mon père, aux journaux, à ma mère et aux cadavres, et à Lorraine… Ma vie déboule devant mes yeux – j'aurais pas cru que le cul pouvait avoir un arrière-goût de mort si prononcé –, Velvet Underground en trame sonore.

I'm beginning to see the light,
Here we go again
Playing the fool again.
Here we go again
Acting hard again…

Elle s'arrête juste avant que je vienne et me regarde droit dans les yeux. Je commence à me haïr davantage: avoir juste un peu de plaisir, déjà, serait dégueulasse. J'en ai beaucoup. Au point où j'en suis, j'imagine que mon amour-propre ne compte plus tellement. Je dois être la dernière personne qu'il me reste à décevoir pour la peine.

Dans l'élan, j'oublie la douleur et mon pied. Je trouve aussi la force de renverser Lorraine. Sa tête frappe le plancher mais je ne m'enquiers pas de son état. J'en ai rien à crisser de son état, vraiment.

Je monte sur elle, fuck le safe sex. Elle n'aime pas être dessous, se débat un peu, puis finit par y trouver son compte – du moins, c'est ce que je me dis. Je tiens fermement ses deux mains dans la mienne, plaquées contre le sol au-dessus de sa tête, m'appuyant moi-même par terre, gardant l'équilibre nécessaire pour maintenir le rythme. J'ai l'impression d'être complètement stone : je sens chacune des gouttes de sueur qui perlent sur mon corps, une à une, et mon sang suit dans mes veines la course effrénée de mon cœur fou. Fuck. Je ferme les yeux et grimace : elle m'échappe encore et c'est bientôt à moi de voir le sol d'un peu trop près un peu trop rapidement. Elle réussit à me garder en elle tout le long de la cascade. Elle me griffe le torse en jouissant, son ventre se gonfle et se rétracte à une vitesse folle. Je viens aussitôt, avec l'impression d'exploser, comme si je n'avais pas baisé depuis des années. Elle m'enlace. Je sors de mon corps.

•

Je les ai laissés endormis, elle et moi, enlacés, deux corps barbouillés de sang séché, sans couverture, en position fœtale. Le mur de la chambre était tapissé de verdure, une végétation qui commençait à déborder au plafond, même un peu au plancher. J'avais souvenir d'une fenêtre dans cette pièce. Je les ai laissés comme ça et suis sorti, sans faire de bruit.

C'était un matin sans soleil. Ça aurait tout aussi bien pu être une fin de journée. Je suis passé devant la porte de la salle de bain et en ai profité pour aller vider ma vessie. J'en ai aussi profité pour ne pas me regarder dans le miroir. *Feel sick and dirty, more dead than alive*… Ici aussi, il n'y avait plus rien qu'un souvenir de fenêtre.

J'ai jeté un dernier coup d'œil au fond du corridor en pensant à mon homme, à Christian. J'ai eu envie d'aller le visiter une dernière fois, mais je savais qu'il ne restait plus rien de lui dans cette chambre. Il n'y avait jamais rien eu de lui, dans cette chambre. Alors, je suis descendu.

Les marches m'ont mené à la cuisine. Leurs vêtements traînaient par terre. J'ai épié de loin le salon, là où Hélène avait peint. Ses toiles y étaient toujours : peut-être qu'en les étudiant attentivement, je réussirais à comprendre ce qui s'était passé au juste : une visite du musée des horreurs. Mais pour ça, il m'aurait fallu traverser la cuisine et ça, ça m'était absolument impossible. J'ai regardé le verre d'eau rosé sur la table. Alex avait laissé un peu de lui partout dans la pièce et il était hors de question que je lui marche dessus. Il en avait déjà eu assez comme ça, des coups de pied sur la gueule.

Sa chambre était plongée dans le noir. Il était étendu dans son lit et avait repoussé les couvertures. Il faisait trop chaud dans la pièce. La fenêtre était fermée et les rideaux, tirés. Une odeur de renfermé, de cigarette et d'alcool, d'urine et de mort emplissait la chambre. Je suis resté sur le pas de la porte. Je savais bien que c'était impossible, mais j'essayais malgré tout de me convaincre qu'il valait mieux ne pas le réveiller. Qu'il aurait besoin de son sommeil pour se remettre de cette défonce-là. Je n'osais pas imaginer la gueule de bois qu'il allait avoir… Oh ! Puis il serait tellement, mais tellement chiant, toute la journée, une humeur de chien enragé, toute la journée, si je le réveillais, à coup sûr il voudrait me faire payer de lui avoir coupé sa nuit… Valait mieux le laisser dormir, alors je suis sorti sans faire de bruit. Les larmes aux yeux. Sur la pointe des pieds.

Je suis descendu encore plus bas. Elles étaient toujours là : les boîtes remplies des cahiers du père de l'autre. Pas pris le temps de les feuilleter, pas pris le temps ne serait-ce que de les regarder. La porte du four ouverte. À grandes pelletées. Plein les bras. Je les ai tous balancés dedans. Tous. Même les cartons. Ça a rentré de justesse. Quelques cahiers sont tombés par terre. Avec Dimitri qui avait rendu l'âme après le départ d'Hélène, et Demi qui dormait en cuillère avec la pute de ses rêves, ne restait plus que moi pour faire la sale job, alors il fallait composer avec mon manque de délicatesse. Franky Boy ! Toujours été le moins sensible de la gang. Les autres auraient sans doute flanché avant même de trouver du feu. Peut-être bien qu'ils auraient été incapables d'asperger les journaux de gaz. Je soupçonne que Demi aurait voulu conserver un ou deux cahiers pour ses archives personnelles. Dimitri, plus subtil, romantique : une page qu'il aurait cachée dans les replis de son portefeuille.

Soit il est arrivé au bon moment, soit il était là tout le long. Comme je me suis mis à rager parce que pas de feu – *dans un fuckin' crématorium, pas de feu !* –, sa petite main m'a tendu un briquet. J'ai reconnu le Zippo de Fred. *Fred.* J'ai souri au gamin, qui m'a souri à son tour. Il était propre, fraîchement lavé, comme s'il s'était préparé pour l'occasion. Je crois bien qu'il riait. On devait rire tous les deux.

Ça a flambé d'un coup, presque tout seul, tellement vite que je ne suis même pas certain d'avoir été véritablement l'artisan du brasier. Je me suis assis sur la table, devant le four, j'ai allumé une cigarette et regardé le spectacle. Rapidement la chaleur est devenue insupportable. J'ai jeté ma clope par terre sans l'écraser avant de remonter à l'étage. J'avais perdu l'enfant des yeux. Je voyais rouge-orange et ça me brûlait la rétine, les sourcils et les cils.

J'imaginais ça d'ici. Les flammes allaient bientôt se jeter dans les cahiers tombés par terre, s'étendre, en dansant de papier en papier, lécher le plancher crasseux, et, de plus en plus affamées, attraper une patte de la table de bois, et deux, et trois... Je voyais déjà le feu se disperser et couvrir un plus large territoire. À droite, les flammes s'avançaient vers les escaliers ; à gauche, elles étaient prêtes à plonger sur les bidons d'essence. Nous n'avions aucune chance.

J'ai hésité entre le lit de mon frère et celui de Demi. J'aurais préféré m'étendre aux côtés de Fred. Mais je suis monté au deuxième et me suis étendu à la place que Demi m'avait gardée chaude, me coller contre le corps moite de Lorraine, m'assurer qu'elle ne se réveillerait pas, pas avant qu'il ne soit déjà trop tard.

Puis, quand j'ai enfin commencé à sentir la fumée, et la chaleur, et quand j'ai vraiment su qu'il n'y avait plus de retour possible, je me suis laissé aller à fermer les yeux.

Merci à tous ceux sans qui ce livre ne serait pas le même : Pierre, Francine et Marie-Claude, de l'Inis. À toute l'équipe de VLB éditeur, tout particulièrement à Annie. À ma famille. À mes amours, Alexandre, Noam et Elsie.

Merci aussi à Karine, Érick, Louis, André et Simon : entre Windsor et Saint-Hyacinthe, vous m'avez fait comprendre le sens du mot « amitié ».

Cet ouvrage composé en Bembo corps 12 a été achevé d'imprimer au Québec
sur les presses de Marquis Imprimeur le douze février deux mille treize
pour le compte de VLB éditeur.